典藏

中国学术名著丛书

宋词通论

薛砺若

吉林出版集团股份有限公司

图书在版编目（CIP）数据

薛砺若：宋词通论 / 薛砺若著 .— 长春：吉林出版集团股份有限公司，2016.7（2022.3 重印）
（中国学术名著丛书 / 杜贞霞主编）
ISBN 978-7-5581-1200-3

Ⅰ . ①薛… Ⅱ . ①薛… Ⅲ . ①宋词－诗词研究 Ⅳ . ① I207.23

中国版本图书馆 CIP 数据核字（2016）第 159332 号

薛砺若：宋词通论

著　　者　薛砺若
出版策划　杜贞霞
责任编辑　白聪响
封面设计　映象视觉
开　　本　710mm × 1000mm　1/16
字　　数　300 千
印　　张　19.5
版　　次　2016 年 8 月第 1 版
印　　次　2022 年 3 月第 3 次印刷

出版发行　吉林出版集团股份有限公司
电　　话　总编办：010-63109269
发行部：010-63109269
印　　刷　三河市京兰印务有限公司

ISBN 978-7-5581-1200-3　　定价：42.80 元

目录

第一编　总论

第二编 宋词第一期

第三编 宋词第二期

第四编 宋词第三期

第五编　宋词第四期

第六编　宋词第五期

第七编　宋词第六期

第一编　总论

第一章　作家及其词集

人人都晓得唐诗、宋词、元曲是中国中古以后的诗歌上三个阶段。这“词”上冠一个“宋”字，就是表示词到两宋，正如赤日中天，娇花放蕊，前乎此者，尚未暨于纯熟自然之境，后乎此者，则又为余声末流，渐成绝响了。在两宋时期，我们可以看见那样风起云涌的词林巨擘，那样精邃繁缛的作风，使我们于惊叹之余，更深深的认识了词的义意与范围。

两宋时代在文学上的贡献，不是欧阳修等所倡导的八家派古文，不是黄庭坚等人所造成的江西诗派，而是当时及后来人所目为“诗余”，远不足与诗及古文分庭抗礼的一种“词”。这“词”虽非宋人的特创，然发扬光大，使形成为中国全部诗歌中最重要的一段者其功绩舍宋人莫属了。当时风气所播，无论是帝王、卿相、武夫、文士、方外、隐逸、名媛、歌妓，以及市徐、走卒、野叟、村夫，都能制作几首歌曲，都能咏唱各种新调，他们肺腑中的真情、隐痛、欢愉，都由这种新体诗歌流露出来，所以词在两宋，不独能代表宋人的文学，且为宋人的灵魂。

因年远代隔，当时词家总集及专集，多已散失，明清人如毛晋、王鹏运、吴昌绶、朱祖谋、江标等，始将各人专集，汇集成书，或取宋元明旧本，重加审定，或东鳞西爪，勉成卷帙，比勘笺校，多瘁毕生精力为之，于是宋元宏著，乃得复接吾人眼帘了。计毛氏所收宋人专集，凡六十一家，王氏共收三十八家，吴氏共收十八家，朱氏共收一百一十二家，江氏共收十家，去其复见者，约为一百九十九家，兹记录如后：

《宋徽宗词》

潘阆《逍遥词》

晏殊《珠玉词》

欧阳修《六一词》又名《醉翁琴趣外篇》

张先《张子野词》

晏几道《小山词》

范仲淹《范文正公诗余》

范纯仁《忠宣公诗余》附上集内

柳永《乐章集》

王安石《临川先生歌曲》又名《半山老人词》

苏轼《东坡乐府》又名《东坡词》

韦骧《韦先生词》

刘弇《龙云先生乐府》

黄庭坚《山谷琴趣外篇》又名《山谷词》

米芾《宝晋长短句》

秦观《淮海居士长短句》又名《淮海词》

韩维《南阳词》

张伯端《紫阳真人词》

贺铸《东山词》又名《东山寓声乐府》

毛滂《东堂词》

陈师道《后山词》

晁补之《琴趣外篇》

张舜民《画墁词》

李之仪《姑溪词》

周邦彦《片玉词》又名《片玉集》又名《清真集》

米友仁《阳春集》

谢逸《溪堂词》

谢薖《竹友词》
晁端礼《闲斋琴趣外篇》
葛郯《信斋集》
向镐《喜乐词》
黄裳《演山词》
吴则礼《北湖诗余》
陈克《赤诚词》
王安中《初寮词》
阮阅《阮户部词》
汪藻《浮溪词》
沈与求《龟溪长短句》
吕渭老《圣求词》
赵长卿《惜香乐府》
王之道《相山居士词》
王灼《颐堂词》
蔡仲《友古词》
葛胜仲《丹阳词》
廖行之《省斋诗余》
杜安世《寿域词》
沈瀛《竹斋词》
方千里《和清真词》
刘一止《苕溪乐章》
杨泽民《和清真词》
向子諲《酒边词》
洪皓《鄱阳词》
曹勋《松隐乐府》
张纲《华阳长短句》
周紫芝《竹坡词》

程垓《书舟词》
赵端彦《介庵词》又名《介庵琴趣外篇》
赵师侠《坦庵词》
朱翌《灊山诗余》
陈与义《无住词》
叶梦得《石林词》
赵鼎《得全居士词》
李清照《漱玉词》
李先《庄简公词》
李纲《梁溪词》
胡铨《澹庵长短句》
朱敦儒《樵歌》
李弥逊《筠溪词》
丘密《文定公词》
张元干《芦川词》
张孝祥《于湖词》
侯寘《懒窟词》
杨无咎《逃禅词》
葛立方《归愚词》
周必大《平园近体乐府》
邓肃《栟榈词》
刘子翚《屏山词》
曹觌《海野词》
仲并《浮山诗余》
王以宁《五周士词》
李流谦《澹斋词》
张抡《莲社词》
韩元吉《南涧诗余》又名《焦尾集词》

史浩《鄮峰真隐大曲》又名《词曲》
洪适《盘洲乐章》
王之望《汉滨诗余》
王千秋《审斋词》
韩玉《东浦词》
沈端节《克斋词》
李洪《芸庵诗余》
曾协《云庄词》
李吕《澹轩诗余》
程大昌《文简公词》
王质《雪山词》又名《雪山诗余》
杨万里《诚斋乐府》
范成大《石湖词》
陆游《放翁词》又名《渭南词》
张继先《虚靖真君词》
欧阳彻《飘然先生词》
陈三聘《和石湖词》
京镗《松坡词》
辛弃疾《稼轩词》又名《稼轩长短句》
陈亮《龙川词》
高登《东溪词》
曹冠《燕喜词》
朱雍《梅词》
倪偁《绮川词》
吕胜己《渭川居士词》
姚述尧《箫台公诗余》
葛长庚《玉蟾先生诗余》
李石《方舟词》

刘学箕《方是闲居士词》

林正大《风雅遗音》

韩淲《涧泉诗余》

杨冠卿《客亭乐府》

毛并《樵隐词》又名《樵隐乐府》

汪晫《康范诗余》

姜夔《白石道人歌曲》又名《白石词》

高观国《竹屋痴语》

史达祖《梅溪词》

刘过《龙洲词》

吴文英《梦窗词》

朱熹《晦庵词》

张镃《南湖诗余》

《张枢词》附上集内

张辑《东泽绮语债》

徐鹿卿《徐清正公词》

汪莘《方壶诗余》

王迈《臞轩诗余》

陈耆卿《筼窗词》

吴渊《退庵词》

吴潜《履斋先生诗余》

张榘《芸窗词》

吴儆《竹洲词》

李处全《晦庵词》

黄公度《知稼翁词》

袁去华《宣卿词》

杨炎正《西樵语业》

朱淑贞《断肠词》

卢祖皋《浦江词》

黄机《竹斋诗余》

程珌《洺水词》

李公昂《文溪词》

徐经孙《矩山词》

吴泳《鹤林词》

洪咨夔《平斋词》

姜特立《梅山词》

赵善括《应斋词》

蔡戡《完斋诗余》

郭应祥《笑笑词》

游九言《默斋词》

夏元鼎《蓬莱鼓吹》

陈人杰《龟峰词》

许棐《梅屋诗余》

李好古《碎锦词》

方岳《秋崖先生小稿》又名《秋崖诗余》

赵崇嶓《白云小稿》

赵孟坚《彝斋诗余》

管鉴《养拙堂词》

王炎《双溪诗余》

卢炳《烘堂词》

戴复古《石屏词》

洪瑹《空同词》

黄昇《散花庵词》

欧良《抚掌词》

魏了翁《鹤山长短句》

刘克庄《后村长短句》又名《后村别调》

无名氏《章华词》
柴望《秋堂诗余》
石孝友《金谷遗书》
赵以夫《虚斋乐府》
王沂孙《花外集》又名《碧山乐府》
陈著《本堂词》
张炎《山中白云词》又名《玉田词》
牟巘《陵阳词》
周密《蘋洲渔笛谱》
卫宗武《秋声诗余》
陈允平《日湖渔唱》及《西麓继周集》
冯取洽《双溪词》
熊米《勿轩长短句》
黄公绍《在轩词》
陈德武《白雪遗音》
李彭老、李莱老《龟溪二隐词》
刘辰翁《须溪词》
汪元量《水云词》
家铉翁《则堂诗余》
汪梦斗《北游词》
何梦桂《潜斋词》
赵必瑑《覆瓿词》
文天祥《文山乐府》
姚勉《雪坡词》
李曾伯《可斋词》
蒲寿宬《心泉诗余》
张玉《兰雪词》

赵嶓老《拙庵词》

蒋捷《竹山词》

陈深《宁极斋乐府》

以上各作家专集，互见于明毛晋《宋六十名家词》，清王鹏运《四印斋刻词》，吴昌绶《双照楼景刊宋元本词》，朱祖谋《彊村丛书》，江标《灵鹣阁刻词》五大词集丛刊中。毛氏本为最早，然南北宋人多不按时代先后，校勘亦未能精审，惟其首刊此钜帙，于词坛上贡献亦甚伟异。王氏、吴氏志在传真，刊刻多依宋、元之旧。江氏仅得十家，数量为最少。五家之中以朱刻收集最宏，且校勘亦最工，惟所收者，或非专业词人之作，或仅汇集三五篇什成集，如阮阅《阮户部词》，沈与求《龟溪词》，刘子翚《屏山词》，徐经孙《矩山词》，张舜民《画墁词》，游九言《默斋词》，均只四首，陈耆卿《篔窗词》，家铉翁《则堂诗余》，均只三首，吴渊《退庵词》，汪梦斗《北游词》，范仲淹《范文正公诗余》均只六首。他如朱翌、欧阳彻、杨万里、张枢、牟巘、陈深等人词均不过五七首，最多至九首，韦骧、张伯端、米芾、谢过、米友仁、曾协、李洪、周必大、汪晫、徐鹿卿、王迈、赵孟坚、柴望、卫宗武、赵崇嶓、洪珙等人词，约自十首至十九首不等，其范纯仁《忠宣公诗余》（附在范仲淹词集内）仅只一首。

近人海宁赵万里先生最精版本校勘之学，于上五家词刻之外，又辑得宋代作家五十六人词，刊于《校辑宋金元人词》中，除陈克《赤城词》，李清照《漱玉词》，辛弃疾《稼轩词丁集》，王迈《臞轩诗余》四家已见王朱等刻外，（均较前辑精审）凡五十二家：

宋祁《宋景文公长短句》共六首附录二首

张耒《柯山诗余》共六首

李元膺《李元膺词》共九首

舒亶《舒学士词》共四十八首附录一首

王诜《王晋卿词》共十二首附录二首

赵令畤《聊复集》共三十六首

晁冲之《晁叔用词》共十六首
王观《冠柳集》共十五首附录二首
僧挥《宝月集》共三十首附录四首
田为《洋呕集》共六首
万俟咏《大声集》共二十七首附录二首
曹组《箕颖词》共三十五首附录一首
蔡抻《浩歌集》共五首
沈会中《沈文伯词》共二十三首附录二首
陈欢《了斋词》共二十三首
赵君举《赵子发词》共十七首附录二首
王庭珪《卢溪词》共四十二首附录一首
吕本中《紫微词》共二十六首
孙道绚《冲虚词》共九首附录三首
康与之《顺庵乐府》共三十五首附录七首
刘仙伦《招山乐章》共二十七首附录一首
谢懋《静寄居士乐章》共十四首
刘镇《随如百咏》共二十六首
吴礼之《顺受老人词》共十七首附录一首
刘光祖《鹤林词》共十一首
马子严《古洲词》共二十七首
李洪等《李氏花萼集》共十三首附录二首
郑域《松窗词》共十一首
潘牥《紫岩词》共五首附录二首
陈造《江湖长翁词》共三首
李廷忠《橘山乐府》共十一首
宋自逊《渔樵笛谱》共七首附录一首
刘子寰《篁嵘词》共十九首
张侃《拙轩词》共四首

黄人杰《可轩曲林》共七首

孙惟信《花翁词》共十一首

韩𠐍《萧闲词》共六首

马廷鸾《碧梧玩芳诗余》共四首

万俟绍之《郢庄词》共四首

翁孟寅《五峰词》共五首

赵汝茪《退斋词》共九首

李肩吾《蠙洲词》共十首

翁元龙《处静词》共二十首

谭宣子《在庵词》共十三首附录一首

奚淢《秋崖词》共十首

张矩《梅渊词》共十二首

周端臣《葵窗词稿》共五首

曹邍《松山词》共六首

赵闻礼《钓月词》共十五首

袁易《静春词》共三十首

邓剡《中斋词》共十二首

利登《碧润词》共十首

赵氏本胡适之先生曾为作序，极加推崇，其校辑之精，远过前贤。并于毛、王、吴、朱等家所汇刊的各专集所未曾收入的佚词又辑得若干首，类附于每人名后。

近人易大厂又汇刊《北宋三家词》，除舒亶《信道词》，曹组《元宠词》，已见赵本外，又得一家。

苏庠《后湖词》一卷

总计上面，共得词人凡二百五十六，（李彭老、李莱老二人词合为一集，李洪弟兄五人词，亦合为一集）词集凡二百五十一。其他：原集已失，仅散见于各选本，尚无人为之汇辑成集者；或其词仅附见于诗文集者；或仅存三五篇什，及零章断句者；或其词已只字无存，仅从别人记述中，知其曾为某词者；或其词虽盛传人口，而迄不知为何人所作者；若细为搜求，则两宋作家，何止千数？兹从宋、元、明、清及近代重要的选本，如曾慥《乐府雅词》，黄昇《花庵词选》，周密《绝妙好词》，赵闻礼《阳春白雪》，《草堂诗余》，《花草粹编》，杨慎《词林万选》，朱彝尊《词综》（附王昶补遗），《历代诗余》，张宗橚《词林纪事》，《全芳备祖》等，以及重要的丛书本，如上面所举的毛、王、吴、江、朱、赵等家所刻词，并笔记、方志、小说、金石书画题跋、永乐大典内，共搜得可以考证的作家，（去其复见及名号两出者）约八百人。（可参阅拙著《两宋词人传略》）

在过去的选本，往往不注意作家的时代先后，随意采选，以致前后倒置，令人头目为之眩乱，如何能寻出一点流变演进的迹象，如何能得着一个明确的史的概念呢？即如《花庵词选》《绝妙好词笺》《词林纪事》《历代诗余》诸书，虽曾略按时代先后，或曾附词人姓氏录于后，然亦未能十分精审正确；且为时三百余年，亦漫无时期上的划分，不独令检阅者茫无端倪，即文学史上的时间性与作家著述的时间，亦不能悉其流衍之迹，故作者另编有《两宋词人传略》，可用为本书之参考。至于本书分期所述各词人，其汇列的标准，完全以所居时代及生卒为断；遇有特殊情形时，则斟酌其享年的寿夭（如张先、姜夔、刘克庄等人均享寿逾八十以上，王雱早年即夭折，其个人生命的久暂，影响于文学史者甚大）得名的早迟，（如晏殊以神童荐，欧阳修、苏轼等年过二十即登进士，张先四十一岁始登进士皆是，又如周紫芝暮年始登第，若以成名为断，则应列为南宋绍兴时间的作家了）著作的先后，（如叶梦得词及其诗话等著作，多系晚年作品，故虽于北宋哲宗时即登进士第，而仍列在南渡初期中的）朋辈的观摹，（如周邦彦与贺铸年相若，然因其著作有先后，故所与从游者，亦自不同了，又如晁端礼本为补之、冲之之叔，无论年龄行辈，均较其二侄为长，但因补之冲之成名较早，且所与交游者，均为早一期的作家，故反列在伊叔端礼之上）因于汇列时，亦略有变通之处。

第二章　宋词中所表现的一个宋代社会素描

我们在研究宋词之先，且看一看它的时代背景。

宋初承五代纷乱之余，政治复归一统，其间历太祖、太宗之开疆肇业，仁宗之长期内治，其余泽所及，直至徽、钦被虏以前，中原未受干戈之扰，兵燹之祸者，凡一百七十余年，为中国历史所仅见，不可不为宋人称庆了。然因晏安日久，狃于承平国力骎以不振，于是遂启了异族窥伺的野心。在真宗、仁宗时，虽有西夏与辽的侵逼，但只在西北边疆的地方，宋人也还有相当的防御能力，所以并未感到外患的严重。直到公元一一一五年（宋徽宗政和五年）女真族完颜氏建国以后，情形为之顿变，以久处安乐的北宋民族，如何能抗御此犷悍的新兴强敌？所以不到十年，卒致国都——汴京——为金人所陷落，帝后均为掳去。南渡以后，淮北尽失，仅偏安于江左一隅。后金虽受蒙古族的威胁，未能南侵，又苟延四五十年，然结果于金亡后亦为蒙古所覆灭。

计宋自赵匡胤篡周称帝（公元九六〇年），至元师陷崖山（公元一二七九年），约为三百二十年。在此三百余年中，由鼎盛而暨于式微，由昇平而遽遭乱离，由一统而渐成偏安，终至于覆亡，其间承平晏享之乐，异族侵凌之苦，故国河山之恸，中原糜烂之惨，所侵蚀于诗人胸臆，及影响于一般人之生活者，均可由全部宋词中寻其端绪，因为一横断的鸟瞰和分剖，而为述之如下。

一　承平时代的享乐

北宋自开基至仁宗，休养生息，中原未尝少受兵燹乱离之祸，社会上一切都太平稳定，人人感到盛世熙攘之乐，上自宫庭、阀阅、显宦，下至名士、学者、市侩、妓女、武夫、走卒，以及隐逸方外之人，都能制作几首歌词，而那时的教坊（官家妓院）娼楼和妓院，更为这种风靡一世的新歌词的中心。所以歌妓之享盛名也较别的朝代为多，（南渡后此风仍未少替）如聂胜琼、苏琼、李师师、僧儿、严蕊等不独能煊赫一时，而且多能填词制曲，与文人相争胜。其中以师师的艳名为最著。她系汴京名妓，她不独倾倒了一般才子词人与王孙公子，连一个堂堂之尊的宋徽宗，竟不惜迂尊降贵，常微服夜幸其家；后来因感不便，竟从内宫通了一个潜道到她的家里。关于师师的轶闻艳事，散见于稗史杂录者，几乎不亚于开、天时代的杨妃与明皇，我们若读了周邦彦的《少年游》“低声问：‘向谁行宿，城上已三更。马滑霜浓，不如休去，直是少人行’”一首清倩的小调，我们可以想见一个风流自赏的天子和一个“浪漫少检”的词人，演出一段三角恋爱喜剧的韵事。

我们更取《宣和遗事》来一读，我们可以看见有这样一段的记载：

> 宣和间，上元张灯，许士女纵观，各赐酒一杯。一女子窃所饮金杯，卫士见之，押至御前。女诵《鹧鸪天》词云：“月满蓬壶灿烂灯，与郎携手至端门，贪看鹤阵笙歌举，不觉鸳鸯失却群。天渐晓，感皇恩，传宣赐酒饮杯巡。归家恐被翁姑责，窃取金杯作照凭。”徽宗大喜，以金杯赐之，卫士送归。

在这一段记载内，把当年太平盛世的景象，和宫庭的轶闻，给我们一个缩小的写照，这与徽宗的“凤帐龙帘萦嫩风，御座深翠金间绕”来写自家宫帏之绮丽，与“龙楼一点玉灯明，箫韵远，高宴在蓬瀛”写佳节之赏乐者，更足两相发明了。

宣政以前，及南渡以后，不独宫庭能如此宴乐，即所谓士大夫阶级的人们，也都过着优崇而安闲的生活。他们除宴会、赏花、品茶、赋诗、庆佳节以外，几不知人间有何苦辛与烦恼的事。他们的家庭，往往罗致许多歌姬侍妾，以供他们宴客或庆贺时歌唱之用，在当时尤属一个最普遍而需要的点缀。所以莲红、蘋云、啭春莺、小红、美奴等歌姬之名，都能继芳词林传为千秋佳话。其为词家所艳称，亦不下丁诗人之有小蛮、樊素，那时一般士大夫的生活情形，可看下面几段的记载：

子京（宋祁）博学能文章，天资蕴藉，好游宴。……晚年知成都府，带《唐书》于本任刊修，每宴罢盥漱毕，开寝门，垂帘，燃二椽烛。媵婢夹侍，和墨伸纸，远近观者知尚书修《唐书》矣。——望之如神仙焉！（《东轩笔录》）

（宋）……多内宠，后庭曳罗绮者甚众。尝宴于锦江，偶微寒，命取半臂。诸婢各送一枚，凡十余枚皆至。子京视之茫然。恐有薄厚之嫌，竟不敢服，忍冷而归！（《东轩笔录》）

这正足代表一个“钟鸣鼎食，侍妾满前”的卿相生活一斑了。

其（毛滂）令武康，《东堂蓦山溪》词最著。……迄今读《山花子》《剔银灯》《西江月》诸词，想见一时主宾试茶、劝酒、竞渡、观灯、伐柳看山、插花剧饮、风流跌宕，承平盛事。试取“听讼阴中苔自绿，舞衣红”之句，曼声歌之，不禁低徊欲绝也。（《词林纪事》）

张约斋（镃）能，诗一时名士大夫，莫不交。游其园、地声、妓服玩之丽甲天下。尝于南湖园作驾霄亭，于四古松间，以巨铁絙悬之半空，而羁之松身。当风月清夜，与客梯登之，飘摇云表，真有挟飞仙、溯紫清之意。王简卿侍郎尝赴其“牡丹会”云：“众宾既集，坐一虚堂，……命卷帘，则异香自内出，郁然满座。群妓以酒肴丝竹，次第而至。别有名姬十辈，皆衣白，凡首饰、衣领皆牡丹，首带‘照殿红。’一妓执板奏歌侑觞。歌罢乐作乃退。复垂帘，谈论自如。良久，香起卷帘如前。别十姬易服与花而出。大抵：簪白花则衣紫；紫花则衣鹅黄，黄花则衣红——如是十杯，衣与花凡十易。所讴者皆前辈牡丹名词。酒竟，歌者、乐者，无虑百数十人，列行送客。烛光香雾，歌吹杂作，客皆恍然如仙游也。”（《齐东野语》）

在这两段内，我们可以看出当年诗人名士的生活一斑。以一个平常人的地位，而能使其“园地、声妓、服玩之丽甲天下；”开一个“牡丹会”，而能罗致艳姝名姬及乐工“无虑百数十人”。其宾主欢宴之穷奢极欲，令人俨然觉置身在二十世纪一个金迷纸醉的大都市中的跳舞厅与音乐会。

以上所举四段，只是一个大概。其他两宋一般士大夫的生活享乐情形，不难以此类推了。所以他们开始唱歌他们的得意新曲，夸耀着他们的“美满的人生！”

他们唱着：“神仙神仙瑶池宴，片片碧桃，零落春风晚，翠云开处，隐隐金舆挽”（苏易简《越江吟》）的应制宫词。他们唱着：“此际宸游，凤辇何处？度管弦声脆，太液波翻，披香帘卷，月明风细”（柳永《醉蓬莱》）的祥瑞颂辞。他们唱着：“三十六宫，簪艳粉浓香，慈宁玉殿庆清赏，占东君，谁比花王？良夜万烛荧煌，影里留着年光，”（宋高宗《舞杨花》，康与之拟作）来颂扬圣寿。他们的时代，是这样承平而祥瑞！

他们有的是退休宴乐的余暇，有的是侍妾歌姬的点衬，有的是山林原野的浪游，有的是歌楼舞榭的豪兴。他们在唱着：“彩袖殷勤捧玉钟，当筵拚却醉颜红。”（晏几道《鹧鸪天》）他们在唱着：“舞低杨柳楼心月，歌尽桃花扇底风！”（同上）他们在唱着：“才子词人，自是白衣卿相……忍把浮名，换了浅斟低唱！”（柳永《鹤冲天》）他们在唱着：“今宵酒醒何处？杨柳岸，晓风残月。”（柳永《雨霖铃》）他们在唱着：“烟柳画桥，风帘翠幕，参差十万人家，……市列珠玑，户盈绮罗豪奢。”（柳永《望海潮》）他们在唱着："三秋桂子，十里荷花，羌管弄晴，菱歌泛夜，嬉嬉钓叟莲娃。"（同上）他们的生活，是这样的浪漫而豪奢！

他们唱着："酒浓春入梦，窗破月寻人"（毛傍《临江仙》）的幽倩诗句。他们唱着："尘香拂马，逢谢女城南道，秀艳过施粉，多媚生轻笑"（张先《谢池春慢》）的艳冶新词。他们唱着："西园夜饮鸣笳，有华灯碍月，飞盖妨花"（秦观《望海潮》）的春游曲。他们唱着："笛声依约芦花里，白鸟数行忽惊起"（潘阆《忆余杭》）的渔歌。他们的生涯，是这样的安舒而闲适！

"鬓亸欲迎眉际月，酒红初上脸边霞，一场春梦日西斜："（晏殊《浣溪沙》）这是他们所写的金闺丽质。

"巧笑东邻女伴，采桑径里逢迎，疑怪昨宵春梦好，元是今朝斗草赢，笑从双脸生；"（晏殊《破阵子》）这是他们所写的小家碧玉。

"舞余裙带绿双垂，酒入香腮红一抹；"（欧阳修《玉楼春》）"户外绿杨春系马，床头红烛夜呼卢，相逢还解有情无；"（晏几道《浣溪沙》）这是他们所写的秦楼楚馆。

"江南依旧称佳丽，水村渔市，一缕孤烟细；"（王禹偁《点绛唇》）"望中酒旆闪闪，一簇烟村，数行霜树，残日下，渔人鸣榔归去；"（柳永《夜半乐》）这是他们所写的水村山市。

总之：在他们的歌声里，只感到人生的幸福与美满。他们永远颂祝这个太平快乐的世界。他们的生活，是多么令人艳羡呵！

二　故宫春梦

但是治乱是一个循环的线索，当他们正在歌舞享乐，庆颂承平之时，正是北族厉兵秣马，准备着厮杀的时候。在靖康（钦宗年号）那一年，一个初兴的女真民族，——金——乘并有东北各族（时辽为所灭）的余威，振旅南下，直陷汴京。将徽、钦二帝，及后妃皇族掳去的有三千多人，其余民间之受践踏蹂躏、焚杀淫掠者，则更可想像得之。这是一个非常事变，——开国一百七十余年未经的事变，一个重大的国际耻辱，是永远留在一般人的心房和记忆中的。

他们被押解流迁至五国城，受尽了人世上最惨酷的经历和耻辱。回想当年故宫种种：简直是一场春梦。他（徽宗）对着飘零的杏花，感到个人的身世，他唱着：

……易得凋零，更多少无情风雨，愁苦！问院落凄凉，几番春暮？凭寄离恨重重，这双燕何曾会人言语？天遥地远，万水千山，知他故宫何处！怎不思量，除梦里有时曾去；无据，——和梦也新来不做！（《芜山亭》）

这是何等的哀伤悽楚。他竟不幸作了这样一个落魄的皇帝！他的臣子唱着："依依宫柳拂宫墙，楼殿无人春昼长，……忆君王，月照黄昏人断肠"（谢克家《忆君王》）的悼辞，以志他个人的悲痛。至于一般龙子龙孙，六宫粉黛，也都沦落异国，老死风尘。一般故都的遗老，偶然重游旧地，已不胜麦秀黍离之感了。他们不免有"到于今，余霜鬓。嗟前事，梦魂中，但寒烟满目飞蓬。雕栏玉砌，空余三十六离宫。塞笳惊起暮天雁，寂寞东风"（曾觌《金人捧露盘》）的感叹了；不免有"阿房废址汉荒丘，狐兔又群游。豪华尽成春梦，留下古今愁"（康与之《诉衷情令》）的嘘唏了。

这是南渡以前，国亡家破的情形。我们再看南宋末期为蒙古所覆灭的惨状：

至正丙子，元兵入杭，宋，谢、全两后以下，皆赴北。有王昭仪（宫中女官名）名清惠者，题词于驿壁，即所传《满江红》也："太液芙蓉，浑不似旧时颜色，曾记得春风雨露，玉楼金阙；名播兰簪妃后里，晕生莲脸君王侧。忽一声鼙鼓揭天来，繁华歇。龙虎散，风云绝。无限事，凭谁说？对山河百二，泪沾襟血！驿馆夜惊乡国梦，宫车晓碾关山月，愿嫦娥相顾肯从

容，随圆缺！”后王抵上都，（元开平府，今之多伦县）恳为女道士，——号冲华，——以终。（《词苑丛谈》）

这是一个故宫弱女子的收场！我们读她的“对河山百二，泪沾襟血。驿馆夜惊乡国梦，宫车晓碾关山月”，真不胜国破家亡，万里征途之感了！结语更隐见其孤芳之志，宁与皓月同其圆缺，绝不委身胡虏。她当遁入空门时，回首前尘，永脱苦劫，能勿为之拈花一笑！我们再看下面一段记载：

章邱李生至燕都，尝对月独歌曰：“万里倦行役，秋来瘦几分？因看河北月，忽忆海东云。”夜静，闻邻妇有倚楼而泣者。明日访之，则宋宫人金德淑也。询李曰：“客非昨暮悲歌人乎？”李曰：歌非己作，有同舟人自杭来，吟此句，故记之耳。”金泣曰：“此亡宋昭仪黄惠清所寄汪水云诗；当时我辈数人，皆有诗赠汪。”因举其《望江南》词云：“春睡起，积雪满燕山。万里长城横缟带，六街灯火已阑珊，人立玉楼间。”后遂委身于李（《乐府记闻》）

此与西吕南内，白发宫人之说开元天宝轶事者，亦复同一悽艳动人了。

三 乱离时代的哀鸣

以上都是关于宫庭的轶闻。我们且看这汴京被陷，及南宋覆亡时，几个被践踏于异族铁蹄之下的一般女性，和她们婉转待死时的哀鸣。

据《梅磵诗话》所载：靖康间，金人至阙。阳武令蒋兴祖（浙西人）死之。其女年方及笄，美颜色，能诗词，被掳至雄州驿，因题《减字木兰花》一首于驿壁。其词云：

朝云横度，辘辘车声如水去。白草黄沙，月照孤村三两家。

飞鸿过也，百结愁肠无昼夜。渐近燕山，回首乡关归路难！

词意极真切动人，迥非舞文弄墨的文士所能写出。其音吐之悽婉，亦不减于王昭君的出塞辞。

又据《辍耕录》所载：

> 岳州徐君宝妻某氏，被掠来杭，居韩蕲王府，自岳至杭，相从数千里，其主者（指元之裨将）数欲犯之，而终以计脱。——盖某氏有令姿，主者弗忍杀之也。——一日，主者怒甚，将即强焉。因告曰："俟妾祭谢先夫，然后为君妇不迟也。"主者喜诺。即严妆，焚香再拜默祝，南向饮泣；题《满庭芳》于壁上，投池中死！其词云："汉上繁华，江南人物，尚遗宣政风流。绿窗朱户，十里烂银钩。一旦刀兵齐举，旌旗拥百万貔貅，长驱入，歌楼舞榭，风卷落花愁。清平三百载，典章人物，扫地都休。幸此身未北，犹客南州。破鉴徐郎何在？空惆怅，相见无由！从今后，断魂千里，夜夜岳阳楼！"（氏岳州人，故断魂犹念念于故乡也）

我们读她的"江南人物，尚遗宣政风流，绿窗朱户，十里烂银钩，"犹可想见南渡以后，一般人士尚过着这样享乐豪奢的生活，毫无异族威胁的感觉，真可谓之丧心病狂了。我们读她的"一旦刀兵齐举，旌旗拥百万貔貅……风卷落花愁，"使我们感到满眼的乱离之象。所谓"清平三百载，典章人物，扫地都休"不啻是一个惨痛的两宋悼辞。至写到"破鉴徐郎何在，空惆怅，相见无由，"其个人身世的感恸，令我们表无限的同情。"从今后，断魂千里，夜夜岳阳楼。"更使我们感到一种说不出的悲悯。我们仿佛看见她饮恨而死的惨笑，仿佛看见她缥缈凄厉的孤魂，在一个凄风苦雨的夜里！我们在一切文人词集中，永不会找见这样哀感顽艳、真切逼人的伟异作品。我们在这样两个鼎革转变的乱离时代，（金人陷汴京与元人下江南）竟找不着其他更完备的纪实诗词，真是一件憾事！

四　故国河山之恸

这汴京之陷，与二帝的被掳，给与宋人一个最大的刺激与隐痛。他们无时无刻不想收复已往的失地，洗涤已往的耻辱。我们在李纲、赵鼎、宗泽、朱熹等一班忠耿的大臣们的奏议中，已可窥见那时激昂痛奋的情形了。然而这种敌忾的思想，仍敌不过宴安成性的南宋庸主与权臣。他们只知道暂时的苟安，只知道一味的媚外。他们所取的外交，只是一个片面的亲善主义。南渡以后，这两种思想，（主战主和两派）俨然成了一个对立的形势。主战派的人物，则有李、赵等文臣，和张（俊）韩（世忠）刘（锜）岳（飞）等名将，他们唱着壮烈的歌声，他们念念不忘的，是：

靖康耻，犹未雪，臣子恨，何时灭？驾长车踏破贺兰山缺！壮志饥餐胡虏肉，笑谈渴饮匈奴血。待从头收拾旧山河，朝天阙！（岳飞《满江红》）

他们的孤忠血战，竟使犷悍的金人不敢南下。他们的成绩，已收回了黄河一带的伪国。但终为主和派的权相秦桧和庸弱的君主高宗所阻挠；不独未竟他们的功业，反将他们问罪，（如岳飞等之遭陷杀）以取媚于异族。世上竟有这样全无心肝的人们！从此以后，何人再敢言战？然而政治的压力愈大，思想上的反映亦愈深。这种民族的耻辱，仍然留在他们的脑中，他们愤郁之情无处发泻，往往于歌词中借着历史的陈迹，或当前的景物，来抒写他们的牢骚。他们唱着：

元嘉草草，封狼居胥，赢得苍黄北顾。四十三年，望中犹记灯火扬州路！可堪回首佛狸祠下，一片神鸦社鼓！凭谁问廉颇老矣，尚能饭否？（辛弃疾《永遇乐》）

他们唱着：

君莫舞！君不见玉环飞燕皆尘土；闲愁最苦。休去倚危栏，斜阳正在烟柳断肠处！（辛弃疾《摸鱼儿》）

他们唱着：

闻道中原遗老，常南望翠葆霓旌。使行人到此，忠愤气填膺，有泪如倾！（张孝祥《六州歌头》）

他们唱着：

凉生岸柳摧残暑，耿斜河疏星淡月，断云微度，万里江山知何处？……日断青天怀今古，肯儿曹恩怨相尔汝！举大白，听《金缕》。（张元干《贺新郎》）

他们唱着：

过春风十里，尽荠麦青青。自胡马窥江去后，废池乔木，犹厌言兵。渐黄昏清角，吹寒都在空城。……二十四桥仍在，波心荡，冷月无声！（姜夔《杨州慢》）

他们实在不幸，竟生长在这样一个时代！

五 噤若寒蝉的悲吟

那时的民族思想，全被高压的政府所摧毁。直至南宋的末期，异族侵逼更甚；蒙古兵力所至，如风扫残叶，以积弱待覆的局面，如何敢言抵抗？所以在此时期中简直找不出一篇壮烈的歌曲。他们仅仅借着春花秋月，衰柳寒蝉，或朋辈的饯别，来写他们的故国之痛，和身世之感，他们唱着：

病翼惊秋，枯形阅世，消得斜阳几度！余音更苦，甚独抱清商，顿成凄楚；漫想薰风柳丝千万缕！（王沂孙《齐天乐·咏蝉》）

他们唱着：

千古盈亏休问！叹谩磨玉斧，难补金镜。太液池犹在，凄凉处，何人重赋清景，——故山夜永！（王沂孙《眉妩·咏新月》）

他们唱着：

虚沙动月，叹千里悲歌，唾壶敲缺。……回潮似咽；这一点愁心，故人天末；江影沈沈，夜凉鸥梦阔！（张炎《台城路》）

他们唱着：

候蛩凄断，人语西风，岸月落沙，平江似练，望尽芦花无雁。暗教愁损兰成，可怜夜夜闲情，只有一枝梧叶，不知多少秋声！（张炎《清平乐》）

他们唱着：

寂寞古豪华，乌衣日又斜，说兴亡燕入谁家？只有南来无数雁，和明月，宿芦花！（邓剡《南楼令》）

这真是噤若寒蝉的亡国人的哀吟了！

六　一般社会的意识与心理的结晶

宋朝开国以后，因有长期的太平，社会一切都感着安乐舒适，渐渐养成一种奢侈逸乐的习惯，和苟安脆弱的心理，又加以繁华丰腴的物质的诱惑，和绮罗香泽的肉体的沉湎，于是中国民族性乃为之一变，那时一般社会意识的结晶，有三种最明显的表示：

（甲）反战争的思想　在昔汉、唐盛世，我们中国民族，常常夸耀着他的武力，向各接壤的种族进攻；结果，总是作了一个胜利者，负着领袖或指导他们的资格，用以自豪，如汉武、唐太之远征雄图，均能震耀寰区，表现出我们中国民族的伟大与盛强。那时不独有这样不世出的霸主，并且有极壮勇的名将，而社会上一般心理与意识，亦均以此为无上的光荣，有以养成此种应时而起的杰出人物。他们的志愿，在封侯万里，立功穷荒。他们要勒石燕然，他们要威凌海外。这些壮烈的事迹，在过去史册上，真不胜枚举呀！到了宋代，因人民备受唐末五代的百年祸乱，所以在统一之后，上自君相，下及庶民，均有厌恶战争的倾向；而宋太祖遂开始解除他的臣属们的兵权，且悉罢诸州郡的兵备。于是自汉、唐以来雄武的民风，乃渐变成柔顺脆弱了。其后更经仁宗的长期内治，人民益习于安乐，厌恶战争的思想，更成了一般社会的意识；虽然南渡以后，尽管有许多主战的名臣和勇将，但只是因“靖康之难”的一种暂时的刺激和反映，所以终于被反战争的思想所压倒。我们看王安石的政治建议及其国防的计划，所以在北宋深遭社会的反对与拒绝，也就可以窥见那时思想的一般了。所以在北宋，如韩琦、范仲淹等重臣名将，当他们镇守边郡时，他们尚且唱着：

浊酒一杯家万里，燕然未勒归无计。羌管悠悠霜满地，人不寐，将军白发征夫泪！（范仲淹《渔家傲》）

这样一个厌恶战争的“穷塞主词！”有时边郡有事，要派一个督师的人去，他们总觉得是一件辛劳非常的任务，他们总要唱着：

向晚愁思，谁念玉关人老？太平也，且欢娱莫惜，金樽频倒！（蔡挺《喜迁莺》）

我们若与“匈奴未灭何以家为！”（汉霍去病语）“大丈夫当立功异域，安能终老笔研间乎！”（班超语）的话来相较，真判若天壤了。

（乙）现实的享乐思想　在上面讲过：宋自开国以来，即裁减武备，一意修养，又值一个承平的长期内治，渐渐养成一种享乐的现实的思想。这种思想，深印在两宋一般人的心中，无论是何种阶级的人，他们总过着一种极安适的生活。从他们所唱的歌声里，已经把他们的生活内部和外部，表现得无余了；我们在第一节内已经看见他们的一切了，勿庸再加繁叙。就因为这种思想深入人心，遂形成了一个一成不变的社会意识。所以他们想纵欲时尽管纵欲，想淫奢时尽管淫奢，无论他们的环境是怎样的险恶和紧张。他们认为“万事元来有命，”他们只“领取而今现在”的一种享乐。他们安慰自己道：

休休！何必伤嗟，谩赢得青青两鬓华。且不知门外桃花何代，不知江左燕子谁家。世事无情，天公有意，岁岁东风岁岁花。拼一笑，且醒来杯酒，醉后杯茶。（王鼎翁《沁园春》）

这简直是一种病态的社会心理表现了。

（丙）女性的沉湎　他们的精神，都消磨在温柔乡中。他们的时间，都耗费在美人裙下。我们试将柳永、秦观、黄庭坚、晏几道、贺铸、周邦彦等北木大半的词家集子，翻开来一看，十分之八九都是沉湎于女性的写作。贵族和仕宦阶级，他们能罗致许多丽姝艳质，以供他们的玩弄。文士和士庶阶级，也终朝留恋于秦楼楚馆，过着他们的放浪颓废生涯。在他们词集里，可以找出许多赠妓的名曲，或妓席上的艳歌。因为可举的例子太多，所以姑且从略了。即一般金闺丽质，如：魏夫人、吴淑姬、李清照、朱淑真等，无不在写她们的恋歌，一般歌院名姝如聂胜琼、苏琼、严蕊等，无不在作她们的腻曲。她们唱着：

三见柳绵飞，离人犹未归！（魏夫人《菩萨蛮》）

一种相思，两处闲愁。此情无计可消除，才下眉头，却上心头。（李清照《一剪梅》）

寻好梦，梦难成，有谁知我此时情？枕前泪共阶前雨，隔个窗儿滴到明！（聂胜琼《鹧鸪天》）

去年元夜时，花市灯如昼，月上柳梢头，人约黄昏后！今年元夜时，月与灯依旧，不见去年人，泪湿春衫袖！（朱淑贞《生查子》。或云系欧阳修作。）

独自倚妆楼，一川烟草，浪衬云浮。不如归去下帘钩。心儿小，难着许多愁！（吴淑姬《小重山》）

这只是异性方面的一种反映。我们且略举几首男作家的恋慕与追求女性的作品：

脉脉横波珠泪满，归心乱，离肠便逐星桥断！（欧阳修《渔家傲》）

那堪更别离情绪，罗巾掩泪，任粉痕沾污，争奈向，千留万留留不住！（晏殊《殢人娇》）

其奈风流端正外，更别有系人心处，一日不思量，也攒眉千度！（柳永《昼夜乐》）

消魂！当此际，香囊暗解，罗带轻分。谩赢得青楼薄幸名存。此去何时见也？襟袖上空染啼痕！（秦观《满庭芳》）

还有更甚的描写：

红茵翠被，当时事一一堪垂泪。怎生得依前似，恁偎香倚暖，抱着日高犹睡！（柳永《慢曲紬》）

觑着无由得近伊，添憔悴，镇花销翠减，玉瘦香肌。奴儿又有行期，你去即无妨，我共谁？向眼前常见，心犹未足，怎禁得真个分离？（黄庭坚《沁园春》）

恨眉醉眼，甚轻轻戏着神魂迷乱。常记那回小曲阑干西畔，鬓云松，罗袜划。丁香笑吐娇无限，语柔声低道：我何曾惯？……（秦观《河传》）

像这样热烈的恋歌，与隐约的情诗，简直是举不胜举的。总之，在他们的词集里，大半都是些章台淫腻之声，金闺香艳之曲，与怀人赠别之调。像从前《大风》《垓下》《易水》《秋风》等英雄侠士骚人的歌曲，是再也梦想不到的了。他们的壮志，完全消磨在女性的麻醉之上了。

以这样思想和习尚构成的社会，无怪其人民都脆弱无能，要遭异族的颠覆了。

第三章　宋词作风的时间分剖

在上章内，我们对于两宋的社会，从他们的歌声里，已有了一个明确的认识了。更进一步来研究这三百余年中词风的演变和趋势，是比较有点兴趣的。

以前研究词学的人们，对于宋词时间划分问题，都是分为北宋、南宋两个部分的。即一般人谈起宋词来，也毫不加思索的而称之为“北宋词”与“南宋词”。其实，这北宋、南宋的术语，只能用在政治史上，若用在词学史上，不独太感笼统与模糊，而且也是一种很不自然的分解。因此本书对于此问题，乃划为六个时期，加以叙述，打破向来笼统模糊之弊。在这六个时期中，我们可以看出宋词的自然趋变；同时大作家的影响，与时代的变转，也都能给我们一个沟通连索的新的发觉。

这六个时期，本书分为六编详为叙述。因为篇幅太冗长，内容太复杂，读者或不能仓卒识辨，因作简括的说明如后。

第一期　由宋初一直到仁宗天圣、庆历间，是北宋词的蓓蕾含苞时期。大作家如晏欧等人，只系《花间派》与冯延巳的一种续承，一种终结。他们的歌声，最足表现士大夫阶级雍容享乐的生活反映。他们是保守的，贵族的，典雅的，富有温婉情绪的，具有端丽风调的。她如一朵将要开放的蓓蕾，她如少女之羞涩静默。在本期内，其中心人物，如晏殊，如欧阳修，均系当年一个缙绅阶级的典范，又值北宋仁宗四十年中最承平的时期，更为此阶级的文学增加了环境上的适合条件；他们遂造成一个灿烂的北宋初期词学史迹。在他们歌声里，只听到“金风细细，叶叶梧桐坠，绿酒初尝人易醉，一枕小窗浓睡；”（晏殊《清平乐》）只听到“梧桐昨夜西风急，淡月笼明，好梦频惊，何处高楼雁一声；”（晏殊《采桑子》）只听到“芳菲次第长相续，自是情高无处足，尊前百计留春归，莫为伤春眉黛促；”（欧阳修《玉楼春》）只听到“秋千散后朦胧月，满院人闲，几处雕阑，一夜风吹杏粉残；”（晏几道《采桑子》）只听到“沙上并禽池上暝，云破月来花弄影，重重帘幕密遮灯，风不定，人初静，明日落红应满径”（张先《天仙子》）。他们的歌声，有这样温和而舒宽的情调，有这样含蕴而清隽的辞彩。因为他们的精神是保守的，所以在他们的词集中，看不出什么特创和自度的腔调来。他们的作品，只是五代词风的最大的光辉集结与终了。

第二期　由仁宗天圣、景祐以后起，直至英宗、神宗、哲宗三朝。是花之怒放时期，是创造时期，同时也是北宋词最灿烂、最绚丽的时期。这时候大作家，如柳永、苏轼、秦观、贺铸、毛滂等，俨然成了五个最大的派别，笼罩着整个的中国词坛。（说详后《宋词第二期》编中）而最先创造此特殊史迹的人物，则为一个不齿及于缙绅阶级的“多游狭邪”的举子柳永。因为他能接近民众，他能于三教九流最杂乱的倡寮歌院之中，取裁了市井流行的歌调，创造一种“旖旎近隋”的新曲。《古今诗话》载：

> 真州柳永少读书时，以无名氏《眉峰碧》词题壁，后悟作词章法。一妓向人道之。永曰：“某于此，亦颇变化多方也。”然遂成屯田蹊径。

他当年作词的渊源，既不是《花间集》，又不是《阳春录》（冯延巳词集名），而是民间无名之作，如《眉峰碧》等类的作品。他敢大胆用通俗的字句，来写他的漂泊的诗人情绪，与肉体的追求。他脱尽了《花间》以来所习用的填词术语、腔调及其内容。他的精神，比“能逐弦吹之音，为侧艳之曲”的温庭筠更为解放。他的天才，则与温氏向相反的两条路上走去。他从五代以来“诗客曲子词”的登峰造极时代，又转向这条民众化与音乐化的“里巷之曲”路上了。他由贵族与文士的平稳牢固的“词的路线，”转变成一个新兴的生动的局面，他用忠实的、通俗的、自然的描写，代替了诗人与贵族的词。（温庭筠所领导的一派词）与温庭筠从有腔无词的幼稚时代，一手造成一个文彩灿烂的《花间》系统者恰恰相反。而其在词学的演变与升降上，则二人同为一个时代的最大导师，一个最有关键的人物；虽然他们的作品，或尚不及其同时与后起者的造诣之精邃优异。

他（柳永）这种作风，震惊了一般社会。他的作品传播之广，凡遐荒异域，及有“井水之处，”无不在歌唱着，诵咏着，真是一个空前绝后的事例。他虽不为士大夫阶级及囿于传统观念的人们所齿及，而受着绝大的讥抨（说详后柳永传评中），然当时大词人如秦观、贺铸等人，无不取法他的风调，而成为并时的开山。即天才横溢的苏轼，也无形中受了他的反映，开始写他那奔放豪纵的慢词，而另成词学中一个旁枝了。在运用白话一方面讲，则苏轼与黄庭坚更深受他的影响，而尤以黄词为更甚。其他二三等作家，及后期的词人，受他的影响而成名者，尤不可胜举。所以在此时期中，我们也可以称为“柳永的时期。”

他们的特质，在能“铺叙展衍，备足无余”；在能用新体词来写他们自己要说的话，与上一期的作家只用含蕴不尽的诗人之笔来写词者，显然不同了。这时候已由含苞的蓓蕾，展开她的浓艳花瓣了，已由少女期，进而为成熟的少妇期了。他们唱着：“多情自古伤离别，更那堪冷落清秋节！今宵酒醒何处？杨柳岸，晓风残月。”（柳永《雨霖铃》）他们唱着：“消魂，当此际，香囊暗解，罗带轻分。谩赢得青楼薄幸名存。此去何时见也？襟袖上，空染泪痕。伤情处，高城望断，灯火已黄昏。”（秦观《满庭芳》）他们唱着：“不成欢笑不成哭，戏人目，远山蹙。有份看伊，无份共伊宿。”（黄庭坚《江城子》）他们唱着：“淡妆多态，更滴滴频回盼睐；便认得琴心先许，欲绾合欢双带。记画堂风月逢迎，轻颦浅笑娇无奈。”（贺铸《薄幸》）他们唱着：“明月几时有？把酒问青天：‘不知天上宫阙，今夕是何年？’我欲乘风归去，又恐琼楼玉宇，高处不胜寒。”（苏轼《水调歌头》）这些歌不独在《花间集》《阳春集》中找不出来，即在《珠玉词》《六一词》《小山词》中亦无这样尽兴淋漓的诗篇。

在这个时期中，不独词的内容与色彩向创造路上走去，即词的腔调，——尤其是慢词，——更经柳永等的制作，增加了许多的新谱，这也是与五代及北宋第一期不同的地方。

第三期　由哲宗末年，历徽宗一朝，直至汴京被陷以前止。是“柳永时期”的总集结时期。那时正值宣政文物鼎盛的时代，大晟乐府的设立，更利用国家的力量，来搜求审定已往的曲拍及腔调，重新加了一番制作；并于旧谱之外，又增衍许多“《慢曲》《引》《近》。”及所谓“《三犯》《四犯》”之曲。于是词的牌调，乃益繁缛。音乐与诗歌融成一气。当时词家的作品，殆无一不能入奏。这自从有词学以来，关于音乐方面的发展，已经到了一个顶点了。然自此以后，因金人攻陷汴京，南渡旧谱渐渐失传，于是中国词学乃由乐府的地位，渐向纯文学方面发展，离开了音乐的部分了。

在此时期中，一般作家均在模仿前期柳、苏、秦、贺、毛五大家的风调，尤以周邦彦成绩为最伟异。他兼具前一期各作家的长处，荣膺着“集大成”的头衔。他替“柳永时期”作一个总结束，他替南宋风雅派与古典派的大词人，如：姜夔、史达祖、吴文英、王沂孙、张炎、周密、张辑、蒋捷、卢祖皋、陈允平等人开了一条先路。所以他在中国词坛上，是由北宋到南宋两极端的词风（说详下章）一个变转的枢纽与过渡的梯航。我们可以说他是柳永派的结局，是南宋姜、张等人的肇始。

那时于周邦彦之外，有两个卓异的天才作家并起：一为宋徽宗赵佶，一为女词人李清照。他们两个虽都未能完全脱尽柳永时期的笼罩，但他们多少总要有点例外。如徽宗北虏后《燕山亭》词，其才华之高俊，还要在柳永、周邦彦等人以上；李清照以一个最伟大的女诗人来写真正女性的词，她的作品源泉，为南唐后主、为欧阳修、为秦观，（说详李清照传评中）似乎还要跨过柳永的时期，未曾受时代色彩的束缚。

第四期　约自宣和以后起，直至南渡后庆元间，约七十余年当中。是传统下来的词学史中一个桠枝旁干的怒出。是由苏轼至辛弃疾的一个最光辉的时期。中国词学，在南渡以后，本可直接由周邦彦一条路线走下去的，因为政治上受了一个最惨烈的打击，在承平一百七十余年的北宋社会，忽然被一种暴力所劫持，而变换了政治与生活的常态。于是国都被异族攻陷了皇帝也被掳去了，长淮以北完全为胡马所纵横践踏的场所了。这种刺激与震惊，遂使百年以来所代表的一种承平享乐的词风，为之遽变。这时候有两大词派的出现，代表两部分相反的意见与思想。

一派因鉴于国势险恶，朝政日非，忠耿热烈之士反招杀身贾祸，他们遂遁迹江湖，或与世浮沉，成为一种放达颓废的诗人。一切国政世情，与他们毫不关心。他们唱着："醉眠小坞黄茅店，梦倚高城赤叶楼。"（苏庠《鹧鸪天》）他们唱着："万事不理醉复醒，长占烟波弄明月。"（苏庠《清江曲》）他们唱着："世事短如春梦，人情薄似秋云，不须计较苦劳心，万事元来有命。"（朱敦儒《西江月》）他们唱着："日日深杯酒满，朝朝小圃花开。自歌自舞自开怀，且喜无拘无碍。"（朱敦儒《西江月》）他们唱着："一杯且买明朝事，送了斜阳月又生。"（范成大《鹧鸪天》）他们抱着"万事有命"主义，得过一天是一天。这一派的词人如杨无咎、苏庠、陈与义、朱敦儒、范成大、杨万里等，都系由毛滂、谢逸等一派潇洒的作家传下来的。因南渡一件政治的事变，而染上了一重灰色与颓废的时代色彩。在这些作家中，以朱敦儒为最杰出。

还有一派是愤时的诗人，是热烈的志士。他们目睹国势的陵替，权奸的当路，忠臣之惨遭祸辱，他们愤痛之情无处发泻，都写入他们的歌声里。他们唱着："欲驾巾车归去，有豺狼当辙。"（胡铨《好事近》）他们唱着："梦绕神州路，怅愁风连营画角，故宫离黍。底事昆仑倾砥柱，九地黄流乱注，聚万落千村狐兔。"（张元干《贺新郎》）他们唱着："念腰间箭，匣中剑，空埃蠹，竟何成！时易失，心徒壮，岁将零。"（张孝祥《六州歌头》）他们唱着："易水萧萧西风冷，满座衣冠似雪；正壮士悲歌未彻。啼鸟还知如许恨，料不啼清泪长啼血。谁伴我，醉明月！"（辛弃疾《贺新郎》）他们唱着："胡未灭，鬓先秋，泪空流。此生谁料，心在天山，身老苍州！"（陆游《诉衷情》）他们的歌声，都是极悲壮的，极热烈的，是最具有时代性的。此派作家如：岳飞、张元干、张孝祥、陆游、辛弃疾、陈亮等，而以辛弃疾为最伟大。他不独集此派词人的大成，且自苏轼、晁补之、叶梦得一直到朱敦儒所有豪放及潇洒派的词人特长，无不在他的包容涵淹中，造成了一个空前的作家。

在这南渡前后七十年中，我们可以叫做"苏轼派的开展与抬头。"这时已经不是柳永与周邦彦的时期，而是朱敦儒与辛弃疾的时期了。因为辛弃疾的造诣最精邃博大，所以我们就简称为"辛弃疾的时期。"

在此时期也有两个很大的作家，如周紫芝、程垓，其造诣确能远接柳永、秦观、贺铸之精髓。其次等的作家，则有康与之、张抡、张镃、谢懋、葛立方等人，在当年的词坛上，亦颇灿烂可观。惟均为辛弃疾的作风所掩。而且他们全系模仿第二、三期柳、贺、秦、周等大词人的风调，于时代的背景上无深透的表现力。他们只是柳永时期的一种余波了。

第五期　由嘉泰、开禧间起，是苏辛一派词的终了，姜夔时期的开始。苏辛一派词至稼轩已臻绝境，无能再继，故后此虽有刘过、岳珂、李昂英、方岳、刘克庄、陈经国、文及翁、王野、程珌等人仍在仿效着他的风调，但只是一个末流，一种尾声，不足代表他们的时期了。代表这个时期的，（庆元至淳祐间约半世纪）则为姜夔、史达祖、吴文英三个人，而尤以姜夔的地位更为重要，他以清超的诗人笔锋，写出一种"体制高雅"的歌曲。他有极高的音乐天才，他能自制许多新谱，他能改正许多旧调。（说详后姜夔传评中）他继承了周邦彦的一条路线，他从南渡前后词风过于凌杂叫嚣的时期中，走上了一个风雅派、正统派词人的平稳道路。他遂成为南宋词的唯一开山大师，（辛弃疾只能算是一种结束，于后期的影响甚微）也可以说是元、明、清以来的唯一词林巨擘。（说详下章）因为中国词学自南宋中末期一直到清代，可以说完全是"姜夔的时期"。在此六百余年中，代表最大多数的作家与词风的，无不奉姜夔为唯一典范，以周邦彦为最终的指归。所以他在词坛上的影响，亦无异温庭筠与柳永。温庭筠由萌芽原始的时期，造成了真正词学，其精神为创造的；柳永由诗人与贵族的成熟歌曲，又转向民间文学上去，其精神为革命的；至于姜夔，则仅系周邦彦的一转，其精神只是继承的，他将以前雅俗共赏的词变成一个纯粹文人吟唱的词，由“诗人”自然抒写的词渐变成一种“诗匠”雕斫藻绘的词了。所以自此以后，词的领域反而缩小，词的意义也日益偏狭了。

与姜夔同时的，有一个很大的助手作家史达祖。他虽无白石的气魄，但他能以婉妙的诗情，及工丽的术语入词，不啻给白石一个最大的帮助，遂使此派词学更加生色，而予后人一个模仿的榜样。在此期内，成名的作家如：高观国、卢祖皋、孙惟信、张辑、刘光祖、汪莘、赵以夫、魏了翁、赵汝芜等，都系姜史的附庸；一时词人之众，如蜂起林立，遂造成“姜夔时期”最初期的优异史迹。

继姜史之后，略为晚出的吴文英，又为此派人添了一个异样的色彩。他是姜夔时期一贯下来的一个小小的旁枝，一个奇特的结晶，他的作风亦如姜史之雅正，而更要来得古典，更要来得温丽，他将姜史的风调，披上一层北宋缙绅阶级（晏、欧等）诗歌的神貌，于是由周邦彦派以来的词风，至此乃成一个凝固的躯壳，一个唯一的典型作品了。崇拜他的人，至称之为“前有清真，后有梦窗，”而列为两宋词坛中最大的两个巨头。

所以自从有了姜、史、吴三个大作家互相辉映发明以后，遂替后来此派词人造了一个坚稳牢固的基础。至于他们的歌声与风调，均详论于他们的传评中，无庸再为引证了。

第六期　为南宋末期，是“姜夔时期”的稳定与抬高时期。这时候大作家如王沂孙、张炎、周密三个人，都系姜夔的继承人。他们对于白石也异常崇拜，他们认为“其高处有美成所不能及，”认为他“如野云孤飞，去留无迹。”他们奉之为唯一典范。所以在此时期中，只是姜夔作风的扩大与其地位的抬高。他们除谨守上期的余绪外，更于遣辞造语和音律上益求其工协雅正；并于吴文英的过于凝固而失之“晦涩”的词风，更易以“空灵”、“清空”之说，以相标榜，于是填词一道，更要受许多音律文辞及体制上的桎梏，而益离开一般社会所能了解的范围了。

这时候蒙古势力已笼罩了东亚大陆，他们久处积威之下，已失却了民族的反抗性。他们往往于歌词中露出一点遗民的叹息，因而造成一个“残蝉尾声”的异样作品，这是他们的唯一特色。（说详上章及他们的传评中）在他们旗帜之下的作家如：陈允平、蒋捷、赵崇嶓、赵孟坚、李彭老、李莱老、何梦桂、唐珏、施岳等多至不能备举，其盛况亦无异于姜、史、吴三人所领导的时期。

在此期中亦有几个开心时事发出一种亡国人的哭声作家，如：文天祥、邓剡、刘辰翁、陈德武、汪梦斗、徐一初、汪元量等，都还能说出心中的真实话来。他们唱着：“睨柱吞嬴，回旗走懿，千古冲冠发。伴人无寐，秦淮应是孤月。”（文天祥《大江东去》）他们唱着：“感古恨无穷，叹表忠无观，古墓谁封！掉艤钱塘，浊醪和泪洒秋风。”（陈德武《望海潮》）他们唱着：“追往事，满目山河晋土，征鸿又过边羽。登临莫上高层望，怕见故宫禾黍。绿醑浇万斛牢愁，泪阁新亭雨。黄花无语，毕竟是西风披拂，犹识旧时主。”（徐一初《摸鱼儿》）他们唱着：“听楼头哀笳怨角，未把酒愁心先醉。渐夜深月满秦淮，烟笼寒水。……乌衣巷口青芜路，认依稀王谢旧邻里，临春结绮，可怜红粉成灰，萧索白杨风起！”（汪元量《莺啼序》）他们唱着：“叶声寒，飞透窗纱。懊恨西风催世换，更随我落天涯！”（文天祥《南楼令》，邓剡代作）他们仍系辛派的承续者。他们的作品，也可以说是南宋人最后的哀鸣了。

第四章　北宋与南宋词风的一般比较和观察

在上章内，我们对于宋词的演变，大概是分六个阶段的。其间因时代的转变与天才作家的出现，遂成了互为因果与构成的状态。我们已有了一个历史的概念了，更进一步来作一个横断的研究。这个研究的对象，即为本章的标题。其纲目为：

一、时代的背景不同

二、文学上的自然趋变

A自然的抒写与刻意的藻绘

B小令与慢词

C描写的内容

三、“应歌”与“应社”两大主流

现依次述之如后：

一　时代的背景

北宋因有长期的承平，故其词风所表现，自有一种宽舒中和的音调与色彩。我在三、四两章内已详为说明了。这种歌声，正足代表一个升平享乐的时代。自从汴京失陷，迁都临安以后，外受强邻侵逼，内则权奸当路，凡是热心祖国，过于激烈的人，都遭杀身窜谪之祸。（如岳飞被诬谄而死于非命，赵鼎、胡铨、朱熹等均远窜岭表，及穷荒之地。）所以他们的词中，多半是抒写他们的内在的痛愤。到了末期，更其是国破家亡，敛迹销声，故其词中亦隐露凄恻之意沦落之感。若与北宋承平盛世相较，显然有一种不同的色彩与声调了。譬如同属一物，同系一境，自北宋人看来都欣欣有自得之趣，感着共生之乐，而自南宋人看来，则反觉触目伤怀，对景增痛了。比方同是一个月亮，北宋人则这样的写出：

明月几时有？把酒问青天：不知天上宫阙，今夕是何年？我欲乘风归去，又恐琼楼玉宇，高处不胜寒；起舞弄清影，何似在人间！（苏轼《水调歌头》）

但南宋人不独无此豪兴，反要唱着：

千古盈亏休问！叹谩磨玉斧，难补金镜。太液池犹在，凄凉处，何人重赋清景，——故山夜永！（王沂孙《眉妩》）

已不胜凄凉之感了。比方同是一种景象，自北宋人看来，则为：

彩索身轻长趁燕，红窗睡重不闻莺，困人天气近清明。（苏轼《浣溪沙》）

舞困榆钱自落，秋千外，绿水桥平。东风里，朱门映柳，低按小秦筝。（秦观《满庭芳》）

心境非常宽舒自得，自南宋人看来，则为：

怕上层楼，十日九风雨。断肠点点飞红，都无人管，更谁劝

流莺声住！（辛弃疾《祝英台近》）

君莫上，古原头，泪难收。夕阳西下，塞雁南飞，渭水东流！（康与之《诉衷情令》）

君莫舞！君不见玉环、飞燕皆尘土。闲愁最苦，休去倚危栏，斜阳正在烟柳断肠处！（辛弃疾《摸鱼儿》）

寂寞古豪华，乌衣月又斜，说兴亡，燕入谁家？只有南来无数雁，和明月，宿芦花！（文天祥《南楼令》邓剡代作）

反觉触景生愁，惹起无限的烦恼。所以他们的歌声，自然要偏激，不能得其中和了。

二　文学上的自然趋变

大凡一种文学，其最初期总以自然与质朴胜，如《三百篇》《楚辞》中的《九歌》、汉魏间的《乐府》以及元人的《杂剧》，虽经文学家为之略加删改与创制，而其风调与情趣，则仍与原始的民间文学无大差异。故凡此类作品，读之均足以“沁人心脾，豁人耳目。”“其辞脱口而出，无矫揉妆束之态。以其所见者真，所知者深也。”（用王国维《论词语》）其后渐经文人雅士之推敲研习，日在文字上求其精纯，以期于“雅，”以期于“免俗。”于是所谓文学，乃非众人之文学，仅系极少数的文人为节会或群聚时以一种唱酬消遣的资料；对于文学本来的面目，与伟大的含义，渐渐丧失。因而有所谓“文会”“诗社”“词社”者于以产生。而宗派义法之说，亦日趋于严密繁琐，一切“开宗”“尊体”及“蜂腰”“鹤膝”“犯上”“复下”等等机械荒谬的说法出现了。甚至谓“说桃不可直说破桃，须用红雨、刘郎等字，说柳不可直说破柳，须用章台、灞岸等字。”（沈伯时《乐府指迷》）凡是咏桃柳的人，不问其身居何时，所处何境，居然人人都见刘郎，人人都在章台灞岸了。这种见解，真是世界文学史上所无的怪例，惟独在我们中国，这种思想，充满了一切自命为“文人雅士”者的头脑，而掌有文坛上鉴赏与评判的威权。

不幸的中国词学，也不能独为例外，不受此种思想的牢笼与支配，于是由抒情的、写实的、便于歌唱的北宋人词，一变而为雕琢的、藻绘的、南宋中末期的词了。

A 自然的抒写与刻意的雕琢　北宋词无论是抒情或写景写物，总是很自然的，质朴的，真实的。比方同是写美人的，北宋人则谨写她全部的姿态和风神，南宋人则偏从她的眉眼上，指甲上，甚至于纤足上，作一种局部的，机械的描写，因为写得太机械了，太琐碎了，实在是难于着笔，于是不得不专借古典的烘衬，和辞彩的藻绘，大作其无病呻吟的文章了。结果，是愈写愈机械，愈写愈古典，简直将一位活活的美人，写得像一座石像或木偶了。……而且要拆成片段，如生理院中所制的标本，以供人们的展览了！比方北宋人写雁：

惊起却回头，有恨无人省。拣尽寒枝不肯栖，寂寞沙洲冷。（苏轼《卜算子》）

只是一种写实的作法，南宋人写雁：

正沙净草枯，水平天远，写不成书，只寄得相思一点。料因循误了，残毡拥雪，故人心眼。（张炎《解连环》）

却用苏武牧羊北海、系书雁足事，来作衬文，假使未曾读过《汉书》，不知道有这一段的传说，那么，简直不明白他在说什么了，比方北宋人咏物：

阑干十二独凭，春晴碧远连云。千里万里，二月三月，行色苦愁人。（欧阳修《少年游》咏春草）

乱入红楼，低飞绿岸，画梁轻拂歌尘转。为谁归去为谁来，

主人恩重珠帘卷。（陈尧佐《踏莎行》咏春燕）

一首系写春草，一首系写春燕，语语明白如话，而写来却自然明媚动人。南宋人咏物：

> 苔枝缀玉，有翠禽小小，枝上同宿。客里相逢，篱边黄昏，无言自倚修竹。昭君不惯胡沙远，但暗忆江南江北。……犹记深宫旧事，那人正睡里，飞近蛾绿。莫似春风，不管盈盈，早与安排金屋。（姜夔《疏影》）
>
> 寿阳宫里愁鸾镜，问谁调玉髓，暗补香瘢？细雨归鸿，孤山无限寒。离情难倩招清些，梦缟衣，解环溪边。（吴文英《高阳台》）

这两首都系咏梅花的，一阕之内，能用许多不相连贯的典故，硬来妆衬，不独“非文人”阶级看不懂他在说什么，就是自命为文人的，对于这样杂凑补缀的写法’若与上面两首咏草咏燕的词一比较，也可以立刻判别出高下了。这种纯文人的词，在南宋风靡一世，其影响直至清末，而尚未少减。所以中国词学，也自此以后，渐日就式微了。

然自技巧上言之，则南宋词因经数百年之浸染涵育，其遣辞之工巧，与练句之精纯，与北宋词仅以便于歌唱者之口，往往不计文辞之工拙者，显然有一种长足的迈进了。周介存说道：

> 北宋词下者在南宋下，以其不能空。且不知寄托也。高者则在南宋上，以其能实，且能无寄托也。南宋则下不犯北宋拙率之病，高不到北宋涵浑之诣。（《介存斋论词杂著》）

所谓“空”、“实”之说，即代表“自然”与“技巧”互为优长的意思。南宋词既长于“技巧”之美，故绝无北宋“拙率”之病，惟因太重在遣辞，太重在技巧，反觉过于刻画藻绘，远不若北宋人之“涵浑”有致了。

B 小令与慢词　北宋初期，因承五代词风的余绪，多用诗人含蕴之笔来写词，往往以短隽胜。中期以后，虽经柳永、苏轼等借慢词以驰骋其才华，然一般作家，其词的量与质，仍系小令与慢词二者并重。南渡以后，辛弃疾以纵逸的天才，来作“词论”的词；姜夔等以诗人的笔调，来作“雅士”的词。遂开慢词特盛的风气。这时更因描写的范围扩大，（详下段）可以任意抒写，比较上慢词当然更适合于此种新的条件和需要了。譬如我们咏唱一段历史陈迹，或描写一种宫观园囿，绝非三言两语所能发挥得尽致，述说得完整的。又况文人每喜驰骋其才华，夸张其富丽，谁肯再作那样很短的小令呢？所以慢词在南宋更为发展，一般成名的作家，如辛、姜、高、史、吴、张、王、周等人，无一不以慢词见长，这种事实，你只要翻开南宋人词来一读，就可证明，勿庸再来举例了。因为慢词特别发展，遂成了一种“纵笔直书，或刻意描绘”的词风，无论是小令或长调，写得总太露骨，无北宋词的含蕴。其长处在能“尽兴穷态，”其流弊往往失之“雕琢琐碎”而落于下乘。

C 描写的内容　北宋词所描写的范围很狭，他们所写的不过是春愁、闺情、别绪、羁怀和简单的写景作品而已。他们所常用的语句，则为：

其奈风流端正外，更别有系人心处。一日不思量，也攒眉千度！（柳永《昼夜乐》）

淡妆多态，更滴滴频回盼睐。便认得琴心先许，欲绾合欢双带。（贺铸《薄幸》）

尊前拟把归期说，未语春容先惨咽。人生自是有情痴，此恨不关风与月。（欧阳修《玉楼春》）

思往事，惜流光，易成伤。未歌先敛，欲笑还颦，最断人肠。（欧阳修《诉衷情》）

伤春怀远几时穷，无物似情浓。离愁更恁牵丝乱，更南陌飞

絮濛濛。（张先《一丛花》）

这不过随便举几首罢了。这一类的歌词，要占北宋作品十分之七八以上，所以我们在北宋人的词集中，除王安石、苏轼、毛滂等极少数的人有点异样外，其余的大作家如晏殊、晏几道、欧阳修、张先、柳永、贺铸、秦观等，除描写闺情别绪或春愁外，几乎找不着别样的作品。——纵有点例外，仍不脱此窠臼与色彩。——但我们若取南宋词来一读，我们觉得词学的领域，并不以描写春愁、闺情、别绪为中心，仅可向外开展，其范围并不如此的狭小了。例如：

将军百战身名裂，向河梁回头，万里故人长绝。（辛弃疾《贺新郎》）

记出塞黄云堆雪，马上离愁三万里，望昭阳宫殿孤鸿没，弦解语，恨难说。（同上）

可以用来写前代的英雄美人事迹了。又如：

元嘉草草，封狼居胥，赢得苍黄北顾。四十三年，望中犹记烽火扬州路，可堪回首，佛狸祠下，一片神鸦社鼓！（辛弃疾《永遇乐》）

淮左名都，竹西佳处，解鞍少驻初程。过春风十里，尽荠麦青青。自胡马窥江去后，废池乔木，犹厌言兵。渐黄昏，清角吹寒，都在空城。（姜夔《杨州慢》）

登临处，乔木老，大江流。书生报国无地，空白九分头。一夜寒生关塞，万里云埋陵阙，耿耿恨难休！徙倚霜风里，落日伴人愁。（袁去华《定王台》）

未把酒愁心先醉，渐夜深月满秦淮，烟笼寒水。凄凄惨惨，冷冷清清，灯火渡头市。慨商女不知兴废，隔江犹唱《庭花》，余音亹亹；伤心千古，泪痕如洗。乌衣巷口青芜路，认依稀王谢旧邻里。临春结绮，可怜红粉成灰，萧索白杨风起！（汪元量《莺啼序》重过金陵）

凡古今盛衰之迹，兴亡之感，也都可写入词中了。

其他如记游、记事、赠别、庆吊，以及花、鸟、虫、鱼、宫室、玩好、服饰等，凡可用诗与散文写出者，均可一一倚声制为新词了。其范围之广阔，远非北宋人所能臆想得到的事。

三 “应歌”与“应社”两大主流

就上面种种的分解，北宋词与南宋词显然有一种极明显的转变了。这种转变的原因，固然是如上面所说：受了时代与文学上的自然趋变所造成；但一大部份的原因，则在歌词的环境上有了变易。

在北宋宣、政以前，词学制作的领域，非常广泛，上自帝王卿相，下至文人、学士、市侩、妓女、贩夫、走卒，都是这词学制作的中心，都是这歌唱的主角。故凡每一词脱手，妓女即可用以上口，如柳永、周邦彦等人的作品，当时“凡有井水之处，即能传唱，”无论是“贵人、学士、市侩、妓女，皆知其词为可爱。”所以那时候的词学，虽然与原始的“胡夷里巷之曲”完全变了面目，但总还能与民众接近，而且赖妓女的传唱，于是流传更普及于一般社会，虽不能算是纯“民众的文学，”但经此文士阶级与妓女阶级的联结作用，其性质亦逐渐民众化、音乐化了。南宋自绍熙、庆元以后，词风为之大变，不独不能与民众接近，而且与妓女也绝缘了。其范围仅限于少数的文人为之主体，且谱调多已沦失，渐渐不能入唱，一般作家，除极少数——如姜夔、张炎等——号称知音外，其余则仅在文字上填作，完全失却了音乐上的作用。他们的领域，只限于纯文人阶级，所以他们唯一的结集，只有一种“词社，”以为制作和歌唱的中心了。周介存说道：

北宋有无谓之词以应歌，南宋有无谓之词以应社。（《论词杂著》）

这“应歌”、“应社”之说，最能说出两宋词风变易的主要原因。北宋词多半作过即付乐工或妓女以资歌唱，故只求声调之谐美，往往忽于文辞的内容，此即周氏所谓“有无谓之词以应歌”者是也。南宋词（指中末期而言）多系文人一种团体——词社——的聚欢酬唱之作，纯为文人雅士的消遣资料，其下等的作品，仅系一种“应社”的“无谓”作品了。他们因为有此应歌应社两大动机与事实上的不同，所以他们的观点与趋向，亦向两条路上发展了。故就大体论之：北宋词在能得声调之谐美，以自然入胜；南宋词则立求体制之雅正，以技巧工丽见长。

在南宋第一个领导着向这“雅正”路上走的人，则为姜白石，（夔）他一手承续了周美成的作风，更走上了这“风雅派”的顶点。他的《暗香》《疏影》二阕，即为他平生的代表作。其“体制之高雅”称为“古今绝唱，”尤为后人所惊羡而奉为唯一的典型。自此以后，人人争趋向于风雅一途，如：史达祖、张辑、孙惟信、吴文英、王沂孙、陈允平、卢祖皋、高观国、张炎、周密、蒋捷等，均系衣钵姜氏而卓然名世者。其流风所及，直至清之中叶，更开浙派词人之先河。其影响之巨，与学之而成大名者之多，为任何词派所无。他们抬高了姜氏，严立了宗派，于是遂有了“开宗”之说了。自此以后，词的地位，虽然日益升高，而其歌诗的含义，反逐渐丧失了。它离开了民众，离开了一般人的欣赏，只供文人于结社集会时，一种唱和与消遣的资料了。

所以我们研究南宋词，第一要明白南渡以后，时代的背景变了，故其歌声亦随之变易。第二要明白姜夔的作风与其在词坛上的重要。第三要明白北宋、南宋词风的划分，乃在所谓“应歌”、“应社”两大主流有以变其趋向与发展。如此则对于此庞杂众盛的南宋人词，方不致眩于歧途，渊源莫辨了。

第五章 宋代乐曲概论

——北宋乐曲概况——北宋乐舞构成的部份——慢词的创制——大晟乐府南渡以后的乐部——中末期的文人制作——歌法失传与北曲的代起——

宋自太祖肇兴，在位仅十七年，其间因戎马倥偬，于文教上未遑设施。至太宗继立，颇能留心礼乐，又复洞晓音律，能自制新声，于是有宋乐制，乃始灿然大备。据《宋史·乐志》：

宋初循旧制，置教坊凡四部，所奏乐凡十八调，四十六曲：

一曰正宫调，其曲三：曰《梁州》，《瀛府》，《齐天乐》。

二曰中吕宫，其曲二：曰《万年欢》，《剑器》。

三曰道调宫，其曲三：曰《梁州》，《薄媚》，《大圣乐》。

四曰南吕宫，其曲二：曰《瀛府》，《薄媚》

五曰仙吕宫，其曲三：曰《梁州》，《保金枝》，《延寿乐》。

六曰黄钟宫，其曲三：曰《梁州》，《中和乐》，《剑器》。

七曰越调，其曲二：曰《伊州》，《石州》。

八曰大石调，其曲二：曰《清平乐》，《大明乐》。

九曰双调，其曲三：曰《降圣乐》，《新水调》，《采莲》。

十曰小石调，其曲二：曰《胡渭州》，《嘉庆乐》。

十一曰歇指调，其曲三：曰《伊州》，《君臣相遇乐》，《庆云乐》。

十二曰林钟商，其曲三：曰《贺皇恩》，《泛清波》，《胡渭州》。

十三曰中吕调，其曲二：曰《绿腰》，《道人欢》。

十四曰南吕调，其曲二：曰《绿腰》，《罢金钲》。

十五曰仙吕调，其曲二：曰《绿腰》，《采云归》。

十六曰黄钟羽，其曲一：曰《千春乐》。

十七曰般涉调，其曲二：曰《长寿仙》，《满宫春》。

十八曰正平调，无大曲，小曲无定数。不用者有十调：一曰高宫，二曰高大石，三曰高般涉，四曰越角，五曰商角，六曰高。大石角。七曰双角，八曰小石角，九曰歇指角，十曰林钟角。

法曲部，其曲二：一曰道《调宫望瀛》，二曰《小石调献仙音》。

龟兹部，其曲二，皆双调：一曰《宇宙清》，一曰《感皇恩》。

这是宋初乐曲的大概情形，又据《乐志》载，太宗前后亲制大小曲，及因旧曲创新声者，总三百九十，凡制大曲十八，曲破二十九，小曲二百七十。凡所谓大曲法曲，多用之以昭示功德。小曲有因旧曲造新声者，有随事制曲名者，多通常习用之调。其调名如《倾杯乐》《朝中措》

《醉花间》《小重山》等，且均为旧有之名。乾兴以来通用的新乐，凡十七调，总四十八曲，其急慢诸曲几千数。又法曲、龟兹、鼓笛三部，凡二十有四曲。至仁宗时，自度之曲与教坊撰进者，凡五十四曲。以上均系太宗、仁宗两朝，宫庭间的制作，而民间作新声者，尚极众盛，不在教坊习用之数。其数量之多，至足令人惊诧。仁宗时，因中原息兵，汴京繁庶，歌舞之胜，更过前朝。据《乐志》载：

> 每春秋圣节三大宴，其第一：皇帝升座，宰相进酒，庭中吹觱篥，以众乐和之；赐群臣酒，皆就坐；宰相饮，作《倾杯》，百官饮，作《三台》。第二：皇帝再举酒，群臣立于席后，乐于歌起。第三：如第二之制，以次进食。第四：百戏皆作。第五：如第二之制。第六：乐工致辞，继以诗一章，谓之口号。第七：合奏大曲。第八：皇帝举酒，殿上独弹琵琶。第九：小儿队舞，亦致辞。第十：杂剧罢，皇帝起更衣。第十一：皇帝再坐，举酒，殿上独吹笙。第十二：蹴踘。第十三：皇帝举酒，殿上独弹筝。第十四：女弟子队舞，亦致辞。第十五：杂剧。第十六：如第二之制。第十七：奏鼓吹曲，或用法曲，或用龟兹。第十八：如第二之制。第十九：用角牴。
>
> 宴毕，上元观灯，及曲宴，赏花，习射，观稼，游幸，庆节，上寿。
>
> 大宴则唱编曲，余通用慢曲而唱《三台》。朝臣宴赏，亦用致语口号，民间化之，对酒当歌，以永朝夕。

所谓队舞杂剧即为后世戏剧的雏形。

当时于大曲、法曲、诸宫调以外，更有所谓蕃曲，至徽宗朝，颇为盛行。《独醒杂志》谓："宣和末，京师街巷鄙人多歌蕃曲，名曰《异国朝》《四国朝》《六国朝》《蛮牌序》《蓬莱花》等，其言至俚，一时士大夫亦皆歌之。"

北宋当年，乐曲既如此繁缛，为什么我们在晏、欧等北宋人词集中，所看见的，仍不外唐、五代以来为文人所习用的几十种调子呢？这是我们所急待研究的一个问题。我们研究此问题之先，且将当年乐部，略略加以分析：

第一：在太宗、仁宗朝，虽曾有此巨量的制作，但其中大曲法曲，均为朝庙之乐，仪式优隆，民间何得妄加模拟？其中小曲部分，仅付教坊乐工传习，以供宫庭享乐之用，民间难见底本，传播之力，为之低减。

第二：民间制作与习用者，为小曲，为诸宫调，数量虽众，然多市井尘鄙之辞，不为文人所重视。

第三：大曲等奏演颇繁重。据王灼《碧鸡漫志》载："凡大曲有散序、靸、排遍、攧、正攧、入破、虚催、实催、衮遍、歇指、杀衮，始成一曲，此谓大遍。而《凉州排遍》，予曾见一本，有二十四段。后世就大曲制词者，类从简省。而管弦家又不肯从首至尾吹弹，甚者学不能尽。"

第四：各种歌曲，所用的乐器有繁简不同。据张炎《词源》：法曲则以倍四头管品之，其声清越。大曲则以倍六头管品之，其声流美。慢引等曲在当时名曰小唱，以哑觱篥合之，不必备众乐器，随时随地，皆可歌唱，尤便于平常人之用。

根据以上事实，所以北宋全部乐曲虽如此繁缛，而为文人所采用者，则仅小令与引近两项。慢词则又稍迟始被采用，全部乐舞中，如大曲，各种曲舞，蕃曲，队舞，杂剧等，则向另一条路上发展，遂构成金人的院本，元人的杂剧，为中国戏剧源流的主干。其构成词的部分者，则因文人心理，多喜避难就易，舍繁用简。故当时播诸诗歌而见诸采裁者，不外下列数种：

一、仍衍《花间》派与《阳春集》之旧，调名不外：《浣溪沙》《小重山》《鹧鸪天》《虞美人》《御街行》《清平乐》《酒泉子》《更漏子》《喜迁莺》《少年游》《玉楼春》《踏莎行》《临江仙》《蝶恋花》《菩萨蛮》《渔家傲》《破阵子》《生查子》《诉衷情》《点绛唇》《采桑子》《阮郎归》《西江月》《浪淘沙》《河满子》等。如晏氏父子，欧阳修等人即属此派谨守传统的词家。

二、由当年大曲法曲中拣取一部分的，其例如：《梁州》《伊州》《甘州》《石州》《氐州》《婆罗门》《霓裳》《绿腰》《泛清波》《六州歌头》《齐天乐》《万年欢》《剑器近》《大圣乐》《水调歌头》《采莲令》《采云归》《法曲献仙音》《法曲第二》《感皇恩》，以及《甘州子》《甘州遍》《甘州令》《八声甘州》《石州慢》《伊州令》《梁州令》《梁州令叠韵》《氐州第一》《婆罗门令》《婆罗门引》《霓裳中序第一》《六么令》《六么花十八》《泛清波摘遍》之属，均系就大曲法曲中，因爱其声韵之流美，又感其全遍之繁重，因取采其头中尾的一段，以之入词，后又经文人增衍为令近慢序等词，其声调去原有乐曲，殆全变其抑扬亢坠之节了。

三、采自井市俗乐及依式创制者。此类词调，以柳永《乐章集》中为最多。现在虽无从为之辨析，然就耆卿生平考之。集中如《慢卷紬》《雪梅香》《黄莺儿》《夜半乐》《昼夜乐》《斗百花》等词，多于歌楼娼院中倚声试作者，其为当年井市习用之曲，或类似的制作，殆无可疑。

宋词的构成部份，不外上面三种来源。制词者可以就大曲、法曲及井市之作，以制引序慢近令，轻而易举，尽人能歌，故当时尤风靡一时。然有嫌此种词曲过于单纯，不足以铺叙故事者，于是有所谓“转踏，”（见曾慥《乐府雅词》，即《碧鸡漫志》所谓“传踏，”《梦梁录》所谓“缠达，”为一音之转。）取一种曲调，重叠用之，以咏一事，以歌者为一队，且歌且舞，以侑宾客。（见王国维《宋元戏曲史》，龙沐勋《词体之演进》）如曾慥《乐府雅词》所载，有郑仅《调笑转踏》，分咏罗敷、莫愁等十二事，晁无咎之《调笑》，分咏西子、宋玉等七事，以及毛滂《东堂词》之《调笑》，分咏崔徽、泰娘等八事，洪适《盘州乐章》之《番禺调笑》《渔家傲引》等，皆属“转踏”一种。其徒歌而不舞者，则有欧阳修之《采桑子》，凡十一首系咏西湖之胜，赵德麟之商调《蝶恋花》，凡十首，系咏会真之事。

以上就当年歌曲演进的程序中，亦可略略窥见“词”、“曲”二者其始本为一源，特进展各异其旨耳。现在更就词由小令进为慢词的过程，加以系统的说明如后：

慢词在唐、五代时，已略具雏形，其经文人创制而流传至今者，如杜牧的《八六子》，钟辐的《卜算子慢》，后唐庄宗的《歌头》，尹鹗的《金浮图》《秋夜月》，李珣的《中兴令》，薛昭蕴的《离别难》等词，其字数约自八十四字至一百三十六字。所以《碧鸡漫志》称："唐中叶始渐有慢曲。凡大曲就本宫调转引序慢近令，如《仙吕》《甘州》，有八声慢是也。"但当时因风气未开，仿作极少。故唐、五代人词，录于《花间》《尊前》，及《全唐诗》者，仍以小令为主，且如《卜算子慢》《秋夜月》等调，其字数句读，亦与后来张先、柳永的作品少异，这时只是慢词的萌芽时期，真正慢词的创制，则在宋仁宗登极以后。晏、欧等人，志在拟古，故集中仍以小令为多，《珠玉集》中的《佛霓裳》，《六一集》中的《摸鱼儿》《御带花》，虽系慢词，然数量极少，且二家词集，多杂入别人及耆卿之作，未足深据。其次如吴感的《折红梅》，关永言的《迷仙引》，聂冠卿的《多丽》，均系初期的制作，然不甚工丽。其时成绩最著，辞彩最优的慢词作家，则为柳永，《乐章集》中几全系慢引近词，小令反占极少的部份。他系仁宗景祐元年进士，距仁宗登极仅十一年，在未登第以前，即以"淫媟"之词，传唱汴京。致遭仁宗的一再斥退，晏殊的当面指责，（详见柳永传评中）所以北宋慢词真正肇始的人物，不是晏、欧、吴、关、聂等人，而为此"失意无聊，流连坊曲"的柳三变，（未第前原名）《能改斋漫录》道：

> 词自南唐以来，但有小令，其慢词起自仁宗朝。中原息兵，汴京繁庶，歌台舞榭，竞睹新声。耆卿失意无聊，流连坊曲，遂尽收俚俗言语，编入词中，以便伎人传唱。一时动听，散布四方。其后东坡、少游、山谷辈，相继有作，慢词遂盛。

于当年慢词发生的原因，及耆卿创始的功劳，说得颇为透辟。所以那时虽以晏、欧之声望，尽力模仿五代之作，然不能挽回此自然趋变，其影响于当年词坛者，亦较耆卿相去远甚。此时一般作家，每喜自度新曲。如苏轼的《哨遍》《无愁可解》《贺新凉》《醉翁操》，秦观的《梦扬州》《青门引》《鼓笛慢》，贺铸的《薄幸》《兀令》《玉京秋》《蕙清风》《定情曲》《拥鼻吟》《各州引》《望湘人》《梅香慢》《菱花怨》《马家春慢》等皆是。与耆卿齐名，慢词的制作亦最多者，则为张子野氏，二家词集，皆区分宫谱，尤精于音律，能自度新曲。以数量太多，不另举例。

当年词坛，既有此新兴的途径，用资发展，故作者蔚起，竞制新声。有从大曲、法曲及旧曲中，增衍为引近慢序令者，有将旧调增减其字句，而为滩破摘遍者，有故为翻谱，少易平仄旧叶者。有本为一名，而因所属宫调不同，其词句亦随之变易者，如柳永《乐章集》中分属冬宫调之词牌，名同而质殊者极众，有虽同属一调，而字句长短，亦极自由不齐者，如《乐章集》中《输台子》二首，相差至二十七字，《凤归云》二首，相差至十七字。惜宋词谱调失传，无从质证。当年作家既得各驰其才华，广制新曲，而其字句之繁简，音节之抑扬抗坠，又复人各少异，则搜求、考订、比勘、类分之功，必有待于政府以国家之力，而收集成之效了。故徽宗于登极后，既设大晟府以司理此事。大晟为崇宁四年所造新乐之名，即用以名府。以周邦彦提举其事，设大司乐一员，典乐二员，并为长贰；大乐令一员，协律郎四员；又有制撰官七员，是时旧曲存者千数，相与讨论古音，审定古调，由此八十四调之声稍传，而美成诸人，又复增演慢曲、引近，或移宫换羽，为三犯四犯之曲。案月律为之，其曲遂繁（见张炎《词源》，王易《词曲史》）。所谓三犯四犯云者，即取几种不同的词调，参互成之，而为一调是也。如陆游《江月晃重山》词，半为《西江月》，半为《小重山》，周邦彦《玲珑四犯》词，乃合四调而成，《六丑》词乃合六调而成，即其例证。所谓案月律为之者，即取词情能与节令相应之谓也。如周邦彦《清真集》，据涉园影宋刊陈元龙集注本，及四印斋影元巾箱本，并分春景、夏景、秋景、冬景、单题、杂赋等六类，而于每调之下，各注宫调，《草堂诗余》分类集词，于春夏秋冬四季中，且各分为若干门，如初春、早春、初夏、残夏、小冬、暮冬等，节序中又分为元宵、立春、寒食、七夕、重阳、除夕等，殆即当年所谓“案月令为之”之意也。至于慢词的制作，更较仁宗一朝为多。在《清真集》中，则有《拜新月慢》《浪淘沙慢》《浣溪沙慢》《粉蝶儿慢》《长相思慢》《华胥引》《蕙兰芳引》《早梅芳近》《隔浦莲近》《荔枝香近》《红林檎近》《侧犯》《倒犯》《花犯》《玲珑四犯》等，皆系自度新声。协律郎晁端礼亦有《黄河清慢》《寿星明》《并蒂芙蓉》《百宝妆》《金人捧露盘》《玉楼宴》《山林春慢》《庆寿光》《黄鹂绕碧树》《舜韶新》《脱银袍》等新腔。制撰官万俟雅言亦有《春草碧》《三台》《恋芳春慢》《平安乐慢》《卓牌儿》《钿带长》等新词，同官田不伐亦有《江神子慢》，《惜黄花慢》《探春慢》等新调。即教坊大使丁现仙亦能制曲，并纠正大乐，补征调之失。其不官乐府而竞制新声者，如杜安世的《合欢带》《杜韦娘》《采明珠》，刘几的《花发状元红慢》，曹勋的《大椿》《保寿乐》《赏松菊》《松梢月》《隔帘花》《忆吹箫》《秋蕊香》《十六贤》《杏花天》《蜀溪春》《倚楼人》《夹竹桃花》《峭寒轻》《二色莲》《八音谐》《清风满桂楼》《雁侵云慢》《索酒》《锦标归》《六花飞》《四槛花》等调皆是，故有宋一代乐曲之盛，莫过于宣、政前后。

自汴京被陷，太常所存仪章钟磬乐簴，全为金人挈去。南渡以后，故老尚存，歌词之法，未致陨替。高宗雅爱文辞，奖掖才士、如康与之、张抡、吴琚之，皆以词受知遇。又尝自制《舞杨花》及《渔歌子》，风教所播，词人蔚起。又因在位三十余年，偏安江左，礼乐文教，渐渐恢复宣、政旧观。当时于北宋人诸宫调之外，更有“赚词”。《碧鸡漫志》云：

> 熙宁、元丰间，泽州孔三传始创诸宫调古传，士大夫皆能诵之。

此风至南渡后尚流传未绝，故《梦粱录》云：

说唱诸宫调，昨汴京有孔三传，编成传奇灵怪，入曲说唱。今杭城有女流熊保保，及后辈女童，皆效此说唱。

赚词唱法与诸宫调颇相似，取一宫调之曲若干，合之以成一全体。大约二者与近代说唱大鼓书词正相同。据《梦粱录》云：

绍兴年间，有张五千大夫，因听动鼓板中有太平令或赚鼓板，——即今拍板大节抑扬处是也。——遂撰为“赚，”赚者，天赚之之义，正堪美听中，不觉已至尾声，是不宜片序也。又有“覆赚”，其中变花前月下之情及铁骑之类。

此种诸宫调与赚词唱法，影响于词坛者甚微，后遂开元人北曲的先声。南宋乐制，仍多衍北宋大晟府之旧。惟音调与乐器，未必能充分适应，故深为姜白石所不满，特于庆元三年上《大乐议》。略谓：

绍兴大乐，用大晟所造三钟三磬，未必相应。埙有大小，萧篪笛有长短，笙竽之簧有厚薄，未必能合度。琴瑟弦有缓急，燥湿，轸有旋复，柱有进退，未必能合调。

可见南渡以后，歌曲的中心，已由政府移转于布衣名士，所谓“诗亡求诸野”了。故南宋中期以后，词学渐成雅士文人所专享，非复北宋当年概付教坊乐工，或歌院妓女，以资传习为一般人所共赏了。故词渐渐离开一般民众，不独文辞的内容，远非村夫俗子所能了解，即歌词的声调，亦因为文人所独享，而成《阳春》和寡之势，终致式微了。当时最号知音者首推白石，其次则为张叔夏。姜、张二氏均精通乐律，于前人的谬误，及宋代乐曲的流变，皆有极精邃之见解。白石自度词曲尤多，详后本人传评中，不另举例。叔夏《词源》一书，尤为研究宋代乐曲所必读之专籍。继白石而起的作家，如史达祖、卢祖皋、吴文英、杨守斋、周密、王质、冯艾子等，皆能自度新曲。史则有《寿楼春》《玉簟凉》《月当厅》《湘江静》《换巢鸾凤》等词，卢则有《锦园春三犯词》，（又名《月城春》，即刘过《龙洲词》之《四犯翦梅花》者是也）吴则有《西子妆慢》《江南春》《梦芙蓉》《高山流水》《霜花腴》《澡兰香》《玉京谣》《探芳新》《秋思》《暗香疏影》、（合白石二调为一者）《惜秋华》《梦行云》等词。周则有《采绿吟》《绿盖舞风轻》《月边娇》等词，杨则有《被花恼》词。王则有《无月不登栖》《别素质》《凤时春》《红窗怨》等词，冯则有《春风袅娜》《春云怨》《云仙引》等词，他如史浩之《鄮峰真隐词》，反以大曲著称矣。

所以词至南宋中期后完全变为文人的专业了。其作家之众，俨如雨后春笋，远非北宋所可比拟。其文辞的内容，亦雅正精工，远过前此作家。故朱彝尊谓："词至南宋始极其工，至宋季始极其变，"实在是一种很深透的观察。但经此"穷工极变"之后，中国词学，反而日就式微了。式微的原因，不外上述离开了民众所能了解之范围，离开了公共欣赏的地域，失却了一般人咏唱的机会，以致词的领域日狭，生机日促，渐成诗匠的典型机械之作，非复诗人抒写心灵的歌声了。当此文人制作日益枯竭没落之时，正是民间新文学渐渐抬头之时，故前则有金人的《院本》出现，后则有元人的《杂剧》代兴。其所写者，均为民间习见的儿女之情，与前代兴亡掌故之事，其辞脱口而出，极通俗自然，无文人矫揉造作之态，而自有沁人心脾，豁人耳目之魔力，于是《道宫薄媚》《录鬼簿》等作，乃渐成艺苑珍品，关、王、马、邓之伦，亦列为文坛巨擘了。这时候词的唱法，不独一般人不了解，即文士阶级于大曲、法曲、慢曲及引近之均拍节奏，亦少知其急慢异同者，故仇山村致讥于不知宫调。谨能四字《沁园春》，五字《水调》，七字《鹧鸪天》了。自此以后，中国词学乃由乐府诗歌的地位，成为纯粹文学的拟古作品，而入于没落状态，远不如元曲之出色当行了。

参考书目

毛晋：《宋六十一家词》。　有原刊本，有广州刻本。

王鹏运：《四印斋所刻词》及《四印斋汇刻宋元三十一家词》。　有自刊本。

吴昌绶：《双照楼影刊宋元明本词》及《续刊景宋元本词》。　有自刊本，及陶湘编刊本。

江标：《宋元名家词》十卷　有光绪间湖南刻本。

朱祖谋：《彊村丛书》　有自刊本。

近人赵万里：《校辑宋金元人词》　有中央研究院刊本。

宋黄昇：《花庵词选》二十卷　有清内府藏本，及汲古阁刊《词苑英华》本。

宋曾慥：《乐府雅词》三卷《拾遗》一卷　有《四部丛刊》本。

宋赵闻礼：《阳春白雪》八卷《外集》一卷　有《粤雅堂丛书》本。

宋周密：《绝妙好词》七卷　有清查为仁厉鹗笺註本。

《草堂诗余》四卷　有《词苑英华》本及通行本。

《花草粹编》：此书传本绝稀，近南京盋山精舍出所得钱唐丁氏八千卷楼旧藏明刊本，用石版景印，共两函十二册。

清朱彝尊：《词综》三十八卷（王昶补遗附）有原刊本及坊间通行本。

《历代诗余》一百二十卷　清乾隆间馆臣奉命撰，有内刊本及石印本。

清张宗橚：《词林纪事》二十二卷　有上海扫叶山房刊本。

元脱克脱：《宋史乐志》　有《二十五史》本。

宋张炎：《词源》二卷　有《粤雅堂丛书》本。

宋陈振孙：《直斋书录解题》二十二卷　有清武英殿刊本。

宋王灼：《碧鸡漫志》一卷　有《知不足斋丛书》本。

宋胡仔：《苕溪渔隐丛话》前集六十卷，后集四十卷　有《海山仙馆丛书》本，有康熙赵氏耘经堂仿宋本。

宋阮阅：《诗话总龟》前后集九十八卷　有《四部丛刊》本。

宋杨偍《古今词话》　此书向无专书，仅散见于各家诗话词话中，近赵万里始为汇集为一卷，刊于《校辑宋金元人词》本中。

宋周密：《浩然斋雅谈》三卷　下卷为词话，有清武英殿丛书本。

《齐东野语》二十卷　有开明书店校印本。

宋释惠洪：《冷斋夜话》十卷　有《稗海》本及文明书局印本。

近代王国维：《宋元戏曲史》　有商务印书馆铅印本。

近人王易：《词曲史》　有神州国光社铅印本。

第二编　宋词第一期

——公元九七六— 一○四○——

——蓓蕾时期——

本期由宋太宗登极起，直到仁宗天圣、庆历间，约六十余年，是北宋词的蓓蕾含苞时期。其间最大的几个作家，如晏殊、欧阳修、张先、晏几道、范仲淹等，乃始走进了《宋词》的轨范；然已在本期的最后期间了。宋初太祖肇兴，日事戎马，未遑文教，故在开基十余年中，词坛现象，异常寥落。太宗登极，颇能留心礼乐。本人又精通音律，宋代乐曲，乃由此渐臻繁缛，当时各国降臣废主之擅丁歌词者，亦渐次奔赴辇下。此时词坛现象，虽较开国之初灿烂多了，然只系几个五代作家的尾声，不能代表宋人自己的创作。直到晏、欧出现，遂使此长期——约六十年——的岑寂状态，为之一变。在晏、欧以前的作家均非专精的词人，偶尔作得几首，均系规模《花间》尚未变体者。

晏、欧时期，适值仁宗登极以后，为北宋最升平的盛世。此时旧曲新声，各臻极诣，前则有晏、欧踵起，后则有柳永代兴。于是宋代词学，乃由此划为截然两个不同的时期。柳词详后期篇中，现在专论晏、欧。他们都系当年缙绅阶级的典范。《花间集》外，冯延巳的《阳春集》更为他们所爱好。他们的歌声，正足代表此阶级享乐生活的反映，他们是保守的，贵族的，典雅的，富有温婉情绪的，具有端丽风调的。她如一朵将要开放的蓓蕾，她如少女之羞涩静默。在他们的歌声里，只听到“金风细细，叶叶梧桐坠，绿酒初尝人易醉，一枕小窗浓睡”；（晏殊《清平乐》）只听到“梧桐昨夜西风急，淡月笼明，好梦频惊，何处高楼雁一声”（晏殊《采桑子》）；只听到“芳菲次第长相续，自是情高无处足，尊前百计留春归，莫为伤春眉黛促”；（欧阳修《玉楼春》）只听到“秋千散后朦胧月，满院人闲，几处雕阑，一夜风吹杏粉残”；（晏几道《采桑子》）只听到“沙上并禽池上暝，云破花月来弄影，重重帘幕密遮灯，风不定，人初静，明日落红应满径”。（张先《天仙子》）他们的歌声，有这样温和而舒宽的情调，有这样含蕴而清隽的辞彩，因为他们的精神是保守的，所以在他们的词集中，看不出什么特创和自度的腔调来。他们的作品，只是五代词风的最大的光辉集结与终了。

第一章 晏欧以前的作家

——徐昌图——苏易简——潘阆——钱维演——王禹偁——寇准——陈尧佐——陈亚——林逋——

我们为欲明了晏、欧以前的词学酝酿和胚胎的情形，所以不能不作一种史的探讨，而于上面几个作家，加以评述。除他们九人之外，尚有几个作家，如：丁谓、陈彭年、李遵勖等未曾遍举。

徐昌图

昌图莆阳人，本为五代时人，后降宋为国子博士，迁至殿中丞。他的词很清幽隽美，有唐人诗的风调。如《临江仙》：

饮散离亭西去，浮生长恨飘蓬。回头烟柳渐重重。淡云孤雁远，寒日暮天红。今夜画船何处？潮平淮月朦胧。酒醒人静奈愁浓。残灯孤枕梦，轻浪五更风。

苏易简

易简字太简，梓州铜山人，太平兴国五年进士，累知制诰，充翰林学士，迁给事中，参知政事，有集。相传宋太宗颇爱琴曲十小词，令近臣十人各探一调，撰一词。易简作了一首《越江吟》：

非烟非雾瑶池宴，片片，碧桃冷落谁见？黄金殿，虾须半卷，天香散。春风和，孤竹清婉。入霄汉，红颜醉态烂漫。金兴转，霓旌影乱，箫声远。

王禹偁（公元九五四——一〇〇一）

禹偁字元之，巨野人。九岁能文，太平兴国八年进士，历右拾遗。遇事敢言，以直躬行道为己任，文章赡敏，当时推为独步。有《小畜集》三十卷，外集七卷。

元之为宋初一大诗人并散文家，他幼年是一个穷苦的孩子，相传他父亲曾开过磨坊，命他送面给一位州从事的毕士安家。时毕方命诸子属句云：“鹦鹉能言争比凤，”他立在庭下，便抗声对曰：“蜘蛛虽巧不如蚕。”于是这位州从事大加惊异，称他：“精神满腹，将来必可名世！”后来果然他也与毕士安先后都作了当时的显宦。（见《西清诗话》）他的词也很清丽而别致。兹录其《点绛唇》一阕于下：

雨恨云愁，江南依旧称佳丽。水村渔市，一缕孤烟细。天际征鸿，遥认行如缀。平生事，此时凝睇，谁会凭栏意？

潘阆

阆字逍遥，大名人。尝居钱塘。太宗召对，赐进士第。坐事遁中条山，后收系。真宗释其罪，以为滁州参军。有诗集，词集。

他是一个很风雅放逸的诗人，他的足迹尝往来于浙、杭。当时好事者因他曾有《游浙江咏潮》诗，因以轻绡写其形容，谓之“潘阆咏潮图。”又长安许道宁尝书“潘阆倒骑驴图。”可见他当年被人钦羡的情形了。他因追念西湖名胜，作了三首《忆余杭》。兹录二首于后：

长忆孤山，山在湖心如黛簇。僧房四面向湖开，轻棹去还来。芰荷香细连云阁，阁上清声檐下铎。别来尘土污人衣，空役梦魂飞。

长忆西湖，尽日凭栏楼上望。三三两两钓鱼舟，岛屿正清秋。笛声依约芦花里，白鸟数行忽惊起。别来闲想整纶竿，思入水云寒。

二词清丽放逸，足与张志和《渔歌子》并传。《古今词话》说他“往往有出尘之语，”的是知言。后来苏东坡因爱此词，特书于玉堂屏风，石曼卿并使画工绘之作图。

钱维演

维演字希圣，吴越王钱俶之子。归宋，累官翰林学士，枢密使等职。有《拥旄集》《伊川集》。他暮年曾作《玉楼春》词，颇为凄惋。词云：

城上风光莺语乱，城下烟波春拍岸，绿杨芳草几时休，泪眼愁肠先已断！情怀渐变成衰晚，鸾镜朱颜惊暗换。昔年多病厌芳樽，今日芳樽惟恐浅。

寇准（公元九六一——一〇二三）

准字平仲，华州下邽人。太平兴国中进士，淳化五年，参知政事。真宗朝，累官尚书右仆射，集贤殿大学士，封莱国公。卒谥忠愍，有《巴东集》。

莱公至性忠耿，为北宋名臣，他一生功业，以“澶渊之盟”为最煊赫，时契丹入寇，公劝真宗亲征，御于澶渊，结盟而还。此实为宋人不示弱于北族的第一段光荣的记载。

他的词境很澹远有致，如：

波渺渺，柳依依，孤村芳草远，斜日杏花飞。江南春尽离肠断，蘋满汀洲人未归。（《江南春》）

春早，柳丝无力，低拂青门道。暖日笼啼鸟，初坼桃花小。遥望碧天净如扫，曳一缕轻烟缥缈。堪惜流年谢芳草，任玉壶倾倒。（《甘草子》）

陈尧佐

亮佐字希元，阆中人，端拱二年进士，历官同中书门下平章事，卒赠司徒，谥文惠，有《愚邮集》《遣兴集》。

他因吕公著的援引，荐于仁宗，乃得大拜。陈因感其荐引之德，乃撰了一首《踏莎行》词，有"主人恩重珠帘卷"句，盖借燕自寓，以表感激之情也，其词云：

二社良辰，千家庭院翩翩，又睹双飞燕。凤凰巢稳许为邻，潇湘烟暝来何晚。乱入红楼，低飞绿岸，画梁轻拂歌尘转。为谁归去为谁来，主人恩重珠帘卷。

陈亚

亚字亚之，维扬人，咸平五年进士，尝为杭之于潜令，仕至太常少卿。好为药名诗，有《澄源集》。他是一位很风雅的词人，据《渑水燕谈》所载：他家藏书数千卷，名画数十轴。晚年退居，有华亭双鹤，怪石一株尤奇崎，并杂植异花数十本于庭。他曾作药名诗百首。足以见其优游闲适的过了一生。他的一首《生查子》词，也是集药名作的。

相思意已深，白纸书难足。字字苦参商，故向檀郎读。分明记得约当归，远至樱桃熟。何事菊花时，犹未回乡曲？

词中如白纸、苦参、当归、菊花，均系药名。此类的文章，只是清闲的文士一种消遣之作，若有意去仿作，即落纤巧下乘了。

林逋（公元九六七—一〇二八）

逋字君复，钱塘人，生于宋太祖乾德五年。（公元九六七年）结庐西湖之孤山，恬淡好古，不趋荣利。二十年足不及城市。工书画，善为诗。卒于仁宗天圣六年。（公元一〇二八年）享寿六十有二。卒谥和靖先生。

和靖先生生卒，约早晏殊、欧阳修二十年，故亦列为此期的作家。向来选家都将他置在晏、欧一起，大约未曾注意到他的生卒时期的。他为北宋的名士及诗人。相传他寄迹孤山，尝养两鹤，纵之则飞入云霄，盘旋久之，复入笼中。他有时出游山寺，遇客至，则应门童子即纵鹤空中，和靖必反棹归舍就客。（见《梦溪笔谈》）他最爱梅花，平生不娶无子，以梅为妻，以鹤为子，足以见其高洁之怀。他的《点绛唇》为词中咏草的杰作，词境极冷艳凄楚，与欧阳修的《少年游》，梅尧臣的《苏幕遮》，都为咏春草的绝唱。其词云：

金谷年年，乱生春色谁为主。余花落处，满地和烟雨。又是离歌，一阕长亭暮。王孙去，萋萋无数，南北东西路！

第二章　北宋初期四大开祖

——晏殊——晏几道——欧阳修——张先——

我们知道词学到了北宋，乃始跨进了黄金时代的阶段。而最先跨进此阶段，并手造此灿烂的初页史迹者，则为晏殊与晏几道，和欧阳修三个人。这大约是一般后来词人所共认的了。——所不同者，或有将几道摈于二人之外，不与同此开创殊勋。其实小晏造诣之高，且过乎乃父，其作风亦极相类近，故并述之。（其详见下面晏几道传评中）。于晏、欧之外，复有张子野（先）氏。其气魄虽少逊，然造语颇纤丽儇媚，别开一种蹊径，其影响于二三期词人者甚巨（详下张氏传评中），故亦列入三家之后，以为殿军。

晏殊（公元九九一年——一〇五五年）

殊字同叔，江西抚州临川人，生于宋太宗淳化二年，（公元九九一年）七岁能属文。真宗景德初，（公元一〇〇四年，时殊年仅十三岁）张知白以神童荐。真宗召见，与进士千余人，并试庭中，殊神气不慑，援笔立成，帝异之，赐进士出身。使尽读秘阁书；每有所咨访，率用寸方小纸问之。继事仁宗，尤加信爱，受特遇之知。历居显宦要职，拜集贤殿学士，同中书门下平章事，兼枢密使。后以疾归，留侍经筵。卒于仁宗至和二年，（公元一〇五五年）享寿六十五岁。帝临奠，犹以不亲视疾为恨；特罢朝二日，以志哀悼。赠谥元献。

殊赋性刚峻，遇人以诚。一生自奉如寒士。为文赡丽，应用不穷；尤工于诗词。其在政治上建树，虽无显赫功绩，而能汲引贤俊，以成北宋升平之治，其功亦甚伟异。当时如：范仲淹、欧阳修皆出其门富弼、杨察皆其婿，均系当年的儒将、贤相、学者及外交专才。

他生平的著述，有《临川集》《紫薇集》《珠玉词》，约二百四十余卷。惟多散佚，仅存文集一卷。其《珠玉词》，有明毛晋《汲古阁》本，最为完善，约一百二十余者。

他虽系北宋名臣，但他成名之处尤在他的词学。他生当北宋升平之世，去五代未远，故于温、韦等大词人，独能得其奥蕴，而加以融洽。他是第一个用自己的天才，最先走入宋词领域的作家。他是北宋初期词家的开祖。他的儿子叔原复能继承家学，更光大此派的作风。

他的词，抒情温厚处，颇得力于温、韦；又因平生喜读冯延巳的词，所以也很受冯氏作风的影响。其最特异之处，即在能于一切平易之境，含有一种极舒缓闲适的情绪。如微风之拂轻尘，如晓荷之扇幽香，令人暴戾之气为之顿消。这与他的刚峻个性，和循循然儒者的气度，完全相反。我们试读他的：

一曲新词酒一杯，去年天气旧亭台，夕阳西下几时回。无可奈何花落去，似曾相识燕归来，小园香径独徘徊。（《浣溪沙》）

玉椀冰寒滴露华，粉融香雪透轻纱。晚来妆面胜荷花！鬓亸欲迎眉际月，酒红初上脸边霞，一场春梦日西斜。

（又）

燕子来时新社，梨花落后清明。池上碧苔三四点，叶底黄鹂一两声，日长飞絮轻。巧笑东邻女伴，采桑径里逢迎。疑怪昨宵春梦好，元是今朝斗草赢，笑从双脸生！（《破阵子》）

他榨取了《花间派》与《阳春集》的精髓，而跨进了宋词的领域了。他即在这样的微笑声中，带上了“北宋第一流作家”的冠冕了！我们看他所描写的女性，是何等轻柔细腻！通篇不着一句俗艳语，却将小儿女的神态，写得如画；看了令人心境很宽舒闲适，无一点刺激性。这便是他抒情温厚的明证。欧阳修写女性，很得此种妙诀，后来词家，多失之俗艳，若与晏、欧的词相较，便有淑女与娼妓之别了。

他说他平生不惯作“拈绒伴伊坐”的小词，他的儿子晏几道也替他声辩道：“先君平日小调虽多，未尝作妇人语也！”其实这只是晏氏父子一种道学家的门面话，我们若翻开《珠玉词》来一看，我们就知道这话不能成立了。他全部的作品，皆异常绮艳，而描写女性的作品亦最多。如“为我转回红脸面，”（《浣溪沙》）“且留双泪说相思”（同上）“那堪更别离情绪，罗巾掩泪，任粉痕沾污，争奈向，千留万留留不住，”（《殢人娇》）以及上面所举的后两阕，都不是“妇人语”么？不过他虽写的是女性，却别有一种婉妙含蓄的境界。与柳永、张先、贺铸、黄庭坚等毫无顾忌的恣意描写，又大异其趣了。所以《画墁录》曾有一段记载道：

> 柳三变（即柳永）既以词忤仁庙，吏部不放改官，三变不能堪。诣政府。晏公曰：“贤俊作曲子么？”三变曰：“只如相公亦作曲子。”公曰：“殊虽作曲子，不曾道‘彩线慵拈伴伊坐！’”柳遂退。

这一段记载，不独代表晏、柳二家词采的不同，及描写的有所谓雅俗之别；亦正足表现当年一般士大夫阶级们对于文学的观念。亦与五代以来，《花间》一派人的见解，完全相同。他们对于“雅”、“郑”二字，已深入脑中，而认为系判断一切文学的唯一标准了。

他除描写女性外，其他作品，亦婉柔而富诗意，有时且含蕴着一种凄婉的诗人情绪。如：

> 时光只能催人老，不信多情，长恨离亭，滴泪春衫酒易醒。
> 梧桐昨夜西风急，淡月笼明，好梦频惊，何处高楼雁一声！

（《采桑子》）

昨夜西风凋碧树，独上高楼，望断天涯路。欲寄彩鸾无尺素，山长水阔知何处！（后阕《蝶恋花》）

他虽在凄伤中，却无丝毫怨毒的意思，此即其抒情的温厚处。这样作风，欧阳修、秦观和他的儿子几道，都很受他的影响，——尤以欧词为甚。欧词中的《蝶恋花》（咏春暮），秦词中的《踏莎行》（彬州旅舍作），都与上词极类近。

晏几道

几道字叔原，号小山，为殊第七子。生卒无可考。他虽有这样一个显赫的父亲，但他于仕途上，仅仅作了一个最低小的官，——一个监颍昌许田镇的小小监官！很平常的过了一生，远无他父亲的声望。他所以如此者，亦正由他的性情使然。黄山谷说得很详尽道：

余尝论：叔原固人英也；其痴处亦自绝。人爱叔原者，皆愠而问其旨。曰："仕宦连蹇，而不能一傍贵人之门，是一痴也。论文自有体，不肯作一新进语，此又一痴也。费资千百万，家人寒饥，而面有孺子之色，此又一痴也。人百负之而不恨，已信之终不疑其欺己，此又一痴也。"乃共以为然。（《小山词序》）

我们看这所谓四痴，正代表他一种孤芳自洁的个性，和忠纯贞挚的痴情，他仍未失却童心，他难与一般尘俗的人合其流污。他一生的心血性情，都表现在他的词里，故能"精壮顿挫，能动摇人心。上者《高唐》《洛神》之流，下者不减《桃叶》《团扇》。"（黄山谷《小山词序》）

周介存谓"晏氏父子仍步伍温、韦，小晏精力尤胜。"但我们若把叔原的：

梦后楼台高锁，酒醒帘幕低垂，去年春恨却来时，落花人独

立，微雨燕双飞。记得小蘋初见，两重心字罗衣。琵琶弦上说相思。当时明月在，曾照彩云归。（《临江仙》）

秋千散后朦胧月，满院人闲，几处雕阑，一夜风吹杏粉残。昭阳殿里春衣就，金缕初干，莫信朝寒，明日花前试舞看！（《采桑子》）

用作例证，与其说他步伍温、韦，勿宁说他步伍冯延巳为更确当。但他虽受冯氏的影响，还不如受他父亲——同叔——的影响大。我们试看上面《临江仙》词，若与老晏比较，一定可以见出他们作风相同的地方。不过叔原的词，比较更觉风流妩媚些，更轻柔自然些，他有一部份很像南唐后主和秦少游，这是与他父亲不同的地方。例如他的：

家近旗亭酒易酤，花时长得醉工夫，伴人歌扇懒妆梳。户外绿杨春系马，床头红烛夜呼卢，相逢还解有情无？（《浣溪沙》）

彩袖殷勤捧玉钟，当筵拚却醉颜红，舞低杨柳楼心月，歌尽桃花扇底风。从别后，忆相逢，几回魂梦与君同。今宵剩把银缸照，犹恐相逢是梦中！（《鹧鸪天》）

我们读后，可以想见他那种翩翩的少年风度！所谓“金缕初干，莫信朝寒，明日花前试舞看，”所谓“舞低杨柳楼心月，歌尽桃花扇底风，”与李后主“凤箫声断水云间，重按《霓裳》歌遍彻。……归时休放烛花红，待踏马蹄清夜月”，不独辞彩同一工艳，而豪兴清赏，亦复宛然神似，无怪毛子晋氏，会以晏氏父子，追配南唐二主了。他刊刻《宋六十家词》时，于其他作家多所“删选，”独于《小山词》最致爱赏之意，说他：

字字娉娉袅袅，如揽嫱、施之袂。恨不能起莲红、蘋云，按红牙板，唱和一过！

最能道出叔原的作风。又如他的《鹧鸪天》后半阕云：

春悄悄，夜迢迢，碧云天共楚宫腰。梦魂惯得无拘检，又踏杨花过谢桥。

更觉凄艳异常，无怪伊川先生闻人诵此而笑为鬼语了。以一个“严毅”的道学家，竟亦为其诗情所诱引，而要为之“心赏”了。

他的词，最善融化诗句，与后期的周美成正复遥遥相映。例如他的《浣溪沙》“户外绿杨春系马，床头红烛夜呼卢”二句，完全用唐韩翃的诗句，仅将原诗“床前”的“前”字，易一个“头”字，而用来直如天衣无缝。其《鹧鸪天》“今宵剩把银蟆照，犹恐相逢是梦中，”盖用老杜“夜阑更秉烛，相对如梦寐，”戴叔伦“还作江南客，翻疑梦里逢，”及司空曙“乍见翻疑梦，相悲各问年”等诗句，而少化其辞意者所以黄山谷说他的乐府“多寓以诗人句法，”正指此等处而言。

他的词名《小山集》，有毛晋《汲古阁》本，约二百五十余者。

欧阳修（公元一〇〇七—一〇七二）

修字永叔，江西庐陵人。生于宋真宗景德四年（公元一〇〇七年）。仁宗天圣八年，举进士甲科，时年方二十四岁。初为谏官，论事切直，后拜参知政事。论事与王安石不合，徙青州，晚年判滁州，号醉翁，又号六一居士。卒于神宗熙宁五年。（公元一〇七二年）享寿六十有六。谥文忠。修博极群书，以文章为天下冠，三苏、曾、王多出其门。撰有《新唐书》《新五代史》及《六一居士集》。

我们知道：欧阳永叔本以古文家先进者，领导着当时的中国文坛，走向韩、柳一派作家的领域，而将自唐以来的文学复古运动，作一个光荣的结局，从此展开了正统派——八家——的坦路；同时他又是一位历经三朝的名臣硕望，而负着领袖儒林的道学家。他在北宋，隐然造成了一个重心，——一个肩任文统、道统的中心人物。我们在他的诗与散文里面，只看见他那副严肃护道的面孔，使我们将要疑心他是怎样一个古板而顽强的人呵！但我们一读他的词集，这种推断立刻就要推翻了。当我们沉醉在他那种轻柔而妩媚的作风里时，我们深深的认识了他的本来面目与心灵，——一颗极强烈颤动的心，——我们才知道他的文章真正价值与风调。

他的词虽然从冯延巳与晏殊二人蜕变来的，但确能代表出他的个性，完成他那种流利柔媚而隽永的作风。他是温、韦、冯、晏以来，上流社会的一派——所谓正统派——词学的总结束。他一生的性格和作品，可用他的《玉楼春》：

> 芳菲次第长相续，自是情高无处足。尊前百计留春归，莫为伤春眉黛促。（后阕）

来作代表。他的抒情作品，哀婉绵细，最富弹性。如：

> 几日行云何处去，忘却归来，不道春将暮？百草千花寒食路，香车系在谁家树！泪眼倚楼频独语：“双燕来时，陌上相逢否？”撩乱春愁如柳絮，依依梦里无寻处！（《蝶恋花》）
>
> 庭院深深深几许，杨柳堆烟，帘幕无重数。玉勒雕鞍游冶处，楼高不见章台路。雨横风狂三月暮，门掩黄昏，无计留春住。泪眼问花花不语，乱红飞过秋千去！（又）

将暮春的景况，和内在的情绪，以含蕴的诗笔出之，故写来极婉约沉着，如对一幅暮春图，觉得有无限的乱花飞絮，飘过眼前，有无穷的春愁离绪，撩绕心头。王静庵说道：

> “终日驰车走，不见所问津，”诗人之忧世也。“百草千花寒食路，香车系在谁家树”似之。（《人间词话》）

批评得极为精透，他的《玉楼春》：

> 尊前拟把归期说，未语春容先惨咽。人生自是有情痴，此恨不关风与月。离歌且莫翻新阕，一曲能教肠寸结。只须看尽洛城花，始信春光容易别！

可谓道尽人间一段幽恨闲愁。结语更于豪放中寓沉痛之意。

以上所引，均系悲苦之作，故多蕴愁思。我们若读他的“绿杨楼外出秋千，”“碧琉璃滑净无尘”等作，我们的胸襟，必定要为之一变，兹选录此类的作品如下：

> 柳外轻雷池上雨，雨声滴碎荷声。小楼西角断虹明。阑干倚处，待得月华生。燕子飞来窥画栋，玉钩垂下帘旌。凉波不动簟纹平，水精双枕，旁有堕钗横。（《临江仙》）
>
> 阑干十二独凭，春晴碧远连云。千里万里，二月三月，行色苦愁人。（《少年游春草》上阕）
>
> 候馆梅残，溪桥柳细，草薰风暖摇征辔。离愁渐远渐无穷，迢迢不断如春水。寸寸柔肠，盈盈粉泪，楼高莫近危阑倚。平芜尽处是春山，行人更在春山外。（《踏莎行》）

以上数阕，都极晶莹绵细，为任何词人所不能仿效的，尤为一种独特的风调。

此外他还有一种特异之处，就是：他的作品含带的女性色彩很重。我们可以称他为“女性词的作家。”例如《南歌子》：

凤髻金泥带，龙纹玉掌梳，去来窗下笑相扶，爱道：“画眉深浅入时无？”弄笔偎人久，描花试手初，等闲妨了绣工夫，笑问“双鸳鸯字怎生书？”

写得极细腻婉和，最能传出女儿家的心事。这种女性化的作家，到了李易安——一位最大的女作家，并且很受欧词影响的作家，——便发挥尽致了。

因为他的词写得太柔媚，太女性化，似乎与他的“文以载道”的古文家身份不相称，后来推崇他的人，认为是一种亵渎，多方为之辩解，以为“当是仇人无名子所为，”以为“其词之浅近者，多系刘煇伪作。”其实欧公的词与《阳春集》《珠玉集》等互相混合处是有的，内中参杂别人的伪作也是有的，若一定就他的人品，以定词的去取，那就很危险了。以晏元献之刚峻，而词则柔媚类十七八女郎，司马温公与寇莱公之耿介，而其词亦婉柔澹远，不类其为人。何况是最富感情的欧阳永叔呢？

他的词集：名《六一词》，有毛晋《宋六十家词》本；又名《欧阳文忠公近体乐府》及《醉翁琴趣外编》，有吴昌绶《双照楼景宋元明本词》本。

张先（公元九九〇——一〇七八）

先字子野，乌程人。生于宋太宗淳化元年，（公元九九〇年）为人“善戏谑，有风味。”（见《东坡集》）四十一岁始登进士第。（仁宗天圣八年）历官宿州掾，知吴江县，知渝州。其为都官郎中时，年已七十二，入京见宋祁、欧阳修，约在此时。晚年优游乡里，寿八十九卒。（神宗元丰元年，公元一〇七八年）。

子野著述，有文集一百卷，（见张铎《湖州府志》）诗二十卷，（见《宋史·艺文志》）又有诗集名《安陆集》一卷。（见《齐东野语》）但今已散佚，所存诗不逾十首，文则一篇不传。

他的词集，有《四库全书》本，有清鲍廷博《绿斐轩》钞本，凡百有六阕，区分宫调，犹属宋时编次。鲍氏后，又得侯文灿《亦园十家乐府》，有《子野词》，凡百二十九阕，去其与《绿斐轩》本复出者得十三阕，为《补遗上》，又杂他书得十六阕，为《补遗下》，共百八十四阕，张词以此为最完备。

以上并见近人夏承焘君《中国十大词人年谱·张子野年谱》。

子野是一个享大龄而又极风流的词人，据《石林诗话》所载，东坡倅杭时；“先年已八十余，视听尚精强，犹有声妓。东坡尝赠诗云：‘诗人老去莺莺在，公子归来燕燕忙，’盖全用张氏故事戏之。”他尝自称曰“张三影，”因其词有“云破月来花弄影，”“娇柔懒起，帘压卷花影，”“柳径无人，堕飞絮无影”等句，皆平生得意之作也。因为他的年龄活得最长久，他一方面与晏、欧等人相分庭抗礼，（仍系小令时期。）一方面与柳永齐名跨进了慢词浸盛的时期。所以在他的作品中，也时有慢词的制作，如：《翦牡丹》《山亭怨》《谢池春慢》《卜算子慢》等调子，但数量甚少，且其气格，仍未脱尽第一期的小令风调。所以他暮年虽与柳永、苏轼等并时，我们仍把他列在第一期的作家中。

他的词气魄不大，他既无晏、欧之蕴藉和雅，又无耆卿（柳永字）之清畅森秀，更不似东坡之豪放晶洁，他只是一个平稳的作家。但他好为艳辞，好为腻声，他于晏、欧与柳、苏之间，别开一个蹊径。后来如贺铸、周邦彦等，无不受其影响，而形成了一个新的系统，——北宋艳冶一派的词人。兹举例如下：

垂螺近额，走上红茵初趁拍。只恐惊飞，拟倩游丝惹住伊。

文鸳绣履，似风流尘不起。舞彻《梁州》，头上宫花颤未休。（《减字木兰花》）

绕墙重院，间有流莺到。绣被掩余寒，画阁明新晓。朱槛连空阔，飞絮无多少。径莎平，池水渺，日长风静，花影闲相照。

尘香拂马，逢谢女城南道。秀艳过施粉，多媚生轻笑，斗色鲜衣薄，碾玉双蝉小。欢难偶，春过了。琵琶流怨，都入相思

调。（《谢池春慢》）

伤春怀远几时穷，无物似情浓。离愁正恁牵丝乱，更南陌飞絮濛濛。归骑渐遥，征尘不断，何处认郎踪？双鸳池沼水溶溶，南北小桥通。梯横画阁黄昏后，又还是新月帘栊。沉恨细思，不如桃李，犹解嫁东风。（《一丛花》）

沙上并禽池上暝，云破月来花弄影，重重翠幕密遮灯。风不定，人初静，明日落红应满径。（《天仙子》下阕）

其造语之纤巧艳冶，如风过花枝，滴滴娇颤，可谓极尽藻绘刻画的能事了！但其短处，则在风格不高，气魄不大，往往失之浅薄漂易。直至贺铸、周邦彦出，又寓以诗人沉郁顿挫之笔，遂臻辞格兼美的境界。

他的作品，亦有与周邦彦极相近者，如《山亭怨》“……落花荡漾怨空树，晓山静，数声杜宇。天意送芳菲，正黯淡疏烟短雨。”《渔家傲》“天外吴门清霅路，君家正在吴门住。赐我柳枝情几许，春满缕，为君将入江南去，”以及

野绿连空，天青垂水，素色溶漾都净。柔柳摇摇，坠轻絮无影。汀洲日落人归，修巾薄袂，撷香拾翠相竞。如解凌波，泊烟渚春暝。彩绦朱索新整，宿绣屏画船风定。金凤响双槽，弹出古今幽思谁省？玉盘大小乱珠迸。酒上妆面，花艳眉相并。重听，尽汉妃一曲，江空月静。（《剪牡丹·舟中闻双琵琶》）

此等作品，与晏、欧迥异，大约是他后期的作品，已走人慢词的领域了。其《山亭怨》“晓山静，数声杜宇。天意送芳菲，正黯淡疏烟短雨。”与《剪牡丹》结局“重听，尽汉妃一曲，江空月静，”都极雄浑顿挫，与美成长调，尤相神似。此等处，是他全集中调格最高旷的作品。

所以我们毫无迟疑的把他列在第一期的最大作家中，而与晏、欧等人相并峙。

第三章 一般作家

——韩琦——范仲淹——宋祁——王琪——刘敞——张昇——梅尧臣——谢绛——郑獬——李冠——叶清臣——

韩绮（公元一〇〇八——一〇七五）

琦字稚圭，安阳人，生于宋真宗大中祥符元年，（公元一〇〇八年）弱冠举进士。西夏反，琦为陕西经略招讨使，与范仲淹率兵拒战，久在兵间，名重当时，为朝廷所倚重。后为相，临大事，决大策，不动声色。执政十年，光辅三后，封魏国公。卒于神宗熙宁八年，（公元一〇七五年）享寿六十八，谥忠献，有《安阳集》。

韩琦在北宋是一位出将入相的最伟大的人物。他生为三朝元老，言行举措，都足为当世的典范，欧阳修称之为“社稷臣”，尝叹曰：“累百欧阳修，何敢望韩公！”（见《语林》）他与范仲淹镇守西夏时，尝有民谣道：“军中有一韩，西贼闻之心胆寒，军中有一范，西贼闻之惊破胆。”其为当年中外人所钦服如此！他虽是一位文武全才的大政治家，但他的诗词，却很风韵闲适，并不干苦乏味。他镇扬州时，撰《维扬好》，有“二十四桥千步柳，春风十里上珠帘”之句，为一时所传诵。兹录二词于后：

病起恹恹，庭前花影添憔悴，乱红飘砌，滴尽真珠泪。

惆怅前春，谁向花前醉。愁无际，武陵凝睇，人远波空翠。（《点绛唇》）

安阳好，形势魏西州。曼衍山川环故国，升平歌吹沸南楼，和气镇飞浮。笼画陌，乔木几春秋，花外轩窗挑远岫，竹间门巷带长流，风物更清幽。（《安阳好》）

范仲淹（公元九八九——一〇五四）

仲淹字希文，其先邠人，后徙吴县。生于宋太宗端拱二年，（公元九八九年）八月。真宗大中祥符间进士，仁宗时与韩琦率兵同拒西夏，为朝廷所倚重，后召拜枢密副使，进参知政事。卒于仁宗皇祐四年，（公元一〇五四年）享寿六十四岁。追赠兵部尚书，谥文正。有《丹阳集》。为秀才时，'尝言："士当先天下之忧而忧，后天下之乐而乐，"其以天下自任如此。当其镇守延安，夏人相戒莫敢犯曰："小范老子胸中有十万甲兵！"

文正功业勋隆，与韩琦并称"韩、范"。他为北宋最大名臣之一。他的词与韩词的风调，完全不同。他是一个忧时而富至情的人，所以他的《渔家傲》《苏幕遮》和《御街行》三阕，或写边塞秋思，或述羁旅情怀，都极苍凉沉郁，而为不朽的名作，不独较韩词为高，即列在宋代最大作家中，亦确能自成一格。不过他平生的作品极少，并非"专业"的词人，所以未将他列入晏氏父子与欧、张之林，真是一件憾事。但我们要知道，他虽仅以此三词名世，而其作品之俊迈，实能俯视群流。其《渔家傲》一阕，更能远接"西风残照，汉家陵阙"之壮阔雄伟，下开东坡"大江东去"与王荆公《桂枝香》的豪纵先河。兹将三词录后：

塞下秋来风景异，衡阳雁去无留意，四面边声连角起，千嶂里，长烟落日孤城闭。　　浊酒一杯家万里，燕然未勒归无计。羌管悠悠霜满地，人不寐，将军白发征夫泪。（《渔家傲》）

描写宋时边戍状况，凄苍黯淡，令人对战争发无限深省。

碧云天，黄叶地，秋色连波，波上寒烟翠。山映斜阳天接水，芳草无情，更在斜阳外。黯乡魂，追旅思，夜夜除非好梦留人睡。明月楼高休独倚，酒入愁肠，化作相思泪。（《苏幕遮》）

纷纷坠叶飘香砌，夜寂静，寒声碎。珍珠帘卷玉楼空，天淡银河垂地。年年今夜，月华如练，长是人千里。　愁肠已断无由醉，酒未到，先成泪。残灯明灭枕头欹，谙尽孤眠滋味！都来此事，眉间心上，无计相迴避。（《御街行》）

以上三词，都能把他当日的环境，和内在的情绪，一一写出，故能真切动人。彭羡门说他：

苏幕遮一调，前段都入丽语，后段纯写柔情，遂成绝唱。“将军白发征夫泪，”亦复苍凉悲壮，慷慨生哀。

他的词集有朱刻《彊村丛书》本的《范文正公诗余》一卷，然仅集得六首而已。

宋祁（公元九九八——一〇六一）

祁字子京，安州安陆人，徙开封之雍邱。生于宋真宗咸平元年（公元九九八年）仁宗天圣二年，与兄庠同举进士，时号“大小宋，”修《唐书》十余年，出入以藁目自随。累官至工部尚书。卒于仁宗嘉祐六年，（公元一〇六一年）享寿六十四岁。谥景文。有《出麾小集》《西洲猥稿》。其词集宋板已失，近人赵万里始为汇辑成一卷，名曰《宋景文公长短句》，共词六首，附录二首。刊于《校辑宋金元人词》中。

子京是一个风流而有福泽的词人，据《东轩笔录》所载，他晚年知成都府时：

> 每晏罢，盥漱毕，开寝门垂帘，燃二椽烛，媵婢夹侍，和墨伸纸，远近观者，知尚书修唐书矣。——望之如神仙焉！

又说他：

> 多内宠，后庭曳罗绮者甚众。尝宴于锦江，偶微寒，命取半臂。诸婢各送一枚，凡十余枚皆至。子京视之茫然；恐有厚薄之嫌，竟不敢服，忍冷而归！

他的一生，于此可见一斑了。他与张子野同时，两人的生平和性格，都很相似，而词风尤与子野为近。他们的词，不啻是他们一个小小的写照。兹举二词如下：

> 燕子呢喃，景色乍长春昼。睹园林万花如绣，海棠经雨胭脂透，柳展宫眉，翠拂行人首。　　向郊原踏青，恣歌携手。醉醺醺尚寻芳酒。问牧童遥指孤村道：杏花深处，那里人家有？（《锦缠道》）

结句用唐诗“借问酒家何处有，牧童遥指杏花村”意，而作一反问口气。一则充满了春愁，一则极尽春日游乐的酣畅。一则凄婉悱恻，为诗中胜境，一则柔媚儇巧，不失作词的本色。

> 东城渐觉风光好，縠皱波纹迎客棹。绿杨烟外晓寒轻，红杏枝头春意闹！　　浮生长恨欢娱少，肯爱千金轻一笑。为君持酒劝斜阳，且向花间留晚照。（《玉楼春》）

在晏氏父子与欧、秦等集中，咏春之作，总不免为离情愁绪所萦绕，而深透着诗人悲惋的意绪。在张、宋词中，则只见春日之酣乐，令人心醉，如上面两词，写春郊之明媚，春意之撩人，均浮现在纸上。王静安评二氏之作，谓：

> “红杏枝头春意闹”，着一“闹”字，而境界全出。“云破月来花弄影，”着一“影”字，而境界全出。（《人间词话》）

仅道出两家作词的技巧，而尚未深明于两词人的心灵也。

王 琪

琪字君玉，华阳人，徙舒。举进士。调江都主簿，历官知制诰，加枢密直学士。晏殊为南郡太守时，琪曾为其幕客，宾主极相得，日以赋诗饮酒为乐，相传晏公作《浣溪沙》词，其“无可奈何花落去”句书墙上，弥年未能对，琪应声曰：“似曾相识燕归来，”由是遂邀知遇。他的词仍未脱唐、五代的余绪。如《望江南》：

> 江南好，风送满长川。碧瓦烟昏沉柳岸，红绡香润入梅天，飘洒正萧然。　　朝与暮，长在楚峰前。寒夜愁倚金带枕，春江深闭木兰船。烟绪远相连。

刘 敞

敞字原父，临江新喻人，庆历六年进士。累官知制诰，翰林学士。卒后门人私谥曰公是先生。有集。相传敞守维扬时，宋子京赴寿春，道出治下，敞曾作《踏莎行》词以侑欢。词云：

> 蜡炬高高，龙烟细细，玉楼十二门初闭。疏帘不卷水晶寒，小屏半掩琉璃翠。　　桃叶新声，榴花美味，南山宾客东山妓。

名利不肯放人闲，忙中偷取工夫醉。

下阕写得颇隽快而别致

张　昇

昇字杲卿，韩城人，第进士。累官参知政事，后以太子太师致仕。赠司徒兼侍中，谥康节。昇词以《离亭燕》为最有名，与王安石《桂枝香》作风极酷似，可称“怀古览胜”词中的双璧。其词云：

一带江山如画，风物向秋萧洒，水侵碧天何处断，霁色冷光相射。蓼屿荻花洲，掩映行篱茅舍。　　云际客帆高挂，烟外酒旗低亚。多少六朝兴废事，尽入渔樵闲话。怅望倚危楼，寒日无言西下。

于冷隽中寓悲凉之感。阕中如“霁色冷光相射，”“寒日无言西下”句，尤觉冷艳触人心目，而语意无穷。

梅尧臣（公元一〇〇二——一〇六〇）

尧臣字圣俞，宣城人。生于宋真宗咸平五年，（公元一〇〇二年）仁宗嘉祐初，召试赐进士，擢国子直讲，历尚书都官员外郎，有《宛陵集》。卒于仁宗嘉祐五年（公元一〇六〇年）享寿五十九岁。

圣俞本以诗名，词不多见，以《苏幕遮》（咏草）最为欧阳永叔所称赏。词云：

露堤平，烟墅杳，乱碧萋萋，雨后江天晓。独有庾郎年最少，窣地春袍，嫩色宜相照。　　接天亭，迷远道，堪怨王孙，不记归期早。落尽梨花春事了，满地残阳，翠色和烟老。

谢绛（公元九九五—一〇三九）

绛字希深，其先阳夏人，其祖及父，均葬于富阳，因家焉。登大中祥符八年进士。仁宗朝，累官知制诰，出知邓州。有集。

据《富春遗事》载，希深居富阳小隐山，别筑室曰“读书堂”，构双松亭于前。倚山临江，杂植花果，沼荷稻圩，环流布种，颇称幽人之居。其词亦“藻然轻黠”，（见《儒林公议》）与众特异。如《夜行船》：

昨夜佳期初共，鬓云低，翠翘金凤。尊前和笑不成歌，意偷传，眼波微送。　　草草不容成楚梦，渐寒深翠帘霜重。相看送到断肠时，月西斜，画楼钟动。

黄花庵云：“后段语最奇！”

郑獬

獬字毅夫，安陆人。仁宗皇祐五年进士。累官翰林学士，出为侍读学士，知杭州。有《郧溪集》。獬词以《好事近》为最隽俏：

江上探春回，正值早梅时节。两行小槽双凤，按《凉州》初彻。　　谢娘扶下绣鞍来，红靴踏残雪。归去不须银烛，有山头明月。

李冠

冠字世英，历城人，以文学称，与王樵贾齐名。官乾宁主簿。有《东皋集》，冠词以《蝶恋花》为最婉约多姿：

遥夜亭皋闲信步，才过清明，渐觉伤春暮。数点雨声风约住，朦胧淡月云来去。　　桃杏依稀香暗度，谁在秋千，笑里轻轻语？一寸相思千万缕，人间没个安排处。

此词与张先、宋祁作风极相类，设混于子野词中，几乎无从辨认。

叶清臣

清臣字道卿，长洲人。天圣初进士。历官翰林学士，权三司使，他的《贺圣朝》：

满斟绿醑留君住，莫匆匆归去。三分春色二分愁，更一分风雨。　　花开花谢，都来几许？且高歌休诉。不知来岁牡丹时，再相逢何处？

词中“三分春色二分愁，更一分风雨”句，则为东坡《水龙吟》“一池萍碎，春色三分，二分尘土，一分流水，”及贺方回《青玉案》“一川烟草，满城风絮，梅子黄时雨”的蓝本了。

此外尚有几个词人，略一述及。

夏竦字子乔，历官真宗、仁宗两朝，位至宰辅，封英国公，曾作有《喜迁莺》宫词。王益字舜良，王安石之父，曾作有《诉衷情》词。石延年字曼卿，为欧阳修的好友，曾作有《燕归梁》词。李师中字诚之，仁宗朝曾作待制及郎中等官，他有《菩萨蛮》词。聂冠卿字长儒，新安人，其《多丽》一词，为慢词最初期的创制。吴感字应之，吴郡人，有《折红梅》词。

参考书目

元脱克脱：《宋史》四百九十六卷　有《二十五史》本。

宋王偁：《东都事略》一百三十卷　有《扫叶山房》刊本。

宋僧文莹：《湘山野录》三卷续录一卷　有《说库》本，有文明书局铅印本。

宋陈振孙：《直斋书录解题》二十二卷　有江苏书局刊本。

清张宗橚：《词林纪事》二十二卷　有《扫叶山房》石印本。

近人王国维：《人间词话》　有《朴社》铅印本。

宋潘阆：《逍遥词》一卷　有王鹏运《四印斋汇刻宋元三十一家词》本。

宋晏殊：《珠玉词》　有毛晋《宋六十家词》本。

宋晏几道：《小山词》　有毛晋《宋六十家词》本。

宋欧阳修：《六一词》　有毛氏本，又名《欧阳文忠公近体乐府》及《醉翁琴趣外编》，有吴昌绶《双照楼景宋元明本词》本。

宋张先：《张子野词》　有朱祖谋《彊村丛书》本。

宋范仲淹：《范文正公诗余》　有《彊村丛书》本。

第三编　宋词第二期

——公元一〇二三—一〇九九——

——花之怒放时期或柳永时期——

第一章　柳永时期的意义与五大词派的并起

第一节　引言

由宋仁宗天圣中起，因大词人柳永的创作，宋词阶段，乃始由小令时期，渐进入慢词时期。其时中原承平，汴京繁庶，歌台舞席，竞睹新声。宫中每逢春秋大宴，必有乐语及各种队舞，以资庆赏。（详上《总论》编《宋代乐曲概论》章）朝臣相宴，亦得用乐语的一部分。（如《致詈》《口号》是）风气所播，民间化之，于是慢词乃应运而生。最先经文人制作者，则有欧阳修《摸鱼儿》、聂冠卿《多丽》、吴感《折红梅》等词，但欧氏之作，字句错误，恐系时人伪托，或杂入柳词，亦未可知。吴氏《折红梅》词为纪念歌姬红梅，因以名阁之作。辞彩不甚工丽。聂氏《多丽》一词，论者向推为慢词之祖，然一考聂、柳二氏成名之始，则都系并时之人。其《多丽》的制作，恐亦不能较柳词为早。其他如张先的《谢池春慢》《卜算子慢》《翦牡丹》《山亭怨》等词，亦系晚年的制作，所以慢词真正肇始的人物，则为一个不齿及于缙绅阶级的“多游狭邪”的举子柳永。因为他能接近民众，他能于三教九流最杂乱的倡寮歌院之中，取裁了市井流衍的歌调，创造一种“旖旎近情”“铺叙展衍”的新曲。《古今诗话》载：

> 真州柳永少读书时，以无名氏《眉峰碧》词题壁，后悟作词章法，一妓向人道之。永曰："某于此亦颇变化多方也。"然遂成屯田蹊径。

他当年作词的渊源，既不是《花间集》，又不是《阳春录》，而是民间无名之作，如《眉峰碧》等类的作品，他因终朝沉酣于"偎红倚翠"的妓院生活，于彼辈流衍的艳歌腻曲，耳熟其音而心知其意，当年"教坊乐工，每得新腔，必求永为辞，"更予以试作的机会。他遂开始写他的新词了。他敢用通俗的字句，来写他的漂泊的诗人情绪，与肉体的追求，他脱尽了《花间》以来所习用的填词术语、腔调及其内容。他的精神比能"逐弦吹之音，为侧艳之曲"的温庭筠更为解放。他的天才则与温氏向相反的两条路上走去。他从五代以来"诗客曲子词"的登峰造极时代，又转向这条民众化与音乐化的"里巷之曲"路上了。所以词自温庭筠乃始真正成立，至柳永乃始大为解放，而其在词学的演变与升降上，则二人同为一个时代的最大导师，一个最有关键的人物，正复遥相辉映。不过温氏由原始时代——民间文学时代，用晚唐诗人之笔，来写绮艳而"香软"的歌声，深为士大夫阶级所爱赏，故能造成一个文彩灿烂的《花间》系统，而受着百世的崇敬。柳氏的作风，不独惊倒了并时的人物，且深遭后世的笑骂，（详见柳永传评中）其个人的声誉，与温氏则大相悬殊了，这种结果，并不足为柳氏的"不幸"，正足代表他一种革命和创造的精神。假使中国词学，不经柳氏的改造，则充其量，仍不过模仿温、韦、冯廷巳等人的作品罢了。其势亦成末流，必致陈陈相因，黯然无复生气。则中国词学，不独无北宋之雄奇瑰丽，照耀古今，且早入于没落衰歇之时，不待南宋中末期以后了。

在柳氏领导的时期，不独变换了词的格式，（由小令变为慢词）而且变换了词的内容，在唐、五代一直到晏、欧一贯下来的作风，均以含蕴为高，短隽入胜，末流所至，则篇篇不出"烟柳""残梦""罗衾"等庸滥的描写，不独无一新意，而且无一新词，即以晏、欧等人的作品，虽感其词风之端丽婉和，但读起来，总不免有意义相复，或非身历其境的，浮泛描写之处，其他各家，则更不必论了。柳氏以忠实与清婉的笔调，写出内在真挚的情绪。他虽篇篇不出“羁旅悲怨之辞，闺帷淫媟之语，”但我们只感到他的真实与酣畅，却不觉其有重复因袭的可厌。这是他与晏、欧以前的作家，仅以模仿堆滞见长者，完全变了一个描写的方式了。其大才之独到处，亦正于此等处表现出来。所以在当时他虽遭许多人的讥评，但无形中却人人受了他的暗示及反映，开始来作他们自己的歌词，开始来写他们要说的话了。于是五代以来的词风，至此乃为之一变；而向为北宋人崇奉的《花间集》与《阳春集》，至此乃不复更放其光焰了。

在本期（周邦彦成名以前），受柳氏的影响和反映而雄起词坛的，则有苏轼、秦观、贺铸、毛滂四个最大的作家。在他们五个人的作品中，已将全部的北宋词风，概括无余。——也可以说概括了后来一切的作风。他们五个人各有独到的境界，与不同的色彩，造成了中国“抒情词”的顶点，遂使南宋中期以后（姜夔所领导的一派）的作家，不得不另换一个新的途径，专在文辞与刻画上努力了。这五家之中，比较上柳、秦、贺三家只算一个系统，苏与毛则另为一派，兹为述其源流如后。

柳氏的特长，既如上述。是北宋慢词造始的人物，是词家革命的巨子。其风调之“森秀幽畅”，如繁蕙中一颗清葱的棕榈，如浓妆艳抹队里的一位淡雅多情的少妇。他的最高作品，则为“杨柳岸，晓风残月”，一类幽倩的新词，为“桐江好，烟漠漠，波似染，山如削”，“望中酒旆闪闪，一簇烟村，数行霜树，残日下，渔人鸣榔归去，……两两三三浣纱游女，避行客，含羞相笑语”一类蒽秀而婉细的诗句。当时受他影响最大的，首推秦少游与贺方回两个人。秦词中的“消魂，当此际，香囊暗解，罗带轻分”，与贺词中的“淡妆多态，更滴滴频回盼睐”，一类的作品，即取柳词“多情自古伤离别，更那堪冷落清秋节”，与“执手相看泪眼，竟无语凝咽”作为蓝本的。此种例子很多，试读三家词集，即知在慢词方面，秦、贺二家受耆卿影响之大了。（小令不在此例）少游的词最凄婉柔媚，“情辞兼胜”，实集古今婉约派的大成，其造诣之高，更过柳、贺、苏、毛及一切词人，足可步伍南唐后主。其最高作品，为其《满庭芳》《望海潮》等词。小令尤所擅长，方回的词极浓艳沉郁，“如游金、张之堂”。别人只能学其艳丽，却无其沉着。他们三个人都有一个共同之点，他们都属柔媚绮艳一派的作家，至周邦彦出，更兼取三家之长，用成“集成”之誉，于是柳氏所领导的时期，至此乃臻光辉的总集结之时了。

东坡以超绝的天才，采取柳氏的创调，而变换其描写的内容。将柳氏柔媚绮艳之作，易为“清丽舒徐”的歌声。而成为词中“横放杰出”的另一个派别。其影响于后期的作家者，则有晁补之、叶梦得、向镐、张元干、张孝祥，直到辛弃疾出，遂臻此派绝诣。与柳、秦、贺、周一派词人相并峙。

在柳、苏、秦、贺之外，尚有一个毛滂，向不为各选家所重视，而摈在二等作家中的。我将他列为本期最大作家之内，其理由有三，第一：我们若将晏、欧以后，周邦彦以前的词家专集或总集，细心加以览诵，则除上四大家各有其特殊的风调外，能有《东堂词》之明净潇洒，通体一律的巨著么？第二：他的作风与贺方回之浓艳沉郁，恰相辉映，而各成一格，以补柳、苏、秦三家所未有的境界。第三：他影响于后期的作家者，虽不如东坡之显著；与柳、秦、贺等之普遍广大，但如谢逸、苏庠、僧仲殊、陈与义、朱敦儒、范成大、杨万里等人，其词风之潇洒清旷，不沾世态，毛氏实有以开其先河。他们既不作豪壮之语，又不为冶荡之声，确能另成一个系统，而以清逸放达入胜。他们的歌词为：

小屏风畔冷香凝，酒浓春入梦，窗破月寻人。（毛滂《临江仙》）

浓香斗帐自永漏，任满地月深云厚，夜寒不近流苏，只怜他后庭梅瘦。（毛滂《上林春令》）

隐儿岸，乌巾细葛含风软，不见柴桑避俗翁，心共孤云远。（谢逸《卜算子》）

枫落河梁野水秋，淡烟衰草接荒邱，醉眠小坞黄茅店，梦倚高城赤叶楼。（苏庠《鹧鸪天》）

忆昔午桥桥上饮，坐中都是豪英；长沟流月去无声，杏花疏影里，吹笛到天明。（陈与义《临江仙》）

晚来风定钓丝闲，上下是新月，千里水天一色，看孤鸿明灭。（朱敦儒《好事近》）

烧香曳簟眠清樾，花影吹笙，满地淡黄月。（范成大《醉落魄》）

这些作品，既不是柳、贺、周、秦的柔媚绮艳之作，更不是苏、辛一派的豪纵之歌，而为词中的逸品，向来不为人所注意，不认其能成一派的。我所以特为举例者，亦正为此派介绍之故。至南宋中期以后，如姜、史、吴、张、王、周六大家，其作品实融合柔媚绮艳派（即柳、贺、秦、周等人）的外形，（格调）与清逸放达派的神髓。所以他们的词集中，虽有那样典丽而工细的风调，却无北宋人淫媟艳腻的歌声。

由上种种方面看起来，可见这柳、苏、秦、贺、毛五家，在当年不独造成北宋词中最灿烂绚丽的一段，而且概括了中国整个词学的作风。然推源其肇始之因，则不能不归功于耆卿的大胆创作了。

第二节　浅斟低唱的柳三变

柳永字耆卿，崇安人，宋仁宗景祐元年（公元一〇三四年）进士。初名三变，以“喜作小词，薄于操行”，未能致身科第，后改名永，方得登第磨勘转官。官至屯田员外郎，故世号柳屯田。生卒无可考。生平除作词外，他无所著述。其词名《乐章集》，有毛氏《宋六十家词》本，朱式《彊村丛书》本，最为完善。其葬处，据《独醒杂志》则在枣阳县（今湖北蜀县）花山，据《方舆胜览》则在襄阳南门外，惟据《避暑录话》，则谓其死于润州（今江苏丹徒县）僧寺，郡守求其后不得，乃为出钱葬之，虽未言葬于何地，但可推知其必葬于润州无疑。三说虽未可据信孰为正确，然柳氏生前之潦倒与死后之凄凉，于此可见一斑。

叶梦得在他的《避暑录话》里说道：

> 柳耆卿为举子时，多游狭邪善为歌词。教坊每得新腔，必求永为辞，始行于世于是声传一时，余仕丹徒，尝见一西夏归朝官云：“凡有井水之处，即能歌柳词。”

大约耆卿少年生活之放浪，散见于宋人杂记中者，不仅叶氏所谓“多游狭邪”一语，其为当时人所不满，更较“士行尘杂”的温庭筠为甚。但他的作品，在当日则流传得极为广遍，凡遐方异域，及“有井水之处”，无不在歌唱着，咏诵着，真是一个空前绝后的事例了。他的《望海潮》咏钱塘富丽，致启后来金主亮“欣然起投鞭渡江之志”的野心。其作品之伟异于此可见。《贵耳集》有一段记载道：

> 诗当学杜诗，词当学柳词：盖词本管弦冶荡之音，永所作，旖旎近情，尤使人易入也。

这“旖旎近情”四字，最能道出柳词的特长，与当日流传广遍的原因。

因为他的操行放荡，不为时人所重，故一生功名不扬，而辗转迁徙于仕途羁旅冶游中，度着他那狂放浪漫的生活。他把他的漂泊的生涯，旅中愁绪和颓废的、纵恣的、肉的享乐与追求，都大胆的赤裸裸写入他的词中。他冲破因袭着执掌词坛威权的《花间》壁垒，超出一般拘守五代余绪的宋初词人藩篱，而创一种旖旎忠实的铺叙与抒情的作风。这当然要被囿于成见的人们所震惊而要加以讥评了。在晏殊传评中，我们已看见晏、柳二氏相诘难的情形，而卒为晏氏所斥退了。现在更举数事如下：

> 少游自会稽入都，见东坡。东坡曰：“不意别后，公却学柳

七作词。”少游曰：“某虽无学，亦不如是。”东坡曰：“销魂当此际，非柳七语乎？”（《高斋诗话》）

王逐客词格不高，以《冠柳》自名，则可见矣。（《直斋书录解题》）

他受当时人的轻视，以至如此。即后来如黄花庵、孙敦立辈，亦谓其“多近俚俗”，“多杂以鄙语。”而同样致其不满之意，但讥抨者尽管讥抨，谩骂者尽管谩骂，而无形中都受了他——直接或间接——的影响与暗示，渐渐走向这条新的途径来了。所以少游被东坡指出学柳的确据，也只好俯首无言了。东坡虽然不甚服气，但亦因柳氏的暗示，来试写他的豪纵不羁的慢词了。至读柳氏“霜风凄紧，关河冷落，残照当楼”等句，亦惊赏其“不灭唐人高处”，而代为分辩其“非俗”了。于是王观的词集，也取名《冠柳》了。即如苏、黄之敢用俗语入词，秦、贺等之铺叙长调，无不受柳氏的影响；而周美成则更为显著。其他二三等的作家，在模仿他的风格的，更不胜枚举了。

他是一个极浪漫而不加检束的人。我们在《鹤冲天》词内，读他的“何须论得丧，才子词人，自是白衣卿相！……且凭偎红倚翠，风流事，平生畅，……忍把浮名，换了浅斟低唱？”不啻是他的一个忠实自白。他的狂放不羁的情怀，也于此可见一般！他所以能为一世的开山，为词学解放的巨子，也正赖此种精神有以成其伟大。他因作此词，曾被“务本向道”的仁宗皇帝斥为浮华，而加以摈弃，以致终身的功名沦落。他这样的过着，写着，……消磨了他的一生。他死后还留下两段很凄艳的记载。

柳耆卿风流俊迈，闻于一时，既葬于枣阳县花山，远近之人，每遇清明日，多载酒肴饮于耆卿墓侧，谓之“吊柳会。”（《独醒杂志》）

仁宗尝曰：“此人（指耆卿）任从风前月下，浅斟低唱，岂可令仕宦！”遂流落不偶。卒于襄阳。死之日，家无余财，群妓

合金葬之于南门外。每春月上冢，谓之“吊柳七。”（《方舆胜览》）

但他平生得意的词句，还依然留在后来诗人们的胸臆，而深深致其凭吊之怀，我们试一读渔洋山人“残月晓风仙掌路，无人为吊柳屯田”句，能勿为之神往！

他的作品，可以分为两大类。第一类系描写狭邪的生涯与放浪心绪的；第二类则系写他的旅况与游程。兹选录其第一类的作品四首于后：

洞房记得初相遇，便只合长相聚。何期小会幽欢，变作别离情绪。况值阑珊春色暮，对满目乱花狂絮。直恐好风光，尽随伊归去。一场寂寞凭谁诉，算前言总轻负。早知恁地难拚，悔不当初留住。其奈风流端正外，更别有系人心处。一日不思量，也攒眉千度！（《昼夜乐》）

闲窗烛暗，孤帏夜永，欹枕难成寐。细屈指寻思，旧事前欢都来，未尽平生深意。到得如今，万般追悔，空只添憔悴。对好景良宵，皱着眉儿，成甚滋味！红茵翠被，当时一一堪垂泪。怎生得依前似，恁偎香倚暖，抱着日高犹睡！算得伊家，也应随分烦恼，心儿里又争似从前，澹澹相看，免恁萦系？（《慢卷紬》）

前时小饮春庭院，悔放笙歌散。归来中夜醉醺醺，惹起旧愁无限。虽看坠楼换马，争奈不是鸳帏伴。　朦胧俱妙暗花面欲梦还惊断。和衣拥被不成睡，一枕万回千转。惟有画梁新来双燕，彻曙闻长欢。（《御街行》）

当初聚散，便唤作无由再逢伊面，近日来不期而会重欢宴。向尊前闲暇里，敛着眉儿长叹，惹起旧愁无限。　盈盈泪眼，漫向我耳边作万般幽怨，奈你自家心下事难见。待音信真个恁别无萦绊，不免收心共伊长远。（《秋夜月》）

我们在上面几首词内，可以看出柳氏完全变换了描写的方式。他所写的不是文人贵族的典雅堆滞之词，而是一种最普遍，最细致，最忠实的民众歌曲了。他做到“我手写我口”的极纯熟境地。虽篇篇都是“闺帷淫媟之语，”（毛子晋跋语）但写来却无一重复或相因之处，可谓白描圣手。在他的词集中，已无复《花间派》的丝毫余息了。但他平生最得意而杰出的作品，仍在他的行役羁旅诸作，而其影响于当时及后来词人者，也以此等作品为最伟大。周美成的长调慢词的格局，几乎全都从他蜕变出来的。他描写旅中景色，如：

匆匆策马登途，满目淡烟衰草。前驱风触鸣珂，过霜林渐觉惊栖鸟。冒征尘苦况，自古凄凉长安道。（《轮台子》）

写得秋意萧疏，确系身临其境之作。又如：

泛画鹢翩翩过南浦，望中酒旆闪闪，一簇烟村，数行霜树。残日下，渔人鸣榔归去。败荷零落，衰柳掩映，两两三三浣纱游女，避行客，含羞相笑语。（《夜半乐》）

则更清幽细致了。兹更录数阕于后：

寒蝉凄切，对长亭晚，骤雨初歇。都门帐饮无绪，方留恋处，兰舟催发。执手相看泪眼，竟无语凝咽。念去去千里烟波，暮霭沉沉楚天阔。　　多情自古伤离别，更那堪冷落清秋节？今宵酒醒何处？——杨柳岸，晓风残月！此去经年，应是良辰好景虚设。便纵有千种风情，更与何人说？（《雨霖铃》）

对萧萧暮雨洒江天，一番洗清秋。渐霜风凄紧，关河冷落，残照当楼。是处红衰绿减，苒苒物华休。惟有长江水，无语东

流。(《八声甘州》上阕)

暮雨初收，长江静，征帆夜落。临岛屿蓼烟疎淡，苇风萧索。几许渔人横短艇，尽将灯火归村郭。遣行客到此念回程，伤漂泊。　　桐江好，烟漠漠，波似染，山如削。绕严陵滩畔，鹭飞鱼跃。游宦区区成底事，平生况有林泉约。归去来，一曲仲宣楼，从军乐。(《满江红·桐川》)

远岸收残雨，雨残稍觉江天暮。拾翠汀洲人寂静，立双双鸥鹭。望几点渔灯，掩映蒹葭浦。停画桡，两两舟人语。道去程今夜，遥指前村烟树。　　游宦成羁旅，短樯吟倚闲凝伫。万水千山迷远近，想乡关何处。自别后风亭月榭孤欢聚，刚断肠，惹得离情苦。听杜宇声声，劝人不如归去。(《安公子》)

周介存说他"铺叙委婉，言近意远，森秀幽淡之趣在骨，"证之以上数阕，实觉精当不易了。近人冯梦华也说他"曲处能直，密处能疏，高处能平。状难状之景，达难达之情，而出之以自然，自是北宋巨手！"

吴瞿安先生说他，"多直写，无比兴，亦无寄托。见眼中景色，即说意中人物，便觉直率无味。……且通体皆摹写艳情，追述别恨，见一斑已具全豹。"实能说出柳氏的缺点，然他的比兴之说，却仍以《花间派》及欧、晏作品的眼光来评判柳词。须知柳氏的特长，即在能"无比兴，"即在能"叙铺展衍，备足无余。"(李端叔语)《花间》一派的长处，在能含蓄不尽，柳词的长处，在能奔放尽兴，二者各成一格，正不必用以互相非难。所谓"见一斑已具全豹，"实其作风太觉单调之处。然须知凡一种文学，有她的精邃独到之处，即不免失之偏狭，世上断无全才全能的天才作家。何况他虽篇篇不外"摹写艳情，追述别恨，"但并无一首相复的格调与相因的字句，与一般模仿堆滞的作品，相去何啻霄壤呢？所以我们就大体上说，对于他那种毅然脱去传统的描写方式，和审音度曲的天才，以及慢词的精心创制，觉得他于中国词坛上，实在是少有的一位杰出人物。

第三节　横放杰出的苏轼

苏轼字子瞻，眉山人。生于宋仁宗景祐三年（公元一〇三六年）十二月。嘉祐二年进士，时年二十四。英宗时直史馆，神宗时与王安石议不合，贬黄州，筑室东坡，号东坡居士。哲宗时召还，累官翰林学士兵部尚书。绍圣初，坐讪谤，安置惠州，徙昌化。元符初，北还，卒于常州，时为徽宗建中靖国元年（公元一一〇一年）七月，享寿六十六岁。高宗朝赠太师；谥文忠。与父洵、弟辙并称"三苏，"为中国古文家中巨子。有《东坡前后集》。其词集名《东坡词》，有毛氏《宋六十家词》本，凡一卷，又名《东坡乐府》，有王氏《四印斋所刻词》本，凡二卷，及朱氏《彊村丛书》本，凡三卷。

东坡是一个最称全才的大文艺家。他的散文与诗，亦足使其不朽。他的字，亦卓然成为一派。画虽不多，（善画淡墨竹石等小品）亦极名贵。他是中国文艺界中的一颗明星，他是中国文坛上一位怪杰。无论是任何朝代，任何人，——甚至妇女小孩，——只要说起"苏东坡"三个字，没有不知道的：虽然他们并不详细他的生平。因为他是最富才艺而聪明绝顶的人，所以他的词，也于不经意中，放出异样的光芒。他占在晏、欧一派婉约词人与艳冶派（张先、柳永等）词人之外，另成一个新的局面。他一生潇洒狂放，而其诗词与散文，亦能充分表现出他的个性来。他有一次在一个中秋节的晚上，吃了一夜的酒，吃得醺醺大醉，对着一轮明月，忽然想起他的弟弟子由。他因而作了一首《水调歌头》：

明月几时有？把酒问青天；不知天上宫阙，今夕是何年？我欲乘风归去，又恐琼楼玉宇，高处不胜寒。起舞弄清影，何似在人间！　　转朱阁，低绮户，照无眠。不应有恨，何事偏向别时圆？人有悲欢离合，月有阴晴圆缺，此事古难全，但愿人长久，千里共婵娟！

把他醉后飘逸的胸怀，和对景怀人的情绪，全盘托出。音节和格调，也极清新自然。他的

> 大江东去，浪淘尽，千古风流人物！故垒西边，——人道是、三国周郎赤壁。乱石穿空，惊涛拍岸，卷起千堆雪。江山如画，一时多少豪杰！　　遥想公瑾当年，小乔初嫁了，雄姿英发。羽扇纶巾，谈笑间、樯橹灰飞烟灭。故国神游，多情应笑我，早生华发。人生如梦，一樽还酹江月。（《念奴娇·赤壁怀古》）

我们读此词后，便觉有万里江涛，奔赴眼底，千年兴感，齐上心头。别人不独无此胸襟，亦且无此笔力，所以陆放翁说他的词，读后有“天风海雨逼人”之感。胡致堂说他：

> 一洗绮罗香泽之态，摆脱绸缪宛转之度，使人登高望远，举首高歌，而逸怀浩气，超乎尘垢之外；于是《花间》为皂隶，而耆卿为兴台矣！

此类作品，实为词中创格。以柳永之解放，然亦仅变换了《花间派》描写的方式，并未改变描写的内容，所以仍不出闺帷行役的传统范围。东坡则不独变其格式，而且冲出向来的词学领域，这是最值得我们注意的两点。他在词学中，遂成了“横放杰出”（晁无咎语）的另一个派别。不满于此种写法的，则谓其“以诗为词，如教坊雷大使之舞，虽极天下之工，要非本色！”（陈无己语）他在当年与耆卿隐然有并峙之势。（他较耆卿略晚出）所以《吹剑录》曾有一段记载道：

> 东坡在玉堂日，有幕士善歌。因问“我词何如柳七？”对曰：“柳郎中词只合十七八女郎，执红牙板，歌‘杨柳岸，

晓风残月。’学士词须关西大汉，铜琵琶铁绰板，唱‘大江东去。’”东坡为之绝倒。

这是柳、苏两家不同的地方。可见东坡虽诋毁柳氏，然无形中亦颇露推崇之意，所以对幕士也不免有“我词何如柳七”的探问了。幕士的答语，恰中其心意，大有“天下英雄惟使君与操”的情形，足可与柳氏争雄，无怪东坡要为之“绝倒，”而加以默认了。不过幕士的关西大汉铁板铜琶之喻，只是指壮豪不可一世，与“粗豪”不可混为一谈。东坡的作品，尽有许多极清幽秀韵的地方，即以“大江东去”一词论，亦只觉其豪放超逸，绝无“粗拙”的表现，这是研究苏词的人应当加以辨明的。比方他的《浣溪沙》：

山下兰芽短侵溪，松间沙路净无泥，萧萧暮雨子规啼。

及同调：

采索身轻远趁燕，红窗睡重不闻莺，闲人天气近清明。

不独不见其粗豪，而且非常韵致。兹更录数词于后：

霜降水痕收，浅碧鳞鳞露远洲。酒力渐消风力软，飕飕，破帽多情却恋头。　　佳节若为酬，但把清尊断送秋。万事到头都是梦，休休，明日黄花蝶也愁。（《南乡子·重九涵辉楼呈徐君猷》）

夜饮东坡醒复醉，归来仿佛三更。家童鼻息已雷鸣，敲门都不应，倚杖听江声。　　长恨此身非我有，何时忘却营营。夜阑风静縠纹平。小舟从此逝，江海寄余生。（《临江仙》）

这些作品，影响于后期作家如陈与义、朱敦儒、范成大等人者甚大。他们虽无东坡的豪纵，而却得其旷逸。至于晁补之、张元幹、张孝祥等人，则仅具东坡的豪纵，而无其莹秀。直至稼轩一出，遂合众长，蔚为一派殿军。

缺月挂疏桐，漏断人初静。时见幽人独往来，缥缈孤鸿影。

惊起却回头，有恨无人省。拣尽寒枝不肯栖，寂寞沙洲冷。（《卜算子·雁》）

似花还似非花，也无人惜从教坠。……萦损柔肠，困酣娇眼，欲开还闭。梦随风万里，寻郎去处，又恐被莺呼起。不恨此花飞尽，恨西园落红难缀。晓来雨过，遗踪何在，一池萍碎。春色三分，二分尘土，一分流水。细看来，不是杨花，点点是离人泪。（《水龙吟·杨花》）

乳燕飞华屋，悄无人槐阴转午，晚凉新浴。手弄生绡白团扇，扇手一时似玉。渐因倚孤眠清熟，帘外谁来推绣户，枉教人梦断瑶台曲；又却是风敲竹。　石榴半吐红巾蹙，待浮花浪蕊都尽，伴君幽独。浓艳一枝细看取，芳意千重似束；又恐被秋风惊绿。若待得君来向此，花前对酒不忍触，共粉泪两簌簌。（《贺新凉》）

以上三阕，作得极清幽莹洁，不独想像之高，而造语尤冷隽幽倩，为他人所不能企及。其《杨花》一词，已开南宋白石等人之渐，《贺新凉》词，据东坡自记，则为歌妓秀兰应征后至，致触府僚之怒，爰为此曲，命即席歌以侑觞，僚怒乃解。词中“晚凉新浴”及榴花句，系妓自述来迟之由，并折榴花一束，以示府僚也。此词写来极纡回缠绵，一往情深。丽而不艳，工而能曲，毫无刻划斧斲之痕。以视“大江东去”之作，不啻出自两人手笔。其天才向多元方面发展，自非他人所可比拟了。张叔夏说他“清丽舒徐，高出尘表，”即指上面三阕一类的作品而言。

以上均系表明苏词的优长特异之处。他的短处，则在：往往以不经意出之，只是偶然遣兴之作，与耆卿、美成等专力为之者不同。所以虽有极高洁的作品，然多半都是信手写来的歌辞，颇直率，无含蓄，且有时近于散文的缩小，而无诗词的意趣。如《哨遍》“云出无心，鸟倦知还，本非有意，”《醉翁操》“荷蒉过山前，曰有心哉此贤，”以及《江城子》“老夫聊发少年狂，左牵黄，右擎苍”等词，即具显著的例证。又因不甚顾及音律，其词往往多不调协，乐工难以入奏，遂成为“曲子内缚不住”的另一样的作品，这是当时词人所不能十分满意的。其原因则在“不能唱曲，”这也是东坡尝自逊谢为“生平有三木如人”的一点了。

第四节　集婉约之成的秦观

秦观字少游，号太虚，高邮人。生于宋仁宗皇祐元年。（公元一〇四九年）元祐初，苏轼荐于朝，除太学博士，后累官国子编修。绍圣初，坐党籍削秩，监处州酒税，徙郴州，编管横州，又徙雷州，放还，至藤州卒。时为哲宗元符三年，（公元一一〇〇年）享寿五十有二。有《淮海集》凡四十卷，后集六卷。词集名《淮海词》，有毛氏《宋六十家词》本，凡一卷。约八十余首。又名《淮海居士长短句》，有朱氏《彊村丛书》本，凡三卷。

北宋词自晏氏父子至欧阳永叔，已成了一个婉约派的完整系统。——所谓正统派的词人。——至少游则更登峰造极，遂使此派词风，益复焕其异彩。然后此因继踵无人，遂渐成绝响了。——其实亦无能再继！他的词极轻柔婉约，在当时几无人敢与比肩。我们若读过他的词，便觉别的作家总不免有点火气未脱，不能做到他那“炉火纯青”的境界。张叔夏说他的词：

体制淡雅，气骨不衰，清丽中不断意脉，咀嚼无滓，久而知味。

批评最为精当。我们若读他的：

山抹微云，天黏衰草，画角声断谯门。暂停征棹，聊共引离尊。多少蓬莱旧事，空回首，烟霭纷纷。斜阳外，寒鸦数点，流水绕孤村。　　消魂！当此际，香囊暗解，罗带轻分。漫赢得青楼薄幸名存。此去何时见也？襟袖上空染啼痕。伤情处，高城望断，灯火已黄昏！（《满庭芳》）

晚色云开，春随人意，骤雨才过还晴。高台芳榭，飞燕蹴红英。舞困榆钱自落；秋千外，绿水桥平。东风里，朱门映柳，低按小秦筝。　　多情，行乐处，珠幡翠盖，玉辔红缨。渐酒空金榼，花困蓬瀛。豆蔻梢头旧恨，十年梦，屈指堪惊。凭阑久，疏烟淡日，寂寞下芜城。（又）

梅英疏淡，水澌溶泄，东风暗换年华。金谷俊游，铜驼巷陌，新晴细履平沙。长记误随车，正絮翻蝶粉，芳思交加；柳下桃蹊，乱分春色到人家。　　西园夜饮鸣笳，有华灯碍月，飞盖妨花。兰苑未空，行人渐老，重来事事堪嗟。烟暝酒旗斜；但倚楼极目，时见栖鸦。无奈归心，暗随流水到天涯。（《望海潮》）

觉得他抒情的委婉，写景的清丽，确能做到“体制淡雅，”和“咀嚼无滓，久而知味”的地步。他的风调是极轻柔的，婉细的，充满了诗人情绪的，他能融情景为一，他的写景处，即蕴藏着他的情操把他的声容面貌，全透露在我们的面前了。这些词都是他平生精心结构的创作，最足以代表他的作风，不独过去和并时的人作不出来，即后来的人亦无能仿效呵！所以蔡伯世说道：

子瞻辞胜乎情，耆卿情胜乎辞。辞情相称者，唯少游一人而已！

可谓推崇备至了。

他的词翩翩如少年公子，他与南唐李煜和晏几道可称为词中的“三位美少年。”他平生的作品，无论系小令或慢词，都作得极好而又精于乐律，沉于运思，故其词几至无疵可指。虽然东坡曾说他用了“小楼连苑横空，下窥绣毂雕鞍骤”十三个字仅说得一个人骑马楼下过，以为讥笑，但慢词本以敷衍成章，亦不足为少游深病；况且此种缺点，在全部词学中，——尤其是慢词。——几乎是任何词人所难免的呢。后来李易安又说他“专主情致，少故实，譬诸贫家美女。虽极妍丽丰逸，而终乏富贵态。”这样严格的批评，亦只能指其某一部，而不能概括他的全体作品。（其实易安一生的作品多半从这种“少故实”的抒情词中学来！）我们试略举他平生的名句如下：

《水龙吟》：……破暖轻风，弄晴微雨，欲无还有。卖花声过尽，垂杨院，落红成阵飞鸳甃。

《风流子》：……斜阳半山，暝烟两岸，数声横笛，一叶扁舟。

《南柯子》：……水边灯火渐人行，天外一钩残月带三心。

《八六子》：……濛濛残雨笼晴，正销凝，黄鹂又啼数声。

《浣溪沙》：自在花飞轻似梦，无边丝雨细如愁，宝帘闲挂小银钩。

此等句均轻柔婉细，运思绵密，百炼出之，故能如“好花媚春，自成馨逸，”（吴瞿庵语）又安能以寒薄（与富贵态对称）目之？又如他的：

门外鸦啼杨柳，春色著人如酒。睡起熨沉香，玉腕不胜金斗。消瘦！消瘦！还是褪花时候。（《忆仙姿》）

遥夜沉沉如水，风紧驿亭深闭。梦破鼠窥灯，霜送晓寒侵被。无寐！无寐！门外马嘶人起。（又）

莺嘴啄花红溜，燕尾点波绿皱。指冷玉笙寒，吹彻小梅春透。依旧，依旧，人与绿杨俱瘦！（又）

烟漾轻舟，信流引到花深处。尘缘相误，无计留春住。烟水茫茫，回首斜阳暮。山无数，乱红如雨，不记来时路。（《点蜂唇》）

春路雨添花，花动一山春色。行到小溪深处，有黄鹂千百！

飞云当面化龙蛇，夭矫转空碧。醉卧古藤花下，了不知南北！（《好事近·梦中作》）

这些词作得是何等的幽倩而婉细！小令作风至此已臻绝诣，遂使后人无从下笔了。其《好事近》一阕，更奇俏清警，且能脱尽《花间》及晏、欧风调，尤觉可爱。

他是一个多情的词人，他的一生，都在缠绵热恋的环境中过着。他的词充满了别情离绪，充满了春意的撩绕，而间亦透露着肉的煎逼。他的《河传》，即开始这样写着：

恨眉醉眼，甚轻轻觑着，神魂迷乱。常记那回，小曲阑干西畔，鬓云松，罗袜划。　　丁香笑吐娇无限，语软声低，道：我何曾惯？云雨未谐，早被东风吹散。瘦杀人，天不管！

此词与南唐后主之写小周后事，（《菩萨蛮》调）有异曲同工之妙。因为他平生“不耐聚稿，间有淫章醉句，辄散落青帘红袖间，”所以此类的作品，流传得很少了。他的怀人伤别的词，更占全集很大的部分。如：上面所举《满庭芳》及《望海湖》三词，即系此例。又如：

高城望断尘如雾，不见联骖处，夕阳村外小湾头，只有柳花无数送归舟。　　琼枝玉树频相见，只恨离人远。欲将幽恨寄青楼，怎奈无情江水不西流！（《虞美人》）

西城杨柳弄春柔，动离忧，泪难收。犹记多情，曾为系归舟。碧野朱桥当日事，人不见，水空流！　韶华不为少年留，恨悠悠，几时休？飞絮落花时候一登楼，便做春江都是泪，流不尽，许多愁！（《江城子》）

以及《水龙吟》“名缰利锁，天还知道，和天也瘦。花下重门，柳边深巷，不堪回首”等句，都属这一类的作品。比较讲起来，秦词以此等作品为最浮泛，诚如易安所谓“专主情致，而少故实”了。但易安的《漱玉》词，则全都由此脱胎出来。（其详见后李清照传评中）

我们知道少游既是一个情种，自不免因落拓的宦途，羁旅的生涯，和失恋的萦绕所侵袭，而使他变为一个伤心厌世的词人。所以他的作品，往往于清丽淡雅中，带出一种凄婉哀怨的情绪，最足表现他是一个多愁多怨的少年词人。如上面《满庭芳》“……伤情处，高城望断，灯火已黄昏，”《望海潮》“……无奈归心，暗随流水到天涯，”都含蕴着极浓厚的凄婉情绪。但此尚未十分显著，自从他屡遭贬谪以后，心绪更苦恼，故其词境更觉凄厉，不堪寓目。如：

乡梦断，旅魂孤，峥嵘岁又除。衡阳犹有雁传书，郴阳和雁无！（《阮郎归》后阕）

雾失楼台，月迷津渡，桃源望断无寻处。可堪孤馆闭春寒，杜鹃声里斜阳暮！　驿寄梅花，鱼传尺素，砌成此恨无重数。郴江幸自绕郴山，为谁流下潇湘去！（《踏莎行·郴州旅舍作》）

水边沙外，城郭春寒退。花影乱，莺声碎。漂零疏酒盏，离别宽衣带。人不见，碧云暮合空相对。　忆昔西池会，鹓鹭同飞盖。携手处，今谁在？日边清梦断，镜里朱颜改。春去也，飞红万点愁如海！（《千秋岁·谪虔州日作》）

以上均系迁谪郴州及过衡阳时作，故词境极为凄婉，不胜天涯谪戍之思。后来不久，他果然死于藤州，结束了一个沦落词人的一生！我们读东坡悼辞：“少游已矣！虽万人何赎？高山流水之悲，千载而下，令人腹痛，”能无为之潸然！

第五节 艳冶派的贺铸

贺铸字方回，卫州（今河南汲县）人。生于宋仁宗皇祐四年。（公元一〇五二年）为太祖孝惠后族孙。长七尺。眉耸拔，面铁色。（《叶传宋史》）喜谈天下事，可否不略少假借，虽贵要权倾一时，少不中意，极口诋无遗词，故人以为近侠。（《叶传宋史》）十七岁始离卫州，宦游汴京。其娶宗室赵克彰之女，及授官右殿班直，当在二十四岁以前。四十前后尝宦游于豫、鲁及江、淮一带。五十以后，乃始寓居杭州及苏、常等处，自称为春秋时吴王子庆忌之后，故尝谓为越人，号庆湖遗老。其《东山词》集之汇成，则在六十一岁以后。于宣和七年（公元一一二五年）二月，以疾卒于常州僧舍，享寿七十有四，死后葬于宜兴县东筱岭。

史称他：博学强识，尝言“吾笔端驱使李商隐、温庭筠常奔命不暇。”《老学庵笔记》亦谓方回“诗文皆高，不独长短句。”但他的诗在宋时已不多见。（见陆放翁《跋秦淮海集》）他的文集亦因遭乱离被“虏酋携去，”（见寇翼《庆湖遗老集序》）今无一篇了。他的乐府辞有五百首，（见《墓志》）但今只存二百八十四阕，已亡失五分之二以上了。

以上均见近人夏承焘君所著《中国十大词人年谱·贺方回年谱》。

方回状貌奇丑，当时有“贺鬼头”之称，但他的词则极艳丽幽索，有神功鬼斧之巧，颇不类其外表。他所著的《东山寓声乐府》，宋板从未见过，仅有《粟香室》本、《四印斋》本、《彊村丛书》本。所谓“寓声”云者，系将所作词中语，择其三四字用为题名其实仍系旧调，宫谱韵律，全未少度。后来张辑的《东泽绮语债》即系仿此例作的。

他的词最浓艳着色。张文潜的《东山词集序》曾谓其：

乐府妙绝一世，盛丽如游金、张之堂，妖冶如揽嫱、施之祛。

比喻极为精当。例如他的：

淡妆多态，更滴滴频回盼睐。便认得琴心先许，欲绾合欢双带。记画堂风月逢迎，轻颦浅笑娇无奈；向睡鸭炉边，翔鸳帐里，羞把香罗暗解。　　自过了烧灯后，都不见踏青挑菜；几回凭双燕丁宁，深意往来，却恨重帘碍，——约何时再？正春浓酒困，人间画永无聊赖；厌厌睡起，犹有花稍日在。（《薄幸》）

芳草青门路，还拂京尘东去。回想当年离绪，送君南浦愁几许。尊酒流连薄暮，帘卷津楼风语。　　凭阑语，草草蘅皋赋，分手，惊鸿不驻。灯火虹桥，难寻弄波微步。漫凝伫，莫怨无情流水，明月扁舟何处。（《下水船》）

暮雨收寒，斜照弄晴，春意空阔。长亭柳蓓才黄，倚马何人先折？烟横水漫，映带几点归鸿，平沙销尽龙沙雪。犹记出关时，恰而今时节。　　将发，画楼芳酒，红泪清歌，便成轻别。回首经年，杳杳音尘都绝。欲知方寸共有几许愁：芭蕉不展丁香结。憔悴一天涯，两厌厌风月。（《柳色黄》）

于言情，写景，叙别中，布出如许景色来，写得如一枝临风牡丹，艳丽照人！又如他的：

凌波不过横塘路，但目送芳尘去。锦瑟年华谁与度？月台花榭，绮窗朱户，唯有春知处。　　碧云冉冉衡皋暮，彩笔空题断肠句。试问闲愁都几许：一川烟草，满城风絮，梅子黄时雨！（《青玉案》）

松门石路秋风扫，似不许飞尘到。双携纤手别烟萝，红粉清泉相照。几声歌管，正须陶写，翻作伤心调。　　岩阴暝色归云悄，恨易失千金笑。更逢何物可忘忧，为谢江南芳草。断桥孤驿，冷云黄叶，想见长安道！（《御街行·别东山》）

并于浓丽中带出一副幽凄的情绪，最为贺词胜境。如“断桥孤驿，冷云黄叶，想见长安道。”其词境之高旷，音调之响凝，笔锋之遒炼，不独耆卿与少游所无，即东坡亦无此境界。此等词，允称《东山集》中最上乘之作，较最负盛名的《薄幸》《青玉案》《柳色黄》还要高一筹，只可惜全篇不能相称罢了。吴瞿安谓：“北宋词以缜密之思，得遒炼之致者，惟方回与少游耳，”（《词学通论》）此语惟方回当之无愧，少游缜密有之，馨逸有之，遒炼则为秦词所无。因为他太柔媚了，太清秀了，绝无阳刚遒炼的气魄。方回所以能独臻此境者，盖于艳冶中能运以沉郁顿挫之笔，故语气不觉单弱，自无轻佻肤浅之失这是他过乎张子野的地方。所以张文潜又说他于艳冶之外，更能“幽洁如屈、宋，悲壮如苏、李，”的系知言，如下面几阕，其幽索悱恻之处，确能略具骚雅之遗：

红杏飘香，柳含烟翠拖金缕。水边朱户，门掩黄昏语。（《点绛唇》上阕）

三更月，中庭恰照梨花雪。——梨花雪，不胜凄断，杜鹃啼血。　　王孙何许音尘绝，柔桑陌上吞声别，——吞声别，陇头流水，替人呜咽！（《忆秦娥》）

伤心南浦波，回首青门道。记得绿罗裙，处处怜芳草。（《绿罗裙》下阕）

他的作品，均偏于抒情的，纯粹的写景作品极少，但写来亦有一种恬静的美。如：

鸦背夕阳山映断，绿杨风扫津亭，月生河影带疏星，青松巢

白鸟，深竹逗流莺。（《雁归后》上阕）（即《临江仙》）

午醉厌厌醒自晚，鸳鸯春梦初惊，闲花深院听啼莺。斜阳如有意，偏傍小窗明。（《鸳鸯梦》上阕）（即《临江仙》）

阴晴未定，薄日烘云影。临水朱门花一径，尽日鸟啼人静。（《清平乐》上阕）

这真是一种极可欣赏的恬静隽美的小诗了。

第六节 潇洒派的毛滂

毛滂字泽民，衢州人，尝知武康县，又知秀州。东坡守杭时，滂曾为法曹。世传其曾以《惜分飞》词受知于东坡。其实滂受东坡赏识，远在守杭以前，《惜分飞》一词，亦不能为《东堂集》中最高作品。清人张宗橚论之颇详。（见《词林纪事》卷七）滂后复出汴京之门。政和中守嘉禾，有《东堂词》一卷，有毛氏《宋六十家词》本，及朱氏《彊村丛书》本。

泽民的作风很潇洒明润，他与贺方回适得其反。贺氏浓艳，毛则以清疏见长；贺词沉郁，毛则以空灵自适。他有耆卿之清幽，而无其婉腻；有东坡之疏爽，而无其豪纵；有少游之明畅，而无其柔媚。他是一个俯仰自乐，不沾世态的风雅作家。在他的词集里，找不着狂热的恋歌，找不着肉麻的腻语，找不着一切伤春悲秋的颓唐作品，或抚时感事的牢骚语调。他因具有这样的特异与个性，所以他的词虽无耆卿、东坡、少游、方回的伟大，而在风格上，范围上，确实是另外一个进展。这种作风，实为陈与义、朱敦儒、范成大、僧祖可、苏庠等人作品的蓝本，丽间接影响于南宋姜、张等一般风雅作家者，亦于此略示其辞彩的端倪。

他作武康县令时，宾主唱和甚乐。张宗橚曾有下面一段记载：

其（指泽民）令武康，《东堂蓦山溪》词最著，其小序亦工。此外阳春亭、寒秀亭、松斋、花坞、定空寺、富阳水寺，一吟一咏，莫不传唱人间。而衢州孙八太守双石堂倡和尤多，《东堂集》载十又二阕。此即苏（东坡）尺牍中公素人来寄《双石堂记》者是也。迄今读《山花子》《剔银灯》《西江月》诸词，想见一时主宾试茶、劝酒、竞渡、观灯、伐柳看山、插花剧饮，风流跌宕，承平盛事。试取"听讼阴中苔自绿，舞衣红"之句，曼声歌之，不禁低徊欲绝也！（《词林纪事》卷七）

可见其当年生活的情形，兹将其东堂的唱酬，择录如下：

曾教风月，催促月边烟棹发。不管花开，月白风清始肯来。既来且住，风月闲寻秋好处。收取凄清，暖日阑干助梦吟。（原注：耘老梦中尝作诗。）（《减字木兰花·留贾耘老》）

老景萧条，送君归去添凄断。赠君明月满前谿，直到西湖畔。　门掩绿苔应遍，为黄花频开醉眼。橘奴无恙，蝶子相迎，寒窗日短。（原注：曾中小斋名梦蝶，前植橘东偏甚广。）（《烛影摇红·送会宗》）

绿暗藏城市，清香扑酒尊。淡烟疎雨冷黄昏，零落酴醿花片，损春痕。　润入笙箫腻，春余笑语温。更深不锁醉乡门，先遣歌声留住欲归云。（《南歌子·席上和衢州守李师文》）

杏花时候，庭下双梅瘦。天上流霞凝碧袖，起舞与君为寿。（《清平乐》上阕）

以上各词都能摆脱世态，而意度萧闲。其最高的作品，则为：

闻道长安灯夜好，雕轮宝马如云。蓬莱清浅对孤稜，玉皇开碧落，银界失黄昏。　谁见江南憔悴客，端忧懒步芳尘。小屏风畔冷香凝，酒浓春入梦，窗破月寻人。（《临江仙·都城元夕》）

这是在柳、苏、秦、贺的词集中找不出的一种潇洒而明润的风调。像“酒浓春入梦，窗破月寻人”的诗句，尤极明倩韵致，风度萧闲，令人百读不厌。又如他的《生查子》“烟暖柳惺忪，雪尽梅清瘦，恰似可怜时，好似花浓后，”（后阕）和《上林春令》“浓香斗帐自永漏，任满地月深云厚。夜寒不近流苏，只怜他后庭梅瘦，”（后阕）更萧然有尘外之想，后来如白石、玉田诸人，作风尤与此为近。

东坡守钱塘时，泽民曾作过他的刑掾。（当时所谓法曹，即今司法官）秩满辞去，因恋恋于歌妓琼芳，遂作了一首《惜分飞》：

泪湿阑干花着露，愁到眉峰碧聚。此恨凭分取，更无言语空相觑。　　断雨残云无意绪，寂寞朝朝暮暮。今夜山深处，断魂分付潮回去。

此词虽未着一句香艳语，但一往情深，隐隐含露，故有“语尽而意不尽，意尽而情不尽”（周煇语）的评语。他的《生查'子》：

春晚出山城，落日行江岸。人不共潮来，香亦临风散。花谢小妆残，莺困清歌断。行雨梦魂消，飞絮心情乱。

也是一首隐约不露的情歌。此等词为《东堂集》中很少见的作品。我们不是说过：他是一个俯仰自乐，不沾世态的风雅作家么？为什么他也在“愁眉”“相觑”“心情乱，”竟动了凡心呢？这个问题，除非让他自己来解答，别人是无从代为辩析的。他或者正如一个修道的尼姑，本是个清净的身子，无端的却动了“思凡”的念头。——幸而我们这位毛先生毕竟是理智战胜了情感，尚未演到第二幕的实行“下山。”这或者因为他是一个法曹，头脑总要较凡人冷静些呵！

第二章　一般作家

——王安石——黄庭坚与黄大临——司马光——王观——舒亶——章楶——王诜——赵令畤——朱服——张耒——陈师道——李之仪——晁补之——晁冲之——张舜民——王安国、安礼与王雱——刘弇——葛胜仲——秦觏与秦湛——谢逸——苏过——米芾——魏夫人——李清臣——僧仲殊等——几首无名作家词——略去的作家——

王安石（公元一〇二一—一〇八六）

安石字介甫，号半山，临川人。生于宋真宗天禧五年，（公元一〇二一）博览强记，赋性崛强。神宗时为相，封荆国公，改革时政，试行新法，当时物议沸腾，一班反对新法名臣，均被革斥。卒于哲宗元祐元年（公元一〇六八年）四月，享寿六十六岁。谥曰文，崇宁间，追封舒王。有《临川集》一百卷，有《四部丛刊》本。词集名《临川先生歌曲》，凡一卷，又《补遗》一卷，有《彊村丛书》本。

介甫为北宋最有魄力，和深谋远虑的大政治家。他受知于神宗，而不能见谅于当日一般守旧的名臣和硕彦，以致孤立无助；而新法又因其引用非人，亦遭失败；酿成北宋党争之局，他遂为后来一般腐儒们骂得“体无完肤”了。他的文章亦峭折横恣，而为古文中一大家数。诗词亦作得清俊异样。他的词以《桂枝香》为最有名，系金陵怀古之作，颇肃练而有气魄。词云：

登临送目，正故国晚秋，天气初肃。千里澄江似练，翠峰如簇。征帆去棹斜阳里，背西风酒旗斜矗。彩舟云淡，星河鹭起，画图难足。　　念自昔豪华竞逐，欢门外楼头，悲恨相续。千古凭高对此，谩嗟荣辱。六朝旧事如流水，但寒烟衰草凝绿。至今商女，时时犹唱《后庭》遗曲。

假使现在我们在南京城内，走上一个最高的地方，放目一观，则见眼前景物，仍宛如当年，足见其写景之真切，无怪东坡要惊叹为“野狐精”了。他的《菩萨蛮》虽系集句之作，然颇韵致，无隙可寻。

数间茅屋间临水，窄衫短帽垂杨里。花是去年红，吹开一夜风。　　娟娟新月偃，午醉醒来晚。何物最关情，黄鹂三两声。（《菩萨蛮》）

黄庭坚与黄大临

庭坚字鲁直，又号山谷道人，分宁人。生于宋仁宗庆历五年。（公元一〇四五年）举进士。绍圣初，知鄂州，为章惇等所恶，贬宜州。诗为宋代大家，与苏轼并称“苏黄。”又善行草书，亦有名于世。卒于徽宗崇宁四年（公元一一〇五年）九月，于宜州任所享年六十一岁。有《山谷词》一卷，有毛氏《宋六十家词》本。又《山谷琴趣外篇》三卷，有《涉园景宋金元明本词续刊》本。

大临字元明，山谷之兄。绍圣中萍乡令。

山谷是一个天资极高的人，他一生处处都模仿东坡，所以人们提起了“苏东坡，”就要联想到“黄山谷。”他一生最足以自豪的表现，则为他的诗词与行草书。他的诗竟开了一派的作风，——所谓江西诗派。因为他在当时名望很高，所以连他的词也与少游并称为“秦七黄九。”其实山谷词远不如耆卿、少游的专精，他有时写来也极新警峭健，成为最高的作品，但多半都是信手写来的短歌俚曲，或变相的诗。所以晁补之说他“不是当行家语，是著腔子诗。”——这或者由于他的聪明过高，写时不免太近于儿戏了罢？

他的词特异处，在极有尝试的精神，他敢用极俚俗的句子写出，更过于柳耆卿。例如他的《江城子》

新来曾被眼奚搐，不甘伏，怎拘束？似梦还真，烦乱损心曲。见面暂时还又见，看不足，惜不足。　　不成欢笑不成哭，戏人目，远山蹙。有分看伊，无分共伊宿。一贯一文跷十贯，千不足，万不足。

都是毫无拘检的写出来，所以往往失之浑亵浮滥，且杂以当时土语，多费解之处，所以陈师道就说他“时出俚浅，可称伧父，”法秀道人说他“笔墨劝淫，应堕犂舌地狱。”又如他的《念奴娇》“共倒金尊家万里，难得尊前相属。老子平生，江南江北，爱听临风曲，”只具东坡的外形，却无东坡的秀韵，往往流于粗率，不免少带伧气了。总之在他的词集里，品类极杂，他有时作豪壮语，有时作解脱语，有时又作极淫亵的艳情语，而尤以淫艳之作为最多。这都是他的太儿戏的态度，太不经意的作品。但有时亦有极秀美而晶洁的篇什，如，

鸳鸯翡翠，小小思珍偶。眉黛敛秋波，尽湖南山明水秀。娉娉袅袅，恰近十三余，春未透，花枝瘦，正是愁时候。

寻芳载酒，肯落他人后？只恐归来晚，绿成阴，青梅如豆。心期得处，每自不由人，长亭柳，君知否？千里犹回首。（《蓦山溪·赠衡阳妓陈湘》）

断送一生唯有，破除万事无过，远山微影蘸横波，不饮旁人

笑我。　　花病等闲瘦恶，春来没个遮阑，行杯到手莫留残，不道月明人散？（《西江月·戒酒后席上作》）

春归何处？寂寞无行路。若有人知春去处，唤取归来同住。

春无踪迹谁知？除非问取黄鹂；百啭无人能解，因风飞过蔷薇。（《清平乐》）

一弄醒心弦，情在南山斜叠。弹到古人愁处，有真珠承睫。

使君来去本无心，休泪界红颊。自恨老来怕酒，负十分金叶。（《好事近》）

此等作品，颇明净峭健，为山谷独具的风格。尤以《清平乐》为最新警，通体无一句不俏丽，而结句“百啭无人能解，因风飞过蔷薇，”不独妙语如环，而意境尤觉清逸，不着色相。为《山谷词》中最上上之作，即在两宋一切作家中，亦找不着此等隽美的作品。世人只知赏其《蓦山溪》一词，尤非深知山谷者。且如“恰近十三余，春未透，花枝瘦，正是愁时候，”亦形容得太尖刻而着色相，若用在十六七岁的少女身上，尚觉贴适，以“十三余”的童稚，有何春情的泄透，如此穷相的描写，实在有失作家真诚的态度。不独有伤轻薄，亦且令人肉麻，无怪法秀道人要加以告诫了。与其读他的此种淫艳作品，远不如读他的：

瑶草一何碧！春入武陵溪。溪上桃花无数，枝上有黄鹂。我欲穿花寻路，直入白云深处，浩气展虹霓。只恐花深里，红雾湿人衣。　　坐玉石，倚玉枕，拂金徽。谪仙何处？无人伴我白螺杯。我为灵芝仙草，不为朱唇丹脸，长啸亦何为？醉舞下山去，明月逐人归。（《水调歌头》）

一种幽旷豪逸，超脱尘寰的胸襟，直凌纸背，为确有境界之作，非泛泛写几句纪游遣兴的字句所可比拟。即以长才的东坡，亦不易有此等作品。在诗中，惟有昌黎的《山石》，与东坡的《腊日游孤山访惠勤惠思二僧》，和此词风趣，尚称邻类。兹将韩、苏二家之作，节录数句如下，以为互证的资料：

山石荦确行径微，黄昏到寺蝙蝠飞。升堂坐阶新雨足，芭蕉叶大栀子肥。……夜深静卧百虫绝，新月出岭光入扉。天明独去无道路，时见松枥皆十围。当流赤足踏涧石，水声激激风生衣。……嗟哉吾党二三子，安得至老不更归。……（韩愈《山石》）

天欲雪，云满湖，楼台明灭山有无。水清石出鱼可数，林深无人鸟相呼。……出山回望云木合，但见野鹘盘浮图。……（苏轼《腊日游孤山访惠勤惠思二僧》）

他用土语及自说来写词，亦有一部分成功的作品，如：

银烛生花如红豆，占好事如今有。人醉曲屏深，借宝瑟轻招手。一阵白蘋风，故灭烛教相就。　　花带雨，冰肌香透。恨啼乌辘轳声晓，柳岸微凉吹残酒，断肠人依旧，镜中销瘦。恐那人知后，镇把你来僝僽。（《忆帝京》）

江水西头隔烟树，望不见江东路。思量只有梦来去，更不怕江拦住。　　灯前写了书无数，算没个人传与。直饶寻得雁分付，又还是秋将暮。（《望江东》）

对景惹起愁闷，染相思，病成方寸。是阿谁先有意，阿谁薄幸？斗顿恁少喜多嗔！　　合下休传音问，你有我，我无你分。似合欢桃核，真堪人恨。心儿里有两个人人。（《少年心》）

写得质朴而又能婉曲，且毫无堆滞因袭之病。此等作品，岂能概以“俚浅”而遽加摈弃？

他的哥哥元明，词虽不多见，然亦很风洒清丽。兹录其弟昆在宜州赠别时唱和之作如下：

千峰百嶂宜州路，天黯淡，知人去。晓别吾家“黄叔度，”弟兄华发，旧山修水，异日同归处。　　尊罍饮散长亭暮，别语丁宁不成句。已断离肠知几许。水村山馆，酒醒无寐，滴尽空阶雨。（《青玉案》元明作）

烟中一线来时路，极目送归鸿去。一曲阳关云外度。山胡声转，子规言语，正是愁人处。　　别恨朝朝连暮暮，忆我当筵醉时句。渡水穿云心已许，晚年光景，小窗南浦，共卷西山雨。（《青玉案》山谷和词）

司马光（公元一〇一九—一〇八六）

光字君实，陕州夏县涑水乡人。生于宋真宗天禧三年（公元一〇一九年）十一月。仁宗宝元初进士，历仕仁宗、英宗，至神宗时，以议王安石新法之害，出守洛。高太后临朝，光入为相，尽改新法。在相位八月而卒。时为哲宗元祐元年（公元一〇八六年）九月朔，享寿六十八岁，赠太师温国公，谥文正，著《资治通鉴》，详于治乱兴亡之迹。为中国编年史之最善者，世称涑水先生。

他是一个诚笃稳炼的大政治家，同时又是一个身体力行的纯正的大儒。他是当年旧党唯一的领袖。他因目睹王安石一派的新党之扰民乱政，而主张一切安于故常。当他引退十年时，天下日冀其复用，所以苏子瞻曾有“先生独何事，四海望陶冶。儿童诵君实，走卒知司马”的纪实诗句，足以见其德望之重，与民众信仰之深。以他这样一个修养纯笃的长者，居然作了一首很轻倩的小词，——《西江月》——这似乎令人有点怀疑：他怎样会有这样的作品呢？所以后来崇拜他的人，竟指为系别人的讬作——简直认为是一种污辱！今将原词录后：

宝髻匆匆梳就，铅华淡淡妆成。青烟紫雾罩轻盈，飞絮游丝无定。　　相见怎如不见，有情还似无情，笙歌散后酒初醒，深院月明人静。

王　观

观字通叟，高邮人。（一作如皋人）嘉祐二年进士，累迁大理丞，知江都县。尝著《扬州赋》《芍药谱》，有《冠柳集》一卷，见赵万里《校辑宋金元人词》，共词十五首，附录二首。

相传通叟应制作《清平乐》词，高太后以为媟渎神宗，翌日罢职，后世遂称之为“王逐客。”他的词作得很工细轻柔，不失词人本色，他完全是一个“当行家。”如他的《雨中花令》：

百尺清泉声陆续，映潇洒碧梧翠竹，面千步回廊，重重帘幕，小枕倚寒玉。　　试展鲛绡看画轴，见一片潇湘凝绿。待玉漏穿花，银河垂地，月上阑干曲。

《温叟诗话》说他：“不用浮瓜沉李等事，而天然有尘外凉思。”又如他的：

调雨为酥，催冰做水，东君分付春还。何人便将轻暖，点破残寒。结伴踏青去好，平头鞋子小双鸾，烟郊外，望中秀色，如有无间。　　晴则个，阴则个，饾饤得天气有许多般。须教撩花拨柳，争要先看。不道吴绫绣袜，香泥斜沁几行斑。东风巧，尽收翠绿，吹上眉山。（《庆清朝慢·踏青》）

则更工细妩媚了。即使耆卿为此，亦不能作得如此自然妥贴，宜乎词名《冠柳》了。

舒　亶

字信道，明州慈谿人，英宗治平二年进士，神宗朝为御史中丞。徽宗朝累除龙图阁待制。有《舒学士词》一卷，见赵氏《校辑宋金元人词》，凡四十八首，附录一首。亶词仍具《花间》神韵，如其《菩萨蛮》云：

画船挝鼓催君去，高楼把酒留君住。去住若为情，江头潮欲平。　江潮容易得，却是人南北。今日此樽空，知君何日同。

江梅未放枝头结，江楼已见山头雪。待得此花开，知君来未来？　风帆双画鹢，小雨随行色。空得郁金裙，酒痕和泪痕。

章　楶

楶字质夫，浦城人。英宗治平四年进士，哲宗朝历集贤殿修撰，知渭州。徽宗立，拜同知枢密院事。卒谥庄简。他的《水龙吟》为吟柳花绝唱，最为东坡所称赏。词云：

燕忙莺懒芳残，正堤上柳花飘坠。轻飞乱舞，点画青林，全无才思。闲趁游丝，静临深院，日长门闭。傍珠帘散漫，垂垂欲下，依前被风扶起。　兰帐玉人睡觉，怪春衣雪沾琼缀。绣床渐满，香毬无数，才圆却碎。时见蜂儿仰黏轻粉，鱼吞池水。望章台路杳，金鞍游荡，有盈盈泪。

词中如："傍珠帘散漫，垂垂欲下，依然被风扶起。……绣床渐满，香毬无数，才圆却碎。时见蜂儿仰黏轻粉，鱼吞池水。"刻画柳絮，可谓工细委婉之至。

王　诜

诜字晋卿，太原人。后徙开封。尚英宗女魏国大长公主，为驸马都尉。卒谥荣安。能书画属文，又工于棋，与苏轼等为友，因坐党籍被谪。相传晋卿有歌姬名啭春莺，后因外谪，姬为密县人得去。晋卿南远，至汝阴道中，闻歌声，知系故恋，访之果然。因作诗云："佳人已属沙吒利，义士曾无古押衙，”有为足成者云：“回首音尘两沉绝，春莺休啭上林花!”后来啭春莺复归旧主。

他的词近人赵万里始为汇成一卷，刊于《校辑宋金元人词》中，共十二首，附录二首。有《人月圆》《烛影摇红》、（即《忆故人》）《花发沁园春》诸调。兹录其《忆故人》于后：

烛影摇红，向夜阑，乍酒醒心情懒。尊前谁为唱阳关，离恨天涯远。　　无奈云沉雨散，凭阑干，东风泪眼。海棠开后，燕子来时，黄昏庭院。

黄山谷说他：“清丽幽远，工在江南诸贤季孟之间，”信然。此词本名忆故人。徽宗喜其词意，犹以不丰容宛转为憾，遂命大晟府别撰腔，周美成增益其词，而以首句为名，谓之《烛影摇红》云。

赵令畤

令畤字德麟，太祖次子燕王德昭玄孙。哲宗元祐中签书颍州公事，坐与苏轼交通，罚金入党籍。绍兴初袭封安定郡王。有《侯鲭录》。其词名《聊复集》，有赵氏《校辑宋金元人词》本，共三十六首。

德麟与秦观、王诜、张耒、晁补之、李之仪、朱服等，均以接近苏轼，致遭新党排斥，而被革退或远谪。他们的词，时有晶莹杰出的篇什，正如一群凄艳的小花，闪闪的光耀在幽默的晨曦里，除少游更莹煌外，其次如晁补之、李之仪二人，造诣尤较侪辈为高。德麟词以婉柔胜，其《乌夜啼》一阕，则凄婉极近少游。其词云：

楼上萦帘弱絮，墙头碍月低花。年年春事关心事，肠断欲栖鸦。　　舞镜鸾衾翠灭，啼珠凤蜡红斜，重门不锁相思梦，随意绕天涯。

朱　服

服字行中，乌程人。熙宁六年进士，哲宗朝历中书舍人，礼部侍郎。徽宗朝加集贤殿修撰，知广州，黜袁州，再贬蕲州。当他坐苏党，贬海州，到东阳郡时曾作了一首《渔家傲》，颇寓凄苍遣谪之情：

小雨纤纤风细细，万家杨柳青烟里，恋树湿花飞不起。愁无际，和春付与东流水。　　九十光阴能有几，金龟解尽留无计。寄语东阳沽酒市，拚一醉，而今乐事他年泪。（《渔家傲·东阳郡斋作》）

词风极似永叔《蝶恋花》咏春暮诸作。

张耒（公元一〇五二——一一一二）

耒字文潜，楚州淮阴人，生于宋仁宗皇祐四年。（公元一〇五二年）第进士。元祐初仕至起居舍人，绍圣中谪监黄州酒税。徽宗召为太常少卿。坐元祐党，复贬房州别驾，黄州安置。有《柯山集》五十卷，其词集有赵氏《校辑宋金元人词》本，名《柯山诗余》，仅六首。《宛丘集》十三卷。卒于徽宗政和二年，（公元一一一二年）享寿六十一岁。

文潜词流传甚少，作风与柳秦为近，兹录二阕于后：

亭皋木叶下，重阳近，又是捣衣秋。奈愁入庾肠，老侵潘鬓，谩簪黄菊，花也应羞。楚天晚，白蘋烟近处，红蓼水边头。　芳草有情，夕阳无语，雁横南浦，人倚西楼。（《风流子》上阕）

帘幙疏疏风透，一线香飘金兽。朱阑倚遍黄昏后，廊上月如画。　　别离滋味浓于酒，著人瘦。此情不及东墙柳，春色年年

依旧。（《秋蕊香》）

陈师道（公元一〇五三——一一〇一）

师道字无己，一字履常，彭城人，号后山居士。生于宋仁宗皇祐五年（公元一〇五三年）八月。元祐中，以苏轼等荐授徐州教授，绍圣初历秘书省正字。卒于徽宗建中靖国元年。（公元一一〇一年）享寿四十九岁有《后山词》一卷，系毛氏《宋六十家词》本。

相传无己平时出行，觉有诗思，便急归拥被卧，苦思呻吟如病者，或累日而后起，故当时有“闭门觅句”之称。他的词很纤细平易而少气魄。集中如《蝶恋花》“路转河回寒日暮，连峰不计重回顾，”《南乡子》“花样腰身宫样立，婷婷，困倚阑干一欠伸，”等句，尚属得意之作，但最足代表他的词风的，则为他的《清平乐》：

秋光烛地，帘幕生秋意。露叶翻风惊鹊坠，暗落青林红子。
微行声断长廊，薰炉衾换生香。灭烛却延明月，揽衣先怯微凉。

李之仪

之仪字端叔，沧州无棣人。神宗元丰中进士，元祐初，为枢密院编修官，从苏轼入定州幕府。元符中监内香药库。徽宗朝提举河东常平。后入党籍。有《姑溪词》，有毛氏《宋六十家词》本，凡八十八阕。

他的词很隽美俏丽，另具一个独特的风调。如《忆秦娥》：“清溪咽，霜风洗出山头月；迎得云归，还送云别，”亦为别家所无之境。他的《卜算子》：

我住长江头，君住长江尾。日日思君不见君，共饮长江水。
此水几时休，此恨何时已。只愿君心似我心，定不负相思意。

写得极质朴晶美，宛如《子夜歌》与《古诗十九首》的真挚可爱。又如他的：

避暑佳人不着妆，水晶冠子薄罗裳，摩绵扑粉飞琼屑，滤蜜调冰结绛霜。　　随定我，小兰堂，金盆盛水绕牙床。时时浸手心头熨，受尽无人知处凉。（《鹧鸪天》）

柔肠寸折，解袂留清血。蓝桥动是经年别。掩门春絮乱，欹枕秋蛩，咽檀篆灭，鸳衾半拥空床月。（《千秋岁》上阕）

亦时有警策动人之语。

晁补之（公元一〇五三——一一一〇）

补之字无咎，巨野人。生于宋仁宗皇祐五年。（公元一〇五三年）年十九，从父端友宰杭州之新城，著《钱塘七述》，受知苏轼。举进士。元祐中为著作郎，绍圣末，谪监信州酒税，起知泗州。入党籍。卒于徽宗大观四年（公元一一一〇年）八月，享寿六十八岁。有《鸡肋集》。词集名《琴趣外篇》，凡六卷，有毛氏《宋六十家词》本，有吴氏《双照楼景宋元明本词》本。

无咎为苏门四学士之一，他的词多追模东坡，不喜作艳语。如他的：

买陂塘旋栽杨柳，依稀谁岸湘浦。东皋雨足轻痕涨，沙嘴鹭来鸥聚。堪爱处，最好是一川夜月光流渚，无人自舞。任翠幕张天，柔茵藉地，酒尽未能去。　　青绫被，休忆金闺故步，儒冠曾把身误。弓刀千骑成何事，荒了邵平瓜圃。君试觑，满青镜星星，鬓影今如许。功名浪语，便做得班超，封侯万里，归计恐迟暮。（《摸鱼儿·东皋寓居》）

黯黯青山红日暮，浩浩大江东注。余霞散绮，回向烟波路。使人愁，长安远在何处？几点渔灯，小迷近坞，一片客帆，低傍前浦。　　暗想平生，自悔儒冠误。觉阮途穷，归心阻；断魂萦目，一千里伤平楚。怪竹枝歌，声声怨，为谁苦！猿鸟一时

啼，惊岛屿，烛暗不成眠，听津鼓。（《迷神引·贬玉溪对江山作》）

都于豪爽中寓沉郁之意，不独规模东坡，更为南渡后于湖、稼轩等作先驱了。又如：

谪宦江城无屋买，残僧野寺相依。松间药臼竹间衣。水穷行到处，云起坐看时。　　一个幽禽缘底事，苦来耳边啼？月斜西院愈声悲。青山无限好，犹道不如归。（《临江仙·信州作》）

绿暗汀洲三月暮，落花风静帆收。垂杨低映木兰舟。半篙春水滑，一段夕阳愁。　　灞水桥东回首处，美人新上帘钩。青鸾无计入红楼。行云归楚峡，飞梦到扬州。（又）

则又清幽潇洒，宛似东坡重九《南乡子》与《临江仙》“倚杖听江声”诸作。总之，他是已据有坡仙之垒，而为当年杰出的作家。所以《四库全书总目提要》也称“其词神姿高秀，与轼实可肩随。”

晁冲之

冲之字用叔，一字川道，为补之之弟。其词极聪俊明媚，与伊兄豪健之作相反。如“相思休问定何如，情知春去后，管得落花无，”以及“昨宵风雨，尚有一分春在，今朝犹自得阴晴快”等句，即与小山、淮海并列，亦何多让？

忆昔西池池上饮，年年多少欢娱。别来不寄一行书。寻常相见了，犹道不如初。　　安稳锦屏今夜梦，月明好渡江湖。相思休问定何如，情知春去后，管得落花无！（《临江仙》）

寒食不多时，牡丹初卖，小院重帘燕飞碍。昨宵风雨，尚有一分春在，今朝犹自得阴晴快。　　熟睡起来，宿醒微带，不惜罗襟揾眉黛。日长梳洗，看看花影移改，笑拈双杏子，连枝戴。（《感皇恩》）

近人赵万里始将其词汇辑为一卷，名《晁用叔词》，刊于《校辑宋金元人词》中，共十六首。

张舜民

舜民字芸叟，邠州人。第进士。元祐初，除监御史。徽宗朝为吏部侍郎，知同州，坐元祐党贬商州卒。高宗朝追赠宝文阁直学士。自号浮休居士，又号碇斋。娶陈师道之姊，有《画墁词》一卷，有朱氏《彊村丛书》本。

芸叟生平嗜画，评题精确，晚年颇好乐府，有百余篇，尤以《卖花声》（咏岳阳楼）为最杰出：

木叶下君山，空水漫漫，十分斟酒敛芳颜。不是渭城西去客，休唱《阳关》。　　醉袖抚危栏，天淡云闲，何人此路得生还？回首夕阳红尽处，应是长安。

末语盖从白香山题岳阳楼诗“春岸绿时连梦泽，夕波红处是长安”句中变换出来，然较原诗更觉韵致矣。

王安国·安礼与王雱

安国字平甫，安石弟。举进士，熙宁初，除西京国子教授，秘阁校理。尝劝介甫勿一意孤行，以招海内之嫉。一日与章惇等闲谈，道及晏元献尝为艳词，介甫谓：为政当先放郑声。章惇亦曰：为国宰辅，亦宜作小词么？平甫抗声道：“放郑声，犹不若远佞人也！”惇以为讥己。所著有《王校理集》。兹录其《减字木兰花》于后：

画桥流水，雨湿落红飞不起。月破黄昏，帘里余香马上闻。徘徊不语，今夜梦魂何处去？不似垂杨，犹解飞花入洞房。

安礼字和甫，亦安石弟，累官尚书左丞。其《点绛唇》云：

秋气微凉，梦回明月穿罗幕。井梧萧索，正绕南枝鹊。宝瑟尘生，金雁空零落。情无托。鬓云慵掠，不似君恩薄。

雱字元泽，为安石子，举进士。累官天章阁待制兼侍讲。迁龙图阁直学士。早卒。赠左谏议大夫。录其《倦寻芳》后半阕：

倦游燕，风光满目，好景良辰，谁共携手？恨被榆钱，买断两眉长皱。亿得高阳人散后，落花流水仍依旧。这情怀，对东风，尽成消瘦。

他们叔姪词虽不多见，然较介甫蕴藉婉媚多矣；足见当年临川王氏家学一斑。

刘 弇

弇字伟明，江西安福人，神宗元丰二年进士。历官知峨嵋县，改太学博士。元符中有事南郊，进《大礼赋》，除秘书省正字。徽宗立，改著作郎实录院检讨。有《龙云集》。词有《彊村丛书》本《龙云先生乐府》一卷。

据《复斋漫录》载：伟明丧爱妾，不能忘情，乃作《清平乐》词，颇凄婉有致：

东风依旧，著意隋堤柳。搓得鹅儿黄欲就，天气清明时候。

去年紫陌青门，今朝雨魄云魂，断送一生憔悴，能消几个黄昏。

葛胜仲

胜仲字鲁卿，丹阳人。绍圣四年进士，累迁国子司业，终文华阁待制，知湖州。卒谥文康。有《丹阳词》一卷，有《宋六十家词》本。

鲁卿词风处处追模二晏，但才力不高，仅得其平稳而已。《丹阳集》中以《点绛唇》《蓦山溪》二词为最杰出。兹选录如下：

秋晚寒斋，藜床香篆横轻雾。闲愁几许，梦逐芭蕉雨。云外哀鸿，似替幽人语。归不去，乱山无数，斜日荒城鼓。（《点绛唇·县斋愁坐作》）

春风郊外，卵色天如水。鱼戏舞绡纹，似出听清声北里。追风骏足，千骑卷高门，一箭过，万人呼，雁落寒空里。（《蓦山溪》上阕《天穿节和朱刑掾》）

秦觏与秦湛

觏字少章，少游弟，元祐六年进士，调临安簿。湛字处度，少游子。他们的词在当时无专集，颇能继芳其兄父家风，俨然成了一个嫡传的秦派词学。少章的《黄金缕》一阕尤凄艳婉细，传诵人口。词云：

妾本钱塘江上住，花落花开，不管流年度。燕子衔将春色去，纱窗几阵黄梅雨。　　斜插犀梳云半吐，檀板轻敲，唱彻《黄金缕》。梦里彩云无觅处，夜凉明月生南浦。

据《春渚纪闻》所载，此词本司马仲才咏钱塘苏小小事，（据云系在梦中闻小小歌此）而少章又为续成之云。

处度的《卜算子》，虽从山谷“春未透，花枝瘦，正是愁时候”句中融变出来的，但其神髓，仍系秦家气派。兹录其词如下：

春透小波明，寒峭花枝瘦，极目烟中百尺楼，人在楼中否？
四和裊金凫，双陆思纤手，拟倩东风浣此情，情更浓于酒！

谢 逸

逸字无逸，临川人，屡举不第，以诗文自娱。有《溪堂词》，有《宋六十家词》本。他的词远规《花间》，逼近温、韦。浑化无痕。与陈克并为《花间》派唯一的传统人物。在同时和后来的此派词人，都不足望其项背。他既具《花间》之浓艳，复得晏、欧之婉柔；他的最高作品，即列在当时第一流的作家中亦毫无逊色。例如他的：

临风迟日春光闹，葡萄水绿摇轻棹。两岸草烟低，青山啼子规。　　归来愁未寝，黛浅眉痕沁。花影转廊腰，红添酒面潮。（《菩萨蛮》）

烟雨幕横塘，绀色涵清浅。谁把并州快翦刀，翦取吴江半？
隐几岸，乌巾细葛含风软。不见柴桑避俗翁，心共孤云远。（《卜算子》）

豆蔻梢头春色浅，新试纱衣，拂袖东风软。红日三竿帘幕卷，画楼影里双飞燕。　　拢鬓步摇青玉碾，缺样花枝，叶叶蝶儿颤。独倚阑干凝望远，一川烟草平如翦。（《蝶恋花》）

是何等的轻倩！何等的飘逸！又如他的：

楝花飘砌，蔌蔌清香细。梅雨过，蘋风起。情随湘水远，梦绕吴峰翠。琴书倦，鹧鸪唤起南窗睡。　　密意无人寄，幽恨凭谁洗？修竹畔，疏帘里，歌余尘拂扇，舞罢风掀袂。人散后，一钩新月天如水。（《千秋岁》）

杏花村馆酒旗风，水溶溶，野渡舟横，杨柳绿阴浓。望断江南山色远，人不见，草连空。　夕阳楼下晚烟笼，粉香融，淡眉峰，记得年时相见画屏中。只有关山今夜月，千里外，素光同。（《江城子·题黄州杏花村馆驿壁》）

其婉约处不亚少游矣。词中如“鹧鸪唤起南窗睡，”“人散后，一钩新月天如水，”以及“只有关山今夜月，千里外，素光同”等句，清新韵藉，婉秀多姿，即置在《小山淮海》集中，亦为上乘之选。其《江城子》一词，据《复斋漫录》载，系题于黄州杏花村馆驿壁者，过客抄誊，向驿卒索笔，卒颇以为苦，因以污泥涂之。足见当年爱赏者之多了。

苏　过

过字叔党，轼季子。仕为权通判中山府。家颍昌，营湖阴水竹数亩，名曰“小斜川，”自号斜川居士，有《斜川集》。叔党翰墨文章，能传其家学，故当时有“小坡”之称。他的《点绛唇》作得很秀媚有致。

高柳蝉嘶。采菱歌断秋风起。晚云如髻，湖上山横翠。帘卷西楼，过雨凉生袂。天如水，画阁十二，少个人同倚。

米　芾（公元一〇五一——一〇七）

芾字元章，襄阳人，因尝居苏，《宋史》遂讹为吴人。生于宋仁宗皇祐三年。（公元一〇五一年）以母侍宣仁后潘邸，恩补校书郎，太常博士，出知无为军。逾年召为书画博士，擢礼部员外郎，后知淮阳军。卒于徽宗大观元年，（公元一一〇七年）享寿五十七岁。有《宝晋英光集》。词集有《彊村丛书》本《宝晋长短句》一卷。

元章为中国大书画家之一。他的画多用浅墨写雨中山景，别成一派。字则与苏轼、黄庭坚、蔡襄并称北宋四大家。他的词不多，以《满庭芳》咏茶为最圆细。

稚燕飞觞，清谈挥尘，使君高会群贤。密云双凤，初破缕金团。窗外炉烟自动，开饼试二品香泉。轻涛起，香生玉尘，雪溅紫瓯圆。（《满庭芳》上阕《与周熟仁试赠茶甘露寺》）

魏夫人

夫人襄阳人，道辅之姊，丞相曾布之妻，封鲁国夫人。《词林纪事》（卷十九）引《雅编》云：“魏夫人有《江城子》《卷珠帘》诸曲，脍炙人口。其尤雅者，则为《菩萨蛮》。……深得《国风卷耳》之遗。”但她的词见于《词综》者仅《菩萨蛮》《好事近》《点绛唇》三阕，其《卷珠帘》《江城子》诸曲，则从未见过。她的天才，已由此仅存的三阕，略一窥见。她深得力于《花间集》，其婉柔蕴藉处，极近少游。朱晦庵谓：“本朝妇人能文者，惟魏夫人及李易安二人而已。”她虽不能与易安并论，但在女作家中，确为超群出众之才。兹将三词录后：

溪山掩映斜阳里，楼台影动鸳鸯起。隔岸两三家，出墙红杏花。　　绿杨堤下路，早晚溪边去。三见柳绵飞，离人犹未归。（《菩萨蛮》）

雨后晓寒轻，花外晓莺啼歇。愁听隔溪残漏，正一声凄咽。

不堪西望去程赊，离肠万回结。不似海裳花下，按《凉州》时节。（《好事近》）

波上清风，画船明月人归后。渐消残酒，独自凭栏久。聚散匆匆，此恨年年有。重回首，淡烟疏柳，隐隐芜城漏。（《点绛唇》）

词中名句如：“隔岸两三家，出墙红杏花，”“愁听隔溪残漏，正一声凄咽，”“淡烟疏柳，隐隐芜城漏，”即与并时诸贤相较，亦为出色当行之作。

李清臣

清臣字邦直，魏人。举进士。历官翰林学士，尚书左丞。徽宗初立，入为门下侍郎，出知大名府。其《谒金门》一词，亦甚婉媚：

杨花落，燕子横穿朱阁。苦恨春醪如水薄，闲愁无处着。
绿野带红山落角，桃杏参差残萼。历历危樯沙外泊，东风晚来恶。

在此期内，有几个方外的作家，词亦精工，且有专集行世。兹分述如后：

僧仲殊

仲殊字师利，俗姓张氏，名挥，安州进士。因事出家，住苏州承天寺、杭州吴山宝月寺。有《宝月集》。能文，善歌词，皆操笔立就。苏轼曾与之游。（见《东坡志林》）黄花庵称其《诉衷情》一调，（《词林纪事》共录五首）“篇篇奇丽，字字清婉，高处不减唐人风致。”然尚不及其《柳梢青》《南柯子》二词更为清逸也。

岸草平沙，吴王故苑，柳袅烟斜。雨后寒轻，风前香软，春在梨花。　　行人一棹天涯，酒醒处残阳乱鸦。门外秋千，墙头红粉，深院谁家？（《柳梢青》）
十里青山远，潮平路带沙。数声啼鸟怨年华。又是凄凉时候在天涯。　　白露收残月，清风散晓霞。绿杨堤畔闹荷花。记得年时沽酒那人家。（《南柯子》）

在他的词里，只感到一种出家人的清逸和婉情绪，东坡所谓“此僧胸中无一毫发事者，”可以看出他的为人。他的词集，有赵氏《校辑宋金元人词》本，名《宝月集》，一卷，共三十首，附录四首。

僧祖可

祖可字正平，丹阳人，苏伯固之子，养直之弟。住庐山，被恶疾，人号“癞可。”有《东溪集》《瀑泉集》。“工诗，长短句尤佳。”（《能改斋漫录》）曾与陈师道、谢逸等结江西诗社。其《小重山》词最为《东溪诗话》所称赏：

谁向江头遗恨浓，碧波流不断，楚山重。柳烟和雨隔疏钟。黄昏后，罗幕更朦胧。　　桃李小园空，阿谁犹笑语，拾残红？珠帘卷尽夜来风。人不见，春在绿芜中。

释惠洪

惠洪字觉范，俗姓彭，筠州人。以医识张天觉。大观中，入京，乞得祠部牒为僧。往来郭天信之门，政和元年，张郭得罪，觉范决配朱崖。著有《石门文字禅》《筠溪集》《天厨禁脔》《冷斋夜话》等书。少年时尝为县小吏，黄山谷喜其聪慧，教令读书。后为海内名僧。韩驹所作《寂音尊者塔铭》，即其人。

其诗词多艳语，为出家人未能忘情绝爱者。如“十分春瘦缘何事，一掬乡心未到家。”（《上元宿岳麓寺诗》）“海风吹梦，岭猿啼月，一枕相思泪，”（《青玉案谪海外作》）皆是。兹更引其《青玉案》和贺方回韵一阕于次：

绿槐烟柳长亭路，恨取次分离去。日永如年愁难度。高城回首，暮云遮尽，目断知何处。　　解鞍旅舍天将暮，暗忆丁宁千万句。一寸柔肠情几许？薄衾孤枕，梦回人静，侵晓潇潇雨。

此外尚有几首词，极秀美婉和可爱，惜不知作者姓氏，兹录如后：

秦楼东风里，燕子还来寻旧垒。余寒犹峭，红日薄侵罗绮。懒草方抽碧玉茵，媚柳轻萃黄金缕。莺啭上林，鱼游春水。几曲阑干遍倚，又是一番新桃李。佳人应怪归迟，梅妆泪洗。凤萧声绝沉孤雁，望断清波无双鲤，云山万重，寸心千里。（《鱼游春水》）

此词作得颇为婉丽，据《复斋漫录》载："政和中，一贵人使越州回，得辞于古碑阴，无名无谱，亦不知何人作也。录以进。御命大晟府填腔，因词中语，赐名《鱼游春水》。"

帘卷曲阑独倚，江展暮云无际。泪眼不曾晴，家在吴头楚尾。　　数点落花乱委，扑鹿沙鸥惊起。诗句欲成时，没入苍烟丛里。（《江亭怨》）

词境极冷隽幽倩，如子规啼月，哀猿夜啸，为一切词家所无之境。即两宋最大手笔，亦不能写得如此凄冷动人。《词综》《词谱》俱引《冷斋夜话》云："黄鲁直登荆州亭，柱间有此词。夜梦一女子云：有感而作。鲁直惊悟曰：此必吴城小龙女也。"但张宗橚则云："考《冷斋夜话》并无此记载。"（《词林纪事》卷十几）大约向来以为系龙女所作者，以词境过于凄冷，殊不类人间语，因有此传说耳。

绿暗红稀春已暮，燕子衔泥，飞入垂杨处。柳絮欲停风不住，杜鹃声里山无数。　　竹枝芒鞋无定据，穿过溪南，独木横桥路。樵子渔师来又去，一川风月谁为主？（《凤栖梧》）

此词口吻，似隐逸方外之士所作，旷逸之气，流露纸上。

此外尚有《柘枝引》《误桃源》《眉峰碧》《扑蝴蝶》《玉珑璁》

《踏青游》《浣溪沙》《鹧鸪天》《撷芳词》，及无调名之作数首，（俱录于《词林纪事》卷十九）因辞华少逊，不备录。

本期除以上诸家外，尚有许多人因其词无甚特异处，或仅系只词，非词家专诣，故均略而不论。兹为简括的介绍如下：

韩缜，字汝玉，历官英宗、神宗、哲宗三朝，仕至相辅，为当时显宦，其词仅有《芳草》一阕，尚婉丽。蔡挺，字子政，宋城人。神宗朝官枢密副使，卒赠工部尚书，谥敏肃，曾以《喜迁莺》一词恩邀崇拜。沈括，字存中，钱塘人，官至龙图阁待制，有《长兴集》《梦溪笔谈》。孔平仲，字毅父，历官神宗、哲宗、徽宗三朝，其和秦观《千秋岁》词，尚婉秀。韦骧，字子骏，钱塘人，仁宗皇祐五年进士，官至主客郎中，有《韦先生词》一卷。（《彊村丛书》本）张景修，字敏叔，常州人，神宗元丰间为饶州浮梁令。词不多，惟《选冠子·咏柳》“恨客舍青青，江头风笛，乱云空晚，”尚高洁。谢迈字幼槃，逸弟。为布衣，有《竹友词》。（《彊村丛书》本）葛郯，字谦问，丹阳人，有《信斋词》。（《粟香室丛书名家词》本）李荐，字方叔，华山人，试礼部不遇，绝意进取，有《月严集》。其《虞美人》“好风如扇雨如帘，时见岸花汀草涨痕添，”尚婉柔可爱。王仲，字与善，元祐间人。李元膺曾作南京教官，其《茶瓶儿》赋悼亡“回首青门路，乱英飞絮，相逐东风去，”尚凄婉有致。黄裳，字仲勉，延平人，历官端平殿学士，赠少傅，有《演山集词》二卷。（江标《灵鹣阁汇刻名家词》本）

参考书目

元脱克脱：《宋史》。

宋王偁：《东都事略》。

宋陈振孙：《直斋书录解题》。

清张宗楗：《词林纪事》。

清吴荣光：《历代名人年谱》　有商务印书馆铅印本。

近人吴梅：《词学通论》　有商务印书馆铅印本。

柳永：《乐章集》　有毛氏《宋六十家词》本，有朱氏《彊村丛书》本。

苏轼：《东坡词》　有毛氏本。　又《东坡乐府》　有《四印斋》本及《彊村丛书》本。

秦观：《淮海词》，　有毛氏本。　又《淮海居士长短句》有《彊村丛书》本。

贺铸：《东山词》又名《东山寓声乐府》，有粟香室本，四印斋本，《彊村丛书》本。

毛滂：《东堂词》　有毛氏《宋六十家词》本。

王安石：《临川先生歌曲》　有《彊村丛书》本。

黄庭坚：《山谷词》，　有毛氏本。　又《山谷琴趣外篇》　有《涉园景宋金元明本词续刊本》。

王观：《冠柳集》　有赵万里《校辑宋金元人词》本。

舒亶：《舒学士词》　有赵氏本。

张耒：《柯山诗余》　有赵氏本。

王诜：《王晋卿词》　有赵氏本。

赵令畤：《聊复集》　有赵氏本。

晁冲之：《晁用叔词》　有赵氏本。

僧仲殊：《宝月集》　有赵氏本。

陈师道：《后山词》　有毛氏《宋六十家词》本。

李之仪：《姑溪词》　有毛氏本。

晁补之：《琴趣外篇》　有毛氏本及吴氏《双照楼》本。

张舜民：《画墁词》　有《彊村丛书》本。

列龚：《龙云先生乐府》　有《彊村丛书》本。

葛胜仲：《丹阳词》　有毛氏本。

谢逸：《溪堂词》　有毛氏本。

米芾：《宝晋长短句》　有《彊村丛书》本。

近人赵万里：《校辑宋金元人词》　有中央研究院刊本。

第四编　宋词第三期

——公元一〇九〇— 一一二六——

——柳永时期的总结集——

本期约自宋哲宗绍圣间起，历徽宗一朝，直至汴京被陷时止约三十余年，是“柳永时期”的总结集时期。那时正值宣、政文物鼎盛的时代，慢词更成为最流衍的歌曲。这时“创调之词”虽多，然“创意之词”则甚少，远无上期柳永、苏轼创造的精神了。他们仅守着上一期的余绪，于词的格调和音律上，似乎要较前期工细一点。在本期有一件最值得注意的事，就是大晟乐府的设立了。有了这样一个最高机关，又罗致许多词坛上的名宿，利用国家力量，来搜求审定已往的曲拍及腔调，重新加了一番制作；并于旧谱之外，又增衍许多慢曲、引、近，及三犯四犯之曲，于是词的牌调，乃益繁缛，词的地位，乃益重要，不独为文人咏唱的资料，亦且为国家优隆的乐府了。自从有词学以来，关于音乐方面的发展，已经到了一个顶点了。南渡以后，词由乐府地位，一降为文士阶级所独享的小曲，元、明以来，并此小曲的唱法，亦完全失传了。

在此时期中，一般作家均在模仿前期柳、苏、秦、贺、毛五大家的风调，尤以周邦彦的成绩为最优异。他兼具有前一期各作家的长处，荣膺着“集大成”的头衔。他替“柳永时期”作一个总结束，他替南宋风雅派与古典派的大词人，如姜夔、史达祖、吴文英、王沂孙、张炎、周密、张辑、蒋捷、卢祖皋、陈允平等人开了一条先路，所以他在中国词坛上，是由北宋到南宋两极端的词风一个变转的枢纽，与过渡的梯航。我们可以说：他是柳永派的结局，是南宋姜、张等人的肇始。

那时于周邦彦之外，有两个卓异的天才家并起：一为宋徽宗赵佶，一为女词人李清照。他们两个虽都未能完全脱尽柳永时期的笼罩，但他们多少总要有点例外。如徽宗北虏后《燕山亭》词，其才华之高俊，还要在柳永、周邦彦等人以上；李清照以一个最大的女词人来写真正女性的词，她的作品源泉，为南唐后主，为欧阳修，为秦观，似乎还要跨过柳永的时期，未曾受时代色彩的束缚。

第一章 集大成的周邦彦

周邦彦字美成，钱塘人，生于宋仁宗至和二年。（公元一〇五五年）为人疏隽少检，而博涉百家之书；好音乐，能自度曲，自号清真居士。神宗元丰中献《汴都赋》，召为太学正。徽宗朝仕至徽猷阁待制，提举大晟府，时为政和六年，时年已六十二。后出知顺昌府，提举洞霄宫。晚居明州。卒于宣和三年，（公元一一二一年）享寿六十七岁。

词集名《片玉词》，有毛晋《宋六十家词》本，朱祖谋《彊村丛书》本，又名《清真词》，有王鹏运《四印斋所刻词》本。

我们研究美成的词，可分为三个部分：第一，他荣膺此“集大成”的头衔，其意义与范围，究竟是怎样？第二，他的作风特异之处。第三，他的影响和流弊。现在分述如后：

一 集大成的意义和其究竟

关于此问题可分作两方面来看：

甲，就词调的搜求、审定、和考正方面说，他于北宋当年风起云涌的词坛现象，确有集成和创制的功劳，我们且看下面一段记载就可知道了：

古之乐章、乐歌、乐曲等，皆出雅正。粤自隋唐以来，声诗

> 间为长短句，至唐人则有《尊前》《花间》集。迄于崇宁，立大晟府，命周美成诸人，讨论古音，审定古调，沦落之后，少得存者。由此八十四调之声稍传，而美成诸人又复增慢曲引近，或移宫换羽，为三犯四犯之曲，案月律为之，其曲遂繁。（《张炎词源》）

这种伟大的供献和劳绩，则为前此所无。

乙，再就他的作风方面说，他一身兼具过去许多词家的长处，确有特殊的精力与天才。他所谓集大成者，系指集北宋中期柳永、秦观、贺铸等人之成而言。东坡一派词风，则不在周氏涵容以内。耆卿的慢词和铺叙，则给他一个伟大的骨干，方回的艳丽，少游的柔媚，又给他一个外部的烘染，同时他又兼采《花间派》和晏、欧一点神髓，遂形成了他个人的作品，—— 一个圆融美艳几经锻炼修琢的才子和文士的词。在“柳永时期”内的一切优长，至美成可以说已臻绝诣了。

他所以能有如此惊人成绩者，因为：（一）他既富于文学天才，而又能博涉百家之书，于遣辞造语上，能融贯唐、五代以来诗歌中优美的质素；（二）他本人又精于音律，善自度曲；（三）而同时又被提举为大晟乐府，以政府全力，供他的考证和制作，更给他一个绝大的帮助。在这种种适合的环境之下，自然容易施展他的才华，而使之成为一个最受崇仰的大作家了。

二　周词特长之处

A 善于采融诗句　美成博涉群籍，故造语极典丽雅驯，最善采融诗句入词，而用来全无缝隙可寻。例如：

> 桃溪不作从容住，秋藕绝来无续处。当时相候赤栏桥，今日独寻黄叶路。　烟中列岫青无数，雁背夕阳红欲暮，人如风后入江云，情似雨余沾地絮。（《木兰花》）

银河宛转三千曲，浴凫飞鹭澄波绿，何处望归舟？夕阳江上楼。　　天憎梅浪发，故下封枝雪，深夜卷帘看，应怜江上寒。（《菩萨蛮》）

所以陈质斋说他："多用唐人诗檃括入律，浑然天成。"又如他的《隔浦莲近拍》："水亭小，浮萍破处，檐花帘影颠倒，"和《瑞龙吟》："因念个人痴小，乍窥门户，侵晨浅约宫黄，障风映袖，盈盈笑语，"都系采融诗句最好的例子。词中"檐花"系用杜甫"灯前细雨檐花落，"及李暇"檐花照月莺对栖"之句的，"侵晨浅约宫黄，"系用梁简文诗"约黄能效月"的。

B 工于描写景物　他描写景物极工巧精细，如《苏幕遮》：

叶上初阳干宿雨，水面清圆，一一风荷举。

最能写出荷的神态。又如《满庭芳》：

风老莺雏，雨肥梅子，午阴佳树清圆。地卑山近，衣润费炉烟。人静乌鸢自乐，小桥外新绿溅溅。

把初夏景物，和江南卑湿潮润的天气，写得极入微。又如《夜游宫》：

叶下斜阳照水，卷轻浪沉沉千里，桥上酸风射眸子，看黄昏灯火市。

把秋暮晚景，写得明净如画。即中西最高的诗篇，其写景美妙处，亦不能过此，其他如：

何意重经前地，遗钿不见，斜径都迷；兔葵燕麦，向残阳影

与人齐。（《夜飞鹊》）

湖平春水，藻荇萦船尾，空翠扑衣襟，拊轻桹游鱼惊避。晚来潮上，迤逦没沙痕，山四倚，云渐起，鸟度屏风里。（《蓦山溪》上阕）

黄昏客枕无憀。细听当窗雨，看两两相依燕新乳。（《荔菱引》）

洗铅霜都尽。懒梢相触，润逼琴丝，寒侵枕障，虫网吹黏帘竹。（《大酺》写春雨）

无一词不晶美，无一句不清倩。写景状物至此，可谓已臻绝境。北宋如晏、欧、张、柳、苏、秦、贺、毛等大作家，写来虽能如此自然，然远无其深刻细致，若两相比较，都觉失之浮泛了。即以最工于行役羁旅之作的柳耆卿，亦远非美成之匹，其余更不足论了。至于南宋如姜、史、吴、张、王、周等大作家，其咏物之作，虽极工巧细致，然多雕琢丧气，远无美成来得自然了。所以周词长处虽多，但尤以此类作品为最过人，允称空前绝后之作。

C 想像丰圆　他的作风最善从虚幻处着笔，例如他在《花犯》内写

梅花见脆圆荐酒，人正在空江烟浪里。但梦想一枝，潇洒，黄昏斜照水。

纯是一种虚象。如“镜花水月，”不着一点端倪，却将一枝清幽皎洁的梅花，写得光艳照人，美成词品，以此等处为最高洁劲健，后来只有白石，差可步伍，而却无其圆融。他的《兰陵王》：

凄恻，恨堆积，渐别浦萦回，津堠岑寂，斜阳冉冉春无极。念月榭携手，露桥闻笛，沉思前事，似梦里，泪暗滴。

也纯从想像处着笔，把一幅凄凉暗淡的“别离图，”由心目中隐隐的现出；笔力劲健高洁，与《花犯》一阕，可称绝唱，又如他的《琐窗寒》上阕：

小帘朱户，桐阴半亩，静锁一庭愁雨，洒空阶夜阑未休，故人翦烛西窗语。似楚江暝宿，风灯零乱，少年羁旅。

其想像丰圆，亦与前二词同一美妙。

D 长调善于铺叙笔力极顿挫雄浑　他的长调，铺叙事情，极有次序。这种特长，在他的词中，随处都可看见，现在试举一首作例：

晓阴重，霜凋岸草，雾隐城堞。南陌脂车待发，东门帐饮乍阕。正拂面垂杨堪揽结，掩红泪玉手亲折。念汉浦离鸿去何许，经时信音绝！　　情切。望中地远天阔，向露冷风清无人处，耿耿寒漏咽。嗟万事难忘，唯是轻别。翠尊未竭，——凭断云留取，西楼残月。　　罗带光销纹衾叠，连环解，旧香顿歇。怨歌永，琼壶敲尽缺。恨春去不与人期，——弄夜色，空余满地梨花雪。（《浪淘沙慢》）

头段写初别的时候和地点，二段写别时的遥望和伤感，三段写别后的景况，笔力极顿挫雄浑，试将此词与耆卿的赋别诸作相较，可知美成词的风格和意境，纯从耆卿脱胎出来的，不过耆卿笔力不及他的雄浑罢了。他的长调骨架，全学耆卿，而沉郁浓艳婉柔处，又兼少游、方回二家之长。兹举一例，以实此说。如他的《瑞龙吟》：

章台路，还见褪粉梅梢，试花桃树。愔愔坊陌人家，定巢燕子，归来旧处。黯凝伫，因记个人痴小，乍窥门户，侵晨浅约宫黄，障风映袖，盈盈笑语。　　前度刘郎重到，访邻寻里，同时歌舞，惟有旧家秋娘，声价如故，吟笺赋笔，犹记燕台句。知谁伴名园露饮，东城闲步？事与孤鸿去，探春尽是伤离意绪，官柳低金缕，归骑晚，纤纤池塘飞雨。断肠院落，一帘风絮。

其主题不过写伤离情绪耳，却写来迂回反复，无一直笔，极尽顿挫沉郁的能事，而造语亦复工艳婉丽，实兼柳、秦、贺二家之长。近人吴瞿安氏于此词作法，解释得极详明，其辞云：

此词宗旨在“伤离意绪”一语耳，而入手先指明地点曰“章台路；”却不从目前景物写出，而云“还见，”即沉郁处也，须知梅梢桃树，原来旧物，惟用“还见”云云，则令人感慨无端，低徊欲绝矣。首叠云：“定巢燕子，归来旧处，”言燕子可归旧处，所谓前度刘郎者，即欲归旧处而不可得，徒行于愔愔坊陌，章台故路而已：是又沉郁处也。第二叠“黯凝伫”一语为正文，而下文又曲折；不言其人不在，反追想当日相见时状态，用“因记”二字，则通体空灵矣：此顿挫处也。第三叠“前度刘郎”至“声价如故，”言个人不见，但见同里秋娘，未改声价。是用侧笔以衬正文，又顿挫处也。“燕台”句用义山柳枝故事，情景恰合。“名园露饮，东城闲步，”当日已亦为之，今则不知伴着谁人，赓续雅举？此“知谁伴”三字，又沉郁之至矣。“事与孤鸿去，……”方说正文，以下说到归院，层次井然，而字字凄切，末以飞雨风絮作结，寓情于景，倍觉黯然。通体仅“黯凝伫，”“前度刘郎重到，”“伤离意绪”三语为作词主意，此外则顿挫而复缠绵，空灵而又沉郁；骤视之，几莫测其用笔之意：此所谓神化也。他作亦复类此，不能具述。总之：词至清真，实是圣手，后人竭力摹效，且不能形似也。（吴氏《词学通论》）

惟此等词纯系文人的词，与一般自然写景抒情的作品相较，总不免近于雕斫，亦系一种流弊；清真特长处尚不在此等词也。

E 小令亦复清丽动人　据《贵耳录》载道君（即宋徽宗）幸李师师（汴京名妓）家，时美成先在，因避匿床下，道君携新橙一颗，云系江南初进来者；遂与师师谑语，美成在床下悉闻之。遂檃括成一小词，名曰《少年游》，其词云：

并刀似水，吴盐胜雪，纤指破新橙。錦幄初温，兽香不断，相对坐调笙。低声问：向谁行宿？城上已三更。马滑霜浓，不如休去，只是少人行。

此词写得极明净婉媚，与其长调作法，则判若两人了，类此者甚多，更录数阕于后。

灰暖香融销永昼，葡萄上架春藤秀，曲角阑干群雀斗，清明后，风梳万缕亭前柳。　　日照钗梁光欲溜，循阶竹粉沾衣袖，拂拂面红新着酒，沉吟久，昨宵正是来时候。（《渔家傲》）

水涨鱼天拍柳桥。云鸠拕雨过江皋，一番春信入东郊。闲碾凤团消短梦，静看燕子垒新巢，又移月影上花梢。（《浣溪沙》）

秋阴时晴向暝，变一庭凄冷，伫听寒声，云深无雁影。更深人去寂静，但照壁孤灯相映，酒已都醒，如何消夜永！（《关河令》）

廉纤小雨池塘遍，细点破萍面。一双燕子守朱门，比似寻常时候易黄昏。宜城酒泛浮春絮，细作更阑语，相看羁思乱如云，又是一窗灯影两愁人。（《虞美人》）

几日来，真个醉，不知道窗外红已深半指，花影被风摇碎。拥春酲乍起，有个人人生得济楚，来向耳边问道：今朝醒未？情性儿漫腾腾地，恼得人又睡。（《红窗迥》）

他这种小词与任何词家的意境和风格都不相同；虽然都是属于清丽婉柔的一派写法。他于清丽婉柔之外，含有一种极细微敏锐的感觉，而以静默自然的意态写出。即如在B节内所引的《苏幕遮》《满庭芳》《夜游宫》《夜飞鹊》《蓦山溪》，《荔枝引》《大酺》等词，亦系此种写法。

三　他的影响和流弊

美成以天赋英才，又加以过人学力，遂能集诸家之长，蔚为北宋殿军，受享着百世的崇敬，而他影响于后来词人者，历南宋、元、明、清八百余年而未尝少替。——尤以南宋诸大家如姜、史、吴、王、张、周等人，皆奉之为唯一典范；而流风余韵，更波及于元、明、清三朝，其个人在词林影响之大，虽不及温飞卿、柳耆卿与姜白石，然声望之优隆，似尚过乎三家。故陈庾云：

> 美成自号清真，二百年来，以乐府独步。贵人、学士、市侩、伎女，皆知美成词为可爱。

贺黄公亦云：

> 周清真有柳欹花亸之致，沁人肌骨，视淮海（秦少游）不徒娣姒而已。

我们试读他的全集，觉得他无论是写小令与慢词，其文辞之工细，才思之敏锐，风调之完美，均为前此作家所无。集中如《花犯》之赋梅，《兰陵王》之咏柳。皆冷艳悽咽，为确有境界之作。又如《琐窗寒》之咏寒食，《满庭芳》之写溧水夏景，《夜飞鹊》之写郊原，《大酺》之写春雨，以及上面所引各词，皆圆融工细，恰当其境，此等作品，皆能“圆美流转如弹丸”，（黄花庵语）皆能如“柳欹花亸，沁人肌骨”，为集中上乘之作，其他隽美的篇什尚多，不再另举，读者自去参证可也。他不独辞彩极工丽，而尤精于音律，故“下字用韵，皆有法度”。（尹焕语）当时如方千里、杨泽民等。依韵唱和，步趋绳尺，不敢少失，遂有《三英集》之刊刻。其后如陈允平之《西麓继周集》，皆和周韵，多至百二十一首，其为后人奉为典型之作，于此可见一斑。

以上都是他的特长，最足为后世典范的。只可惜南宋作家，只取其文辞之工，而忽于词境之美，故于其最上乘之作，反无人学步。他们所追模的都是《瑞龙吟》《六丑》一类的作品，这些词都是一种纯文人的词。只在文字辞藻上，刻意雕琢，无形中渐渐走向一个无病呻吟的词学路上去了。如上面所引的《瑞龙吟》，作得何尝不工细？笔力何尝不顿挫？然而细寻其中意绪，则毫无所谓，只是在那里咬文嚼字，大作其无病呻吟的文章，全非诗人抒写性灵之作，毫无真实的境界可言。这种无病呻吟的歌诗，姑无论你作得怎样精巧，它是不能深印入读者的心灵深处的呵！近人王静庵先生论词，以为：

> 词以境界为最上，有境界则自成高格，自有名句。……有有我之境，有无我之境。“泪眼问花花不语，乱红飞过秋千去”，“可堪孤馆闭春寒，杜鹃声里斜阳暮”，有我之境也。“采菊东篱下，悠然见南山”，“寒波澹澹起，白鸟悠悠下”，无我之境也。有我之境，以我观物，故物皆著我之色彩。无我之境，以物观物，故不知何者为我，何者为物。（《人间词话》）

可为一切诗歌，作一评衡的标准。美成词佳者，亦能做到“有我”与“无我”两种境界。如“叶上初阳乾宿雨，水面清圆，一一风荷举”。“桥上酸风射眸子，看黄昏灯火市”，谓之“以我观物”的“有我”境界亦可，谓之“物我两忘”的“无我”境界亦可，不过他的多半作品，仍向《瑞龙吟》《六丑》一类毫无境界的诗篇作去，只在文辞上用工夫，对于自然的抒写，渐渐减轻成分，对于北宋词的质朴面目，也就渐渐丧失了。所以就大体上说，他的词只是一种“圆融美艳，几经修琢”的才子和文士的词。其为后来人推崇，远过北宋晏、欧、柳、苏、秦、贺一切大作家的原因，固然是由于他的作品之优异过人，但亦因他的词为一种修琢完美的“文士的词”，最合于一般文人雅士的口胃，有以致之。故王静庵于周词亦略致不满道：

> 美成深远之致不及欧、秦惟言情体物穷极工巧，故不失为第一流之作者，但恨创调之才多，而创意之才少耳。（《人间词话》）

他这种作风，实开南宋人纤巧琐碎、机械庸滥的恶风，他替北宋词作一个总结束，替南宋人作一个好榜样，实在是中国词坛的转变上一个最有关键的人物！

第二章　天才的徽宗赵佶与最大女诗人李清照

一　宋徽宗

徽宗名佶，神宗顼之子，以建中靖国辛巳（公元一一〇一年）即帝位。性极聪慧，凡吹弹、书画、声歌、词赋，以及犬马服饰之事，无不精擅。即位之初，即引用蔡京、蔡卞、朱勔等佞臣，日从事于苑囿宫观奢靡之乐。复用宦官童贯领军，晋封为广阳郡王。以致国政日堕，寇盗频起。又适金人雄起北方，大举寇边，连陷朔、代及燕山各州县。乃传位于子桓。（即钦宗）在位共二十六年。翌年，金人陷汴京，徽、钦二帝，及后妃皇族约三千余人，均为金人虏去。北宋遂亡。他被虏以后，押解至五国城，（今吉林一带）辗转流迁于东北荒寒之境，历尽人间最惨酷的遭遇与屈辱，如此者几十年，身死于荒漠的戍途中。（高宗绍兴五年，公元一一三五年）其历境之惨为古今亡国之君所无。

他平生的著作极多，据《宋史》所载："绍兴二十四年九月己巳，宰臣进徽宗皇帝御集凡百卷，……奉安于天章阁。"高宗《序文》内也说："……以至指麾边机，喻度利害，……无不情文周密，动千百言。赋咏歌诗垂裕后昆者盈于策牍。"但因无刊本流传，南宋亡后，全集散佚无存。现仅存词十八首，——但《月上海棠》词仅一残句，实际上只能算是十七首了。近人曹元忠始为汇集成编，附以宋高宗御制序文，名之曰宋徽宗词，朱孝臧始为刊刻于《彊村丛书》中。

在这十八首词中，除《燕山亭》及《眼儿媚》为北地所作外，余均系汴京未陷以前的作品，仍过着他那优崇承平的宫庭生活，所描写的多系宴乐、祭飨及赏花之作。如《聆龙谣》《金莲绕凤楼》《小重山》《满庭芳》《声声慢》《雪明鳷鹊夜》等词，都系咏住节晏贺之乐的，《导引》三首，则系册封及别庙之辞，《声声慢》《玲珑四犯》《瑶台第一层》《探春令》，均系咏花咏春之作，《临江仙》系幸亳州途次之作、在这些作品中虽不少艳美旖旎的语句，但终不及他被虏北上以后作品的深刻悲婉。例如他的：

万井贺昇平，行歌花满路，月随人。龙楼一点玉灯明，箫韵远，高宴在蓬瀛。（《小重山》下阕）

触处笙歌鼎沸，香鞯趁雕轮，隐隐轻雷，万家罗幕，千步锦绣相挨。银蟾浩月如昼，共乘欢争忍归来！疏钟断听，行歌犹在禁街。（《声声慢》）

都是宣政太平时代宫庭间纪实的作品。他的咏物写景之作，如：

一架幽芳，自过了梅花，独占清绝。露叶檀心，香满万条晴雪。肌净素洗铅华，似弄玉乍离瑶阙。看翠蛟白凤飞翔，不管暮烟啼鴂。　酒中风格天然，记唐宫赐尊，芳冽玉蕤。唤得余春在，犹醉迷飞蝶。乍雨乍晴，长是伴牡丹时节。夜散琼楼宴，金铺深掩，一庭春月。（《玲珑四犯·荼蘼》）

虽不甚婉协，然吐辞华艳，确系一个富贵帝王的手笔。他的：

帘旌微动，峭寒天气，龙池冰泮。杏花笑吐香犹浅，又还是

春将半。清歌妙舞从头按，等芳菲时开宴。记去年对着东风，曾许不负莺花愿。（《探春令》）

亦为咏春中的清丽之作，他的：

过水穿山前去也，吟诗约句千余。淮波寒重雨疏疏，烟笼滩上，鹭人买就船鱼。　　古寺幽房权住，夜深宿在僧居。梦魂惊起转嗟吁。愁牵心上虑，和泪写回书。（《临江仙·宣和乙巳冬幸亳州途次》）

写途中景况，也很迂徐自然，惟末句寄慨甚深，不知所指何事；于此可见他也是一个多愁易感的人了。

在汴京陷后，流转北地，历尽人间惨慄之境，其词彩遂与前此之作迥异了。他在东北荒寒的途中，曾作了一首《眼儿媚》：

玉京曾忆旧繁华，万里帝王家。琼树玉殿，朝喧弦管，暮列笙琶。　　花城人去今萧索，春梦绕胡沙，家山何处？忍听羌管，吹彻梅花！

此词情绪凄怆，天涯穷途之感，何殊李煜“小楼昨夜东风”之作？但尚不如他的《燕山亭》之深挚：

裁翦冰绡，轻叠数重，浅淡胭脂匀注。新样靓妆，艳溢香融，羞杀蕊珠宫女。易得凋零，更多少无情风雨；愁苦！问院落凄凉，几番春暮？　　凭寄离恨重重，这双燕何曾会人言语？天遥地远，万水千山，知他故宫何处！怎不思量，除梦里有时曾去；无据！——和梦也，新来不做！（《燕山亭·北行见杏花作》）

这首词本系咏杏花的，所以起六句都是写杏花的艳丽无比。但忽然想到她“易得凋零，更多少无情风雨”，情绪就渐渐悲哽了，紧张了，便觉得眼前正是一个暮春的景象了。这时忽有一双燕子飞过，更触动了诗人的心弦，他想到他个人的身世，想到他故宫的景物，他想凭“这双燕”来寄他的“离恨”，但它又怎能“会人言语”呢？写至此处，已不胜远沦异国，音信全无之感了。但纵使这双燕能领会人言语，然而“天遥地远，万水千山”，它又怎知“故宫何处”呢？这更使人绝望了。无可奈何，只得有藉梦魂中一回故乡了。但连此梦中暂时的安慰，也因新来无梦可做，完全幻灭了！通篇从头至尾，说来如闻其声，如亲历其境，无一修饰造作之语，而其寄恨之浓挚，乡思之迫切，天涯之落魄凄厉，均由其深刻细致的笔锋，曲回沉着的写出，可算是一首极大的悲剧缩小，一首空前绝后的哀曲了。

二　李清照（公元一〇八一——一一四〇）（？）

清照，自号易安居士，济南人，名士李格非之女。生于宋神宗元丰四年。（公元一〇八一年）母王氏，亦能文章。二十一岁时出嫁于太学生赵明诚。夫妻皆好学能文，尤善搜讨考订，记览甚博。平生搜集金石古玩甚多，晚年值汴京之陷，南渡后，旧藏尽失，明诚又死，颠沛无依，晚景颇萧条。卒年约在高宗绍兴十年。（公元一一四〇年）其词集名《漱玉词》，《宋史·艺文志》作六卷，《直斋书录解题》作五卷，皆散佚。今所流传者，有毛晋汲古阁刊《诗词杂俎》本，凡十七阕，有王鹏运《四印斋所刻词》本，有赵万里《校辑宋金元人词》本，凡四十三首，附录十七首，最为精审。

她的词虽仅存此四五十阕，然其天才之卓异，亦足震铄词坛，使人惊赏不置。她对于前此作家，多致其不满之意。尝谓：

本朝柳屯田永，变旧声，作新声，出《乐章集》，大得声称于世，虽协音律，而词语尘下。又有张子野、宋子京兄弟，沈唐、元绛，晁次膺辈继出，虽时时有妙语，而破碎何足名家？至晏丞相、欧阳永叔、苏子瞻，学际天人，作为小歌词，直如酌蠡水于大海，然皆句读不葺之诗耳；又往往不协音律。……王介甫、曾子固文章似西汉，若作小歌词，则人必绝倒，不可读也。乃知词别是一家，知之者少。后晏叔原、贺方回、黄鲁直出，始能知之。而晏苦无铺叙，贺苦少典重。秦少游专主情致，而少故实，譬如贫家美女，虽极妍丽丰逸，而终乏富贵态。黄即尚故实，而多疵病，譬如良玉有瑕，价自减半矣。

可见她当年眼界之高，几乎无一个理想的作家，足供她的模型了。她的词最能表现出女性的美来，其幽媚婉柔流畅，机杼天成，远非时辈所能企及，她平生得力之处，则为欧阳永叔、秦少游及南唐李煜三家。兹为比较如下：

无言独上西楼，月如钩，寂寞梧桐深院锁清秋。　　翦不断，理还乱，是离愁，别是一般滋味在心头？（《相见欢》李煜作）

西城杨柳弄春柔，动离忧，泪难收。犹记多情，曾为系归舟。碧野朱桥当日事，人不见，水空流！　　韶华不为少年留恨悠悠，几时休？飞絮落花时候一登楼。便做春江都是泪，流不尽，许多愁！（《江城子》少游作）

红藕香残玉簟秋，轻解罗裳，独上兰舟。客中谁寄锦书来，雁字回时，月满西楼。　　花自飘零水自流，一种相思，两处闲愁。此情无计可消除，才下眉头，却上心头。（《一翦梅》易安作）

以上三词，无论在音节上，在意境上，都极神似。又如：

红日已高三丈透，金炉次第添香兽，红锦地衣随步皱。佳人舞点金钗溜，酒恶时拈花蕊嗅，别殿遥闻箫鼓奏。（《浣溪沙》李煜作）

莺嘴啄花红溜，燕尾点波绿皱。指冷玉笙寒，吹彻小梅春透。依旧，依旧，人与绿杨俱瘦！（《忆仙姿》少游作）

薄雾浓云愁永昼，瑞脑销金兽。佳节又重阳，玉枕纱橱，半夜凉初透。　　东篱把酒黄昏后，有暗香盈袖。莫道不消魂，帘卷西风，人比黄花瘦！（《醉花阴》易安作）

帘外雨潺潺，春意阑珊，罗衾不耐五更寒，梦里不知身是客，一晌贪欢。（《浪淘沙》上阕李煜作）

雨横风狂三月暮，门掩黄昏，无计留春住。泪眼问花花不语，乱红飞过秋千去！（《蝶恋花》下阕永叔作）

……多少蓬莱旧事，空回首，烟霭纷纷。斜阳外，寒鸦数点，流水绕孤村。……此去何时见也？襟袖上空染啼痕。伤情处，高城望断，灯火已黄昏！（《满庭芳》节录少游作）

香冷金猊，被翻红浪，起来慵自梳头。任宝奁尘满，日上帘钩。生怕离怀别苦，多少事，欲说还休。新来瘦，非干病酒，不是悲秋。　　休休！这回去也，千万遍阳关，也则难留。念武陵人远，烟锁秦楼。唯有楼前流水，应念我终日凝眸，凝眸处，从今又添一段新愁。（《凤凰台上忆吹箫》易安作）

我们试将上词细心加以寻绎，即知易安一生词品，全从后主、永叔、少游三家脱胎出来的。后主得其深，永叔得其郁，少游、易安则得其婉秀，后主遭际亡国，少游屡经贬窜，故其词境悲婉深沉，均由肺腑中自然流露出来，最能感人心曲。永叔深于情思，故其词亦缠绵抑郁，若不胜其伤春恨月之感也。至于易安，幼年即生长在一个有文学环境的家庭，适人以后，夫妻感情，又极和乐美满，似乎无悲愁的种子蔓生在她的心曲了。但我们一读她的作品，则亦觉悲苦之辞为多。因为女子是最富于情感的，有许多事本来是不值得注意的，但在女性全心灵中，往往留下一个深刻的印象，甚至终身不能忘怀，何况她与明诚爱情很重，自不免因别情离绪所萦绕，而致其缠绵想望之思了。所以在她的词里，可以完全暴露出女性真实的情操来，与男作家试作香艳的闺情词相较，其艺术上的表现力，自不可相提并论了。如她的《武陵春》：

> 风住尘香花已尽，日晚倦梳头。物是人非事事休，欲语泪先流。　闻说双溪春尚好，也拟泛轻舟。只恐双溪舴艋舟，载不动许多愁！

以及上面的《一剪梅》《凤凰台上忆吹箫》二词，皆系真正女性的伤离之作，与男作家之越俎代庖者，其诚伪之情，不难立辨。

以上所引各词，不过只以婉柔清丽过人罢了，尚非她的最高作品。她平生最足用以睥睨一世者，则为她的《声声慢》：

> 寻寻觅觅，冷冷清清，凄凄惨惨戚戚。乍暖还寒时候，最难将息。三杯两盏淡酒，怎敌他晚来风急雁过也，正伤心，却是旧时相识。　满地黄花堆积，憔悴损，而今有谁堪摘？守着窗儿，独自怎生得黑！梧桐更兼细雨，到黄昏点点滴滴，这次第，怎一个愁字了得。

其笔力之遒健，描写之深入，境界之逼真，情绪之迫切紧张，均充分的现出，绝不类一个妇女的手笔，入手连用十四叠字，即已险奇，而收句复又运用两叠，却用来妙语天成，毫无堆滞粉饰之迹。张端义《贵耳录》谓其“乃公孙大娘舞剑手。本朝非无能词之人，未曾有一下十四叠字者”，其推许并不为过。她爱诵欧阳永叔“庭院深深深几许”词。而她所用叠字之优异，则远过永叔了。于此词内，可见她描写手腕之高，实足以俯视过去一切作家，无怪她对于先辈词人多致其讥弹之辞了。只可惜她的全集已失，遂使类此的“前无古人，后无来者”之作，无从窥其全豹，真是一件憾事了！

她在当年，亦多少受了些时代色彩的薰染，不出柳永、周邦彦以来慢词的风调。如她的《念奴娇》，即系一例：

萧条庭院，又斜风细雨，重门须闭。宠柳娇花寒食近，种种恼人天气。险韵诗成，扶头酒醒，别是闲滋味。征鸿过尽千万心事谁寄？　楼上几日春寒，帘垂四面，玉阑干慵倚。被冷香消新梦觉，不许愁人不起。清露晨梳，新桐初引，多少游春意。日高烟敛，更看今日晴未。

她在南渡以后，家事萧条，老境堪怜，却并无一篇写实之作，未免有美中不足之憾了。

第三章　一般作家

——晁端礼——万俟咏——田为——杜安世——王之道——曹组——王安中——赵企——李持正——何大圭——赵长卿——蔡伸——吕渭老——鲁逸仲——阮阅——刘一止——向镐——吴则礼——李吕——曾纾——曹勋——李祁——蒋子云——宋齐俞——沈会宗——林少赡——王庭珪——略去的作家——

晁端礼

端礼字次膺，其先澶州清丰人，徙家彭门。神宗熙宁六年进士，两为县令，忤上官，作废。晚以蔡京荐，以承事郎为大晟协律。其词集有吴氏《双照楼》本《闲斋琴趣外篇》六卷。

端礼、雅言、不伐均与周美成同官大晟府，于当日审定旧调，创制新词，均有参助之功，他的词亦与美成为近，惟才情较弱。集中如《鸭头绿》《黄河清慢》《并蒂芙蓉》《寿星明》等词，皆系创调，以补大乐中征调之阙者，惟多系宫庭间颂扬之辞，无甚足记。他在当年，亦系一位慢词的作家，集中自创之调亦甚多。其平生作品，以《水龙吟》为最好。兹录如下：

倦游京洛风尘，夜来病酒无人问。九衢雪少，千门淡月，元宵灯近。香散梅梢，冻销池面，一番春信。记南城醉里，西城宴阕，都不管人春困。　　屈指流年未几，早惊人潘郎双鬓。当时体态，而今情绪，多应瘦损。马上墙头，纵教瞥见，也难相认。凭阑干，但有盈盈泪眼，把罗襟揾。

万俟咏

咏字雅言，自号词隐。游上庠不第，崇宁中充大晟府制撰。有《大声集》五卷，已失传，近人赵万里始为汇成一卷，刊于《校辑宋金元人词》中，凡二十七首，附录二首。其散录于诸家记载者，如《春草碧》《三台》《恋春芳慢》《安平乐慢》《卓牌儿》《钿带长》等词皆系自度新声。兹录其《昭君怨》一词如下：

春到南楼雪尽，惊动灯期花信。小雨一番寒，倚阑干。莫把阑干频倚，一望几重烟水；何处是京华，暮云遮。

黄叔旸说他的词：

发妙旨于律吕之中，运巧思于斧凿之外，平而工，和而雅，比诸刻琢句意而求精丽者远矣。

田　为

为字不伐，里居不详。黄昇云："制撰官凡七，田亦供职大乐。众谓得人。"他当年供职大晟府时，慢词的创制亦甚多，惟词集不传，见于选本者仅《江神子慢》《惜黄花慢》《探春慢》等数词，其见于赵氏《校辑宋金元人词》（名《洋呕集》）者亦只六首而已。其《南柯子》一阕，更多为各选家所采录。其词云：

梦怕愁时断。春从醉里回。凄凉怀抱向谁开？些子清明时候被莺催。　　柳外都成絮，栏边半是苔。多情帘燕独徘徊，依旧满身花雨又归来。

写得颇韵致而有含蓄。

杜安世

安世字寿域，京兆人，亦系当年一位慢词的作家，亦能自度新曲。词集有毛氏《宋六十家词》本《寿域词》一卷。他的《鹤冲天》：

> 单夹衣裳，半笼软玉肌体；石榴美艳，一撮红绡比，窗外数修篁，寒自倚。

写美人及初夏景物，极妍倩有致。又如他的《卜算子》：

> 尊前一曲歌，歌里千重意。才欲歌时泪已流，恨更多于泪！
> 试问缘何事，不语浑如醉。我亦情多不忍闻，怕和我成憔悴。

非深于情思者，绝无如此深刻。非工于描写者，绝无如此自然。

王之道

之道字彦猷，濡须人，宣和进士，历朝奉大夫。词集有《彊村丛书》本《相山居士词》二卷。以《如梦令》为最清隽幽倩。词云：

> 一晌凝情无语，手撚梅花何处。倚竹不胜愁，暗想江头归路。东去东去，短艇淡烟疏雨。

曹　组

组字元宠，颍昌人，纬弟。宣和三年进士。閤门宣赞舍人，官止副使，有《箕颍集》。向无刻本，近人易大厂取舒亶《信道词》，苏庠《后湖词》，曹氏《元宠词》，及复见于《彊村丛书》等词刻十七家词，成一精钞《宋二十家词》。于舒、曹、苏三家的仕履逸闻，及朱彊村评语，赵万里校语，引证颇详实。

元宠词极清幽婉丽，颇具淮海、东堂二家之长。如他的：

云透斜阳，半楼红影明窗户，暮山无数，归雁愁边去。
十里平芜，花远重重树。空凝伫，故人何处，可惜春将暮。
（《点绛唇》）

门外绿阴千顷，两两黄鹂相应，睡起不胜情，行到碧梧金井。人静，人静。风弄一枝花影！（《如梦令》）

茅舍竹篱边，雀噪晚枝时节。一阵暗香飘处，已不胜清绝。
江南得地故先开，不待有飞雪，肠断几回山路，恨无人攀折。（《好事近》）

皆清幽绝尘，柔媚多姿，即列于柳、秦大作家之林，亦毫无逊色。又如他的《望月·婆罗门引》：

涨方暮卷，漏声不到小帘栊，银河淡扫澄空。皓月当轩高挂，秋入广寒宫。正金波不动，桂影朦胧。　　佳人未逢，叹此夕，与谁同？望远伤怀对景，霜满愁红。南楼何处？想人在长笛一声中。凝泪眼，立尽西风。

亦婉约有致，不落凡俗。

王安中

安中字履道，阳曲人，第进士。政和中自大名主簿，累擢中书舍人，翰林学士承旨，出镇燕山府，召除检校太保，大名府尹，兼北京留守司公事。靖康初，贬象州。词集有毛氏《宋六十家词》本《初寮词》。

他的词颇平庸，不甚华丽，以《点绛唇》及《蝶恋花》二词为最杰出。兹录如后：

岘首亭空，劝君休堕羊碑泪。宦游如寄，且伴山翁醉。　　说与鲛人，莫解江皋珮。将归思，晕红萦翠，细织回文字。（《点绛唇》）

词境颇静穆而含愁思，据《苕溪渔隐丛话》载，系送韩济之归襄阳作者。

翦蜡成梅天著意，黄色浓浓，对萼勾装缀。百和薰肌香旖旎，仙裳应渍蔷薇水。　　雪径相逢人半醉。手折低枝，拥髻人争翠，嗅蕊撚枝无限思，玉真未洒梨花泪。（《蝶恋花·颇梅》）

两词虽不奔放开展，然可见其运思之细致，琢句之刻意了。

赵　企

企字循道，大观间宰绩溪，宣和初台州倅，他的《感皇恩》赋别情真切婉和：

骑马踏红尘，长安重到，人面依然似花好。旧欢才展，又被新愁分了。未成云雨梦，巫山晓。　　千里断肠，关山古道，回首高城似天杳。满怀离恨，付与落花啼鸟。故人何处也，青春好！

李持正

持正字季秉，政和五年进士，历知德庆、南剑、潮阳三郡，终朝请大夫。他的词仍有北宋初期自然的情调。兹录二词于后：

星河明澹，春来深浅，红莲正满城开遍。禁街行乐，暗尘香拂面，皓月随人近远。　　天半鳌山，光动凤楼西观。东风静，珠帘不卷。玉辇待归，云外闻弦管，认得宫花影转。（《明月逐人来·上元》）

小桃枝上春风早，初试薄罗衣。年年乐事，华灯竞处，人月

圆时。　　禁街萧鼓，寒轻夜永，纤手重携。更阑人散，千门笑语，声在帘帏。（《人月圆》）

何大圭

大圭字晋之，广德人，政和八年进士，仕为秘书省著作郎。他的《小重山》词极为临邛高耻庵所赞许，（见《词品》）谓其造句“辟如舌锦月钩造化之巧，非人琢也。此等句在天地间有限”！兹录原词如下：

绿树莺啼春正浓，钗头青杏小，绿成丛。玉船风动酒鳞红。歌声咽，相见几时重？　　车马去匆匆，路随芳草远，恨无穷。相思只在梦魂中。今宵月，偏照小楼东。

赵长卿

长卿自号仙源居士，南丰宗室，其《惜香乐府》十卷，有毛氏《宋六十家词》本。他的词模仿子野、耆卿，颇得其精髓。故能在艳冶中复具清幽之致。生平作品极多，为柳派一大作家。兹录二阕于后：

斜点银缸，高擎莲炬，夜深不耐微风。重重帘幕卷堂中。香渐远，长烟袅，穟光不定，寒影摇红。偏奇处，当庭月暗，吐焰如虹。　　红裳呈艳，丽娥一见，无奈狂踪。试烦他纤手，卷上纱笼。开正好，银花照夜，堆不尽，金粟凝空。丁宁语，频将好事，来报主人公。（《潇湘夜雨》）

烛消红，窗送白，冷落一衾寒色。鸦唤起，马驮行，月来衣上明。　　酒香唇，妆印臂，忆共个人春睡。魂蝶乱，梦鸾孤，知他睡也无？（《更漏子》）

后阕写得更明倩可爱。他的《画堂春》“小亭烟柳水溶溶，野花白白红红”，以及《卜算子》“春水满江南，三月多芳草，幽鸟衔将远恨来，一一都啼了”等句，也都很自然清畅，他的集中，全都是些香艳的作品，有时且喜用通俗的字句入词，他可以说是耆卿的嫡传。

蔡 伸

伸字仲道，莆田人，宣和中，官彭城倅，历左中大夫，其词集名《友古词》，有《宋六十家词》本。他好融诗句而未能浑化，其作品全模仿贺方回，如《七娘子》“凭高目断桃溪路，屏山楼外青无数，绿水红桥，琐窗朱户，如今总是销魂处”。以及《点绛唇》“水绕孤村，乱山深锁横江路，帆归别浦，冉冉兰皋暮”，都系学方回而尚未变体之作。

吕渭老

渭老（一作滨老）字圣求，嘉兴人，宣、靖间朝士。其《圣求词》有毛氏《宋六十家词》本，其作品多失之平易，比较以《小重山》及《选冠子》等词，尚称集中最生动之作：

半夜灯残鼠上檠，小窗风动竹，月微明。梦魂偏寄水西亭，琅玕碧，花影弄蜻蜓。　　千里暮云平，南楼催上烛，晚来晴。酒阑人散斗西倾，天如水，团扇扑流萤。（《小重山》）

雨湿花房，风斜燕子，池阁昼长春晚。檀盘战象，宝局铺棊，筹画未分还懒。谁念少年齿怯梅酸，病疏霞盏，正青钱遮路，纷纷明水，倦寻歌扇。　　空记得小阁题名，红笺青制，灯火夜深裁翦。明眸似水，妙语如弦，不觉晓霜难唤。闻道近来筝谱慵看，金铺长掩，瘦一枝梅影，回首江南路断。（《选冠子》）

此外如《一落索》上阕：“蝉带残声移别树，晚凉房户。秋风有意染黄花，下几点凄凉雨。”以及《江城子》“点点萤光，偏向竹梢明”等句，亦皆刻画工丽，为集中上乘之作。

鲁逸仲

逸仲姓孔名夷，字方平，号滍皋先生，元祐中隐士。“鲁逸仲”其别号也。其词录于赵闻礼《阳春白雪》者，有《惜余春慢》《南浦》等词，尤以《南浦》一词为最婉约蕴藉，与少游《满庭芳》诸作尤神似，即置在《淮海集》中，亦为最上乘之作，余子更不足与并论了。

风悲画角，听单于三弄落谯门。投宿骎骎征骑，飞雪满孤村。酒市渐阑灯火，正敲窗乱叶舞纷纷。送数声惊雁，乍离烟水，嘹唳渡寒云。　　好在半胧淡月到如今，无处不销魂。故国梅花归梦，愁损绿罗裙。为问暗香闲艳，也相思万点付啼痕。算翠屏应是：两眉余恨倚黄昏。（《南浦》）

阮　阅

阅字闳休，舒城人，宣和中知郴州，建炎初知袁州，有《松菊集》《诗话总龟》，及词集一卷。名《阮户部词》，有《彊村丛书》本。录一阕于后：

赵家姊妹，合在昭阳殿，因甚人间有飞燕？见伊底尽道，独步江南，便江北也何曾惯见？　　惜伊情性好，不解嗔人，长带桃花笑时脸。向尊前酒底，见了须归，似恁地，能得几回细看？待不眨眼儿觑着伊，将眨眼工夫看伊几遍。（《洞仙歌·赠宜春官妓赵佛奴》）

纯从耆卿、山谷学来，而曲折婉媚，语语自然。《宜春遗事》谓："此词已为元曲开山，"信然。

刘一止

一止字行简，归安人，宣和三年进士，绍兴中官监察御史，累迁给事中。有《苕溪乐章》一卷，《彊村丛书本》。他的《喜迁莺》一词，盛传京师，词中有：

晓光催角，……迤逦烟村，马嘶人起，残月尚穿林薄。泪痕带霜微凝，酒力冲寒犹弱。叹倦客悄不禁，重染风尘京洛。

全从柳耆卿作品模仿得来，为加意描写之作，故当时有“刘晓行”之称号。

向　镐

镐字丰之，河内人，元和江标《灵鹣阁》本作向滈，其《喜乐词》，有江氏本，有王鹏运《四印斋汇刻宋元三十一家词》本。他的词以自然胜，有时用俗语入句，多费解处。

野店几杯空酒，醉里两眉长皱，已是不成眠，那更酒醒时候，知否，知否？直是为她消瘦。（《如梦令》）

谁伴明窗独坐？我和影儿两个。灯烬欲眠时，影也把人抛躲，无那，无那，好个恓惶的我。（又）

这都是他用白话入词的成功作品。

吴则礼

则礼字子副，富川人。官至直秘阁，知虢州，晚居豫章，自号北湖居士。有《北湖集》五卷，附词。其词集单刻本，则有《彊村丛书》本《北湖诗余》。他的词每于质朴中作壮语。

凭栏试觅红楼句，听考考城头暮鼓。数骑翩翩度孤戍，尽雕弓白羽。　　平生正被儒冠误，待闲看将军射虎。朱槛潇潇微雨，送斜阳西去。（《江楼令·晚眺》）

李　吕

吕字东老，邵武军光泽人。有《澹轩集》七卷，词一卷，有《彊村丛书本》，他的词颇明艳妩媚，具晏小山风姿，如《鹧鸪天》后阕“人悄悄，漏迢迢，琐窗虚度可怜宵。一从恨满丁香结，几度春深豆蔻梢，”即其例证，然尚不及他的《调笑令》更明艳动人。

掩袖低迷情不禁，背人低语两知心。烟娥渐放愁边散，细餍从教醉里深。小梅破萼娇难似，喜色着人吹不起。莫将羽扇掩明波，滟滟风光生眼尾。　眼尾寄深意，一点兰膏红破蕊。钿窝浅浅双痕媚，背面银床斜倚。烛花光报今宵喜，管定知人心里。

曾　纡

纡字公卷，南丰人，布之子，为司农少卿，直宝文阁，知衢州，有《空青集》。他的《菩萨蛮》上阕：

山光冷浸清溪底，溪光直到柴门里。卧对白蘋洲，欹眠数钓舟。

写月夜之景颇佳。

曹　勋

勋字功显，阳翟人，宣和时官至太尉，提举皇城司开府仪同三司，终于淳熙初。其词集有《彊村丛书》本《松隐乐府》三卷，《补遗》一卷。他为北宋末期一大慢词作家，自度新曲亦极多。为人颇有气节，靖康之难，随徽宗北迁，旋遁归。建炎初至南京，建议募死士奉徽宗归，为执政所格，九年不用。他的词多应制咏物之作，颇工稳。如《点绛唇》上阕：“秋雨弥空，冷侵窗户琴书润。四檐成韵，孤坐无人问。”以及《酒泉子》上阕：“惨惨西风，人与两州俱不见，一江残照落霞红，舻声中。”与油滑之作不同。

李　祁

祁字萧远，官至尚书郎。其《点绛唇》：

楼下清歌，水流歌断春风暮。梦云烟树，依约江南路。
碧水黄沙，梦到寻梅处。花无数，问花无语，明月随人去。

婉约清丽，胜处不减少游。

蒋子云

子云字元龙，其《好事近》一阕颇短倩有致：

叶暗乳鸦啼，风定乱红犹落。蝴蝶不随春去，入薰风池阁。
休歌《金缕》劝金卮，酒病煞如昨。帘卷日长人静，任杨花飘泊。

宋齐俞

齐俞字退翁，宣和间为太学官。其《眼儿媚》咏梅“霏霏疏影转征鸿，人语暗香中。小桥斜渡，曲屏深院，水月濛濛”尚婉丽。

沈会宗

会宗字文伯，其《菩萨蛮》词甚婉和自然：

落花迤逦层阴少，青梅竞弄枝头小。红色雨和烟，行人江那边。　　好花都过了，满地空芳草。落日醉醒间，一春无此寒。

他的词集，有赵氏《校辑宋金元人词》本，名《沈文伯词》一卷，共二十三首，附录二首。

林少瞻

霁霞散晓月犹明，疏木挂残星。山径人稀，翠萝深处，啼鸟两三声。　　霜华重逼云裘冷，心共马蹄轻。十里青山一溪流水，都做许多情。（《眼儿媚·晓行》）

王庭珪

庭珪字民瞻，庐陵人，政和进士，为国子监主簿，晚直敷文阁。有《卢溪词》一卷，有赵万里辑本，共四十二首，附录一首。

一叶上西风，寒生南浦，椎鼓鸣桡送君去。长亭把酒，却倩阿谁留住？尊前人似玉，能留否？（《感皇恩》上阕）

此外尚有许多作家，因无甚特异处，略为概举如后。

徐伸字干臣，三衢人，政和初为太常曲乐，出知青州。其《转调二郎神》则为自度腔，有《青山乐府》，不传。刘几字伯寿，官秘书监，神宗时与范蜀公重定大乐，有《花发壮元慢》，亦为自度新曲。米友仁字元晖，襄阳人，芾子，善书画，仕至敷文阁直学士，有《阳春集》词一卷。（《彊村丛书》本）沈瀛字子寿，吴兴人，有《竹斋词》一卷。（《彊村丛书》本）张纲有《华阳长短句》一卷。（《彊村丛书》本）徐积字仲车，山阳人。韩驹字子苍，政和初进士，有《陵阳集》。沈与求有《龟溪长短句》。（《彊村丛书》本）王采字辅道，宣和中官侍郎，李甲字景元，华亭人，廖世美《烛影摇红》“塞鸿难问，岸柳何穷，别愁纷絮。……催促年光，旧来流水知何处。断肠何必更残阳，极目伤平楚，晚霁波声带雨。悄无人，舟横古渡”。语淡情深，允称佳制。此外如方乔、杨适、沈公述、李玉、沈子山、夏倪、谢克家、何桌、查荎、何籀等人，多系片词，无关重要。

参考书目

元脱克脱：《宋史》
宋王偁：《东都事略》
宋张炎：《词源》
吴梅：《词学通论》
王国维：《人间词话》
《宣和遗事》　宋人撰，不著作者姓氏。

王鹏运：《易安居士事辑》 见王氏《四印斋所刻词》中《漱玉词》后。

周邦彦：《片玉词》 有毛氏《宋六十家词》本，及《彊村丛书》本，又名《清真集》 有《四印斋所刻词》本。

赵佶：《宋徽宗词》 有《疆村丛书》本。

李清照：《漱玉词》 有毛晋汲古阁刊《诗词杂俎》本，有《四印斋所刻词》本，有赵万里《校辑宋金元人词》本。诸本以赵氏本为最精审，凡四十三首，附录十七首。

晁端礼：《闲斋琴趣外篇》 有吴氏双照楼本。

万俟咏：《大声集》 宋本已失，近人赵万里始为辑成一卷，刊《校辑宋金元人词》中，凡二十七首，附录二首。

田为：《洋呕集》 有赵氏《校辑宋金元人词》本，凡六首。

杜安世：《寿域词》 有毛氏《宋六十家词》本。

王之道：《相山居士词》 有《彊村丛书》本。

曹组：《箕颍词》 有赵氏《校辑宋金元人词》本，凡三十五首，附录一首，又名《元宠词》，有易大厂《宋二十家词》本。赵、易二家辑本，均为最近本。

王安中：《初寮词》 有《宋六十家词》本。

赵长卿：《惜香乐府》 有《宋六十家词》本。

蔡伸：《友古词》 有《宋六十家词》本。

阮阅：《阮户部词》 有《彊村丛书》本，仅得四首。

吴则礼：《北湖诗余》 有《疆村丛书》本。

李吕：《澹轩诗余》 有《彊村丛书》本。

刘一止：《苕溪乐章》 有《疆村丛书》本。

向镐：《喜乐词》 有江标《灵鹣阁汇刻名家词》本，有《四印斋汇刻宋元三十一家词》本。

曹勋：《松隐乐府》 有《彊村丛书》本。

王庭珪：《卢溪词》 有赵氏《校辑宋金元人词》本，凡四十二首，附录一首。

第五编　宋词第四期

——公元一一二〇—一一九五——

——苏轼派的抬头或朱敦儒与辛弃疾的时期——

引言　政治环境的两大反映

本期约自徽宗宣和以后起，直到南渡后庆元间，约七十余年，是传统下来的词学史中一个桠枝旁干的怒出，是由苏轼到辛弃疾的一个最光辉的时期。中国词学，在南渡后，本可直接由周邦彦一条路线走下去的，因为政治上受了一个最惨烈的打击，在承平一百七十余年的北宋社会，忽然被一种暴力所劫持，而变换了政治与生活的常态。于是国都被异族攻陷了，皇帝也被掳去了，长淮以北完全为胡马所纵横践踏的场所了。这种刺激与震惊，遂使百年以来所代表的一种承平享乐的词风，为之遽变。这时候有两大词派的出现，代表两种相反的意见与思想。

一派因鉴于国势险恶，朝政日非，忠耿热烈之士反足杀身贾祸，他们遂遁迹江湖，或与世浮沉，成为一种放达颓废的诗人。一切国情朝政，与他们毫不关心。他们唱着：“醉眠小坞黄茅店，梦倚高城赤叶楼。”（苏庠《鹧鸪天》）他们唱着“万事不理醉复醒，长占烟波弄明月。”（苏庠《清江曲》）他们唱着：“世事短如春梦，人情薄似秋云。不须计较苦劳心，万事元来有命。”（朱敦儒《西江月》）他们唱着：“日日深杯酒满，朝朝小圃花开。自歌自舞自开怀，且喜无拘无碍。”（朱敦儒《西江月》）他们唱着：“一杯且买明朝事，送了斜阳月又生。”（范成大《鹧鸪天》）他们抱定“万事有命”主义，得过一天是一天。这一派的词人如苏庠、陈与义、朱敦儒、范成大、杨万里等，都系由毛滂、谢逸等一派潇洒的作家传下来的。因南渡一件政治的事变，而染上一重灰色与颓废的时代色彩，在这些作家中，以朱敦儒为最杰出。

还有一派是愤世的诗人，是热烈的志士，他们目睹国势的陵替，权奸的当路，忠臣之惨遭祸辱，他们愤痛之情无处发泄，都写入他们的歌声里。他们唱着："欲驾巾车归去，有豺狼当辙。"（胡铨《好事近》）广他们唱着："梦绕神州路，怅愁风连营画角，故宫离黍。底事昆仑倾砥柱，九地黄流乱注？聚万落千村狐兔。"（张元干《贺新郎》）他们唱着："念腰间箭，匣中剑，空埃蠹，竟何成！时易失，心徒壮，岁将零。"（张孝祥《六州歌头》）他们唱着："易水萧萧西风冷，满座衣冠似雪；正壮士悲歌未彻。啼鸟还知如许恨，料不啼清泪长啼血。谁伴我，醉明月！"（辛弃疾《贺新郎》）他们唱着："胡未灭，鬓先秋，泪空流。此生谁料，心在天山，身老苍州！"（陆游《诉衷情》）他们唱着："追念江左英雄，中兴事业，枉被奸臣误。……击楫凭谁，问筹无计，何日宽忧顾？倚筇长叹，满怀清泪如雨！"（刘仙伦《念奴娇》）他们的歌声，都是极悲壮的，极热烈的，是最具有时代性的。此派作家如岳飞、张元干、张孝祥、陆游、辛弃疾、陈亮、刘仙伦等，而以辛弃疾为最伟大。他不独集此派词人的大成，且自苏轼、晁补之、叶梦得一直到朱敦儒、陈与义所有豪放及潇洒派的词人特长，无不在他的包容涵淹中，造成了一个空前的伟大作家。

在这南渡前后六七十年中，我们可以叫做"苏轼派的开展与抬头"。这时已经不是柳永、周邦彦的时期，而是朱敦儒与辛弃疾的时期了。因为辛弃疾的造诣最精邃博大，所以我们就简称为"辛弃疾的时期"。

在此时期也有两个很大的作家，如周紫芝、程垓，其造诣确能远接柳永、秦观、贺铸之精髓。其次等的作家则有康与之、张抡、张镃、葛立方、洪适、谢懋、蔡柟、石孝友等人，在当年的词坛上，亦颇灿烂可观。惟均为辛弃疾的作风所掩，而且他们全系模仿第二三期柳、贺、秦、周等大词人的风调，于时代的背景上无深透的表现力，他们只是柳永时期的一种余波了。

第一章　颓废的诗人

——李邴——向子堙——陈与义——苏庠——杨无咎——朱敦儒——范成大——杨万里——朱熹——史浩——几个方外的作家——

李　邴

邴字汉老，济州任城人。崇宁五年进士，累官翰林学士，绍兴初拜参知政事，资政殿学士，寓泉州，卒谥文敏，有《云龛草堂集》。

邴与汪藻、楼钥为南渡三词人，楼词则已无存，惟汪、李独传。汪词以婉丽胜，李词则清幽雅洁，颇似毛东堂也。兹录数阕于后：

清浅小溪如练，问玉堂何似，茅舍疏篱？伤心故人去后，冷落新诗。……（《汉宫春·梅花》下阕）

素光练净，映秋山，隐隐修眉横绿。鳷鹊楼高天似水，碧瓦寒生银粟。……更无尘气，满庭风碎梧竹。（《念奴娇·秋月》上阕）

洗吟不语晴寒畔，小字银钩题欲遍。云情散乱未成篇，花骨欹斜终带软。（《玉楼春·美人书字》上阕）

向子諲

子諲字伯恭，临江人，敏中玄孙，钦圣宪肃皇后再从侄。元符初，以恩补官。高宗朝，历徽猷阁直学士，知平江府，晚号所居曰芗林。其《酒边词》有毛氏《宋六十家词》本，凡二卷，有吴氏《双照楼景刊》本，凡一卷。

他晚年因忤秦桧意致仕，卜居清江，绕屋多植岩桂，命其堂曰芗林，逍遥物外，以终天年，故其《满庭芳》有“微吟罢，闲据胡床。须知道，天教尤物，相伴老江乡”句。他的个性和作风，可用他的《西江月》作为代表：

五柳坊中烟绿，百花洲上云红。萧萧白发两衰翁，不与时人同梦。　　抛掷麟符虎节，徜徉月下林风；世间万事转头空，个里如何不动。

胡致堂谓其“步趋苏堂，而能哜其胾者”，虽称许过当，然其作风，确与坡仙为近。

陈与义（公元一〇九〇——一一三八）

与义字去非，洛人。（一作汝川叶县人）政和三年进士。绍兴中，历中书舍人，拜翰林学士，知制诰，寻参知政事，提举洞霄宫。有《简斋集》。其《无住词》有《宋六十家词》本，有《彊村丛书》本。撰制虽不甚多，然均潇洒疏宕，绝无妇人及香艳语，亦词中所最罕见者也。

扁舟三日秋塘路，平度荷花去。病夫因病得来游，更值满川微雨洗新秋。　　去年长恨拏舟晚，空见残荷满。今年何以报君恩，一路繁花相送到青墩。（《虞美人》）

忆昔午桥桥上饮，坐中都是豪英，长沟流月去无声，杏花疏影里，吹笛到天明。　　二十余年成一梦，此身虽在堪惊。闲登小阁眺新晴，古今多少事，渔唱起三更。（《临江仙夜·登小阁忆洛中旧游》）

其造语之“清婉奇丽”，（胡仔语）足以见其潇洒的胸怀。又如他的《虞美人》：

张帆欲去仍掩首，更醉君家酒。吟诗日日待春风，及此桃花开后却匆匆。　　歌声频为行人咽，记着尊前雪。明朝酒醒大江流，满载一船离恨向衡州。

豪情壮语，不减东坡。

苏 庠

庠字养直，沣州人，伯固之子。初以病目，自号眚翁，后徙居丹阳之后湖，更号后湖病民。绍兴间，居庐山。与徐俯同召不赴。卒年八十余。有《后湖集》。

养直是一个放逸的词人。他一生淡于名利，故其词境亦极潇疏，有尘外之想。兹举二关于后：

枫落河梁野水秋，淡烟衰草接荒邱。醉眠小坞黄茅店，梦倚高城赤叶楼。　　天杳杳，路悠悠，钿筝歌扇等闲休。灞桥杨柳属年年恨，鸳浦芙蕖叶叶愁。（《鹧鸪天》）

属玉双飞水满塘，菰蒲深处浴鸳鸯。白蘋满棹归来晚，秋著芦花一岸霜。　　扁舟系岸依林樾，萧萧两鬓吹华发，万事不理醉复醒，长占烟波弄明月。（《清江曲》）

词中佳句深得唐人妙处，为宋词中所罕见之作。

杨无咎

无咎字补之，清江人。高宗累征不起，自号清夷长者，其《逃禅词》，有《宋六十家词》本。他的词正如他的人品，极高洁清幽，不沾尘俗。

茆舍疏篱，半飘残雪。斜卧低枝，可更相宜？烟笼修竹，月在寒溪。　　宁宁伫立移时，判瘦损无妨为伊，谁赋才情，画成幽思，写入新诗？（《柳梢青》）

秋来愁更深，黛拂双蛾浅。翠袖怯天寒，修竹萧萧晚。此意有谁知，恨与孤鸿远。小立背西风，又是重门掩。（《生查子》）

朱敦儒（约自公元一〇八〇——一一七五）

敦儒字希真，洛阳人。生年约在神宗元丰三年。少时以布衣负重名。靖康间，召至京师，不肯就官。南渡后，为秘书省正字，兼兵部郎官，迁两浙东路提点刑狱，秦桧当国，以为鸿胪少卿，桧死，废黜。有《猎校集》及《岩壑老人诗文》一卷。其词集名《樵歌》，凡三卷，有《彊村丛书》本，及《四印斋所刻词》本，约二百五十余首。

希真为东都名士，以词章擅名。惟晚节出秦桧之门，殊为盛名之累。暮年居嘉禾，常放浪烟霞间。其词旷逸后迈，与李太白诗情为近，无人间儿女俗艳气，及文人矫揉造作语，在词中能自成一格，为南渡前后最大的一位颓废派词人。他的放逸豪迈之作，如：

故国当年得意，射麋上苑，走马长楸。对葱葱佳气，赤县神州。好景何曾虚过，胜友是处相留。向伊川雪夜，洛浦花朝，占断狂游。　　胡尘卷地，南走炎荒，曳裾强学应刘。空漫说螭蟠龙卧，谁取封侯？塞雁年年北去，蛮江日日西流。此生老矣，除

非春梦，重到东周！（《雨中花·岭南作》）

当年五陵下，结客占春游。红缨翠带，谈笑跋马水西头。落日经过桃叶，不管插花归去，小袖挽人留。换酒春壶碧，脱帽醉青楼。　　楚云惊，陇水散，两漂流。如今憔悴天涯，何处可销忧？长揖飞鸿旧月，不知今夕烟水，都照几人愁？有泪看芳草，无路认西州！（《水调歌头·淮阴作》）

这都是晚年饱经南渡世变之作。其狂放的胸怀，直可抗衡太白，真非局促辕下的传统作家所能拟并。当其射麋上苑，走马长楸，插花醉舞，脱帽青楼，其豪情逸怀，何殊当年谪仙金龟换醉之时？所谓“不知今夕烟水，都照几人愁？有泪看芳草，无路认西州！”至语深情，均由肺腑流出，不独雄快，而且沉郁悲壮。此等处，与后来稼轩作品，尤极神似。又如：

插天翠柳，被何人推上一轮明月？照我藤床凉似水，飞入瑶台琼阙。雾冷笙箫，风轻环佩，玉锁无人掣。闲云收尽，海光天影相接。　　谁信有药长生，素娥新炼就，飞霜凝雪。打碎珊瑚，争似看仙桂扶疏横绝。洗尽凡心，满身清露，冷侵萧萧发。明朝尘世记取，休向人说。（《念奴娇》）

堪笑一场颠倒梦，元来恰似浮云。尘劳何事最相亲？今朝忙到夜，过腊又逢春。　　流水滔滔无住处，飞花匆匆西沉，世间谁是百年人？个中须著眼，认取自家身。（《临江仙》）

这些作品，代表南渡以后，国弱主闇，一般人无可奈何，勉作达观狂放之语，用以自解的思想。这类词尤占他的全集最多数。如：

世事短如春梦，人情薄似秋云，不须计较苦劳心，万事元来有命！（《西江月》上阕）

日日深杯酒满，朝朝小圃花开。自歌自舞自开怀，且喜无拘

无碍。　　青史几番春梦，红尘多少奇才。不须计较与安排，领取而今现在！（又）

可谓颓废至于极点了。他认为“万事元来有命”，听其自然，何必“计较苦劳心”。还是“领取而今现在”的暂时享乐罢。

他有时也不免有凄婉黯淡之作，但数量极少，不足代表他的作风。如：

春寒未定。是欲近清明，雨斜风横。深闭朱门，尽日柳摇金井。年光自趁飞花紧，奈幽人雪添双鬓。谢山携妓，黄炉贳酒，旧愁慵整。　　念壮节飘零未稳。负九江风笛，五湖烟艇，起舞悲歌，泪眼自看清影。新莺又向愁时听，把人间如梦深省。旧溪鹤在，寻云弄水，是事休问。（《桂枝香·南都病起》）

晚凉可爱，是黄昏人静，风生蘋叶。谁做秋声穿细柳细听寒蝉凄切。旋采芙蓉，重熏沉水，暗里香交彻。拂开冰簟小床独卧明月。　　老来因免多情，还因风景好，愁肠重结。可惜良宵人不见，角枕兰衾虚设。宛转无眠，起来闲步，露草时明灭。银河西去，画楼残角呜咽。（《念奴娇》）

都有一种凄婉的情绪，但只是病后及偶然心情的表露。

最足代表他的作风的，则为他的小令。如：

我是清都山水郎，天教分付与疏狂。曾批给雨支风券，累上留云借月章。　　诗万首，酒千觞，几曾着眼看侯王！玉楼金阙慵归去，且插梅花醉洛阳！（《鹧鸪天·西都作》）

这种狂逸的心怀与风调，不独在词中为绝无仅有，即在中国全部诗歌中，只有太白能有此种境界。故黄花庵谓其“天资旷远，有神仙风致。”

信取虚中无一物，个中著甚商量？风头紧后白云忙；风元无去住，云自没行藏。　　莫听古人闲语话，终归失马亡夫。自家肠肚自端详。一齐都打碎，放出大圆光！（《临江仙》）

这简直是大解脱的禅语了。

一个小园儿，两三亩地，花竹随宜。旋装缀权篱茅舍，便有山家风味。等闲池上饮，林间醉。　　都为自家胸中无事，风景争来趁游戏，称心如意，剩活人间几岁！洞天谁道在尘寰外？（《感皇恩》）

春雨细如尘，楼外柳丝黄湿。风约绣帘斜去，透窗纱寒碧。

美人慵翦上元灯，弹泪倚瑶瑟。却上紫姑香火，问辽东消息。（《好事近》）

摇首出红尘，醒醉更无时节，活计绿蓑青笠，惯披霜冲雪。

晚来风定钓丝闲，上下是新月。千里水天一色，看孤鸿明灭！（又）

这许多小词写来极清新自然，如一幅雨后的丛篁，如晨曦中的圆露，如人迹绝灭的幽林，令人耳目为之一新。

他无论是长调，是小令，都能表示出他的优越的天才，和创作的精神。一扫前人习用的庸滥的字句与腔调。他实在是南渡后最大的一位作家。后世选家迄未将他列于辛、姜、史、吴诸大家之林，未免埋没前贤了！

范成大（公元一一二五——一二〇四）

成大字致能，号石湖居士，吴郡人。生于宋徽宗宣和七年。（公元一一二五年）绍兴二十四年进士。孝宗时累官权吏部尚书，拜参知政事，进资贤殿学士，提举洞霄宫。卒于宁宗嘉泰四年，（公元一二〇四年）享寿八十岁，谥文穆。词集名《石湖词》，有《彊村丛书》本，有《知不足斋丛书》本，凡一卷。

石湖为南宋大诗人之一。其诗极清疏有致，词亦如之。

嫩绿重重看得成，曲栏幽槛小红英。酴醾架上蜂儿闹，杨柳行间燕子轻。　春畹晚，客飘零，残花残片时清。一杯且买明朝事，送了斜阳月又生。（《鹧鸪天》）

栖鸟飞绝，绛河绿雾星明灭。烧香曳簟眠清樾，花影吹笙，满地淡黄月。　好风碎竹声如雪，昭华三弄临风咽。鬓丝撩乱纶巾折，凉满北窗，休共软红说。（《醉落魄》）

一种清逸淡远之趣，令人尘襟为之顿爽。

杨万里

万里字廷秀，吉水人。绍兴二十四年进士。光宗朝历秘书监，出为江东转运副使，再召皆辞。宁宗朝，以宝谟阁学士致仕。卒谥文节，有《诚斋集》。

诚斋淡于功名，以气节自高。据《余冬序录》："韩侂胄当国，欲网罗四方知名士相羽翼。尝筑南园，属杨万里为之记，许以掖垣。万里曰："官可弃，记不可作！"可见他在当年，是真正有气节的名士，与朱敦儒之受知秦桧。（桧请朱教其子）陆游之为韩侂胄南园作记，益觉亮节可钦了。他的词不多见，然如《好事近》：

月未到诚斋，先到万花川谷；不是诚斋无月，隔一庭修竹。

如今才是十三夜，月色已如玉；未是秋光奇绝，看十五十六。

亦极潇洒别致，有出尘之想，正如他的高洁的人品。

朱　熹（公元一一三〇——一二〇〇）

熹字元晦，一字仲晦，世为徽州婺源人，父韦斋先生松宦游建阳之秀亭，遂家焉。生于宋高宗建炎四年。（公元一一三〇年）绍兴十八年进士。历高、孝、光、宁四朝，累官转运副使，焕章阁待制，秘阁修撰。卒于宁宗庆元六年，（公元一二〇〇年）享寿七十一岁，追赠宝谟阁学士，谥曰文。绍定时追封徽国公，淳祐时从祠孔庙，清康熙中，升位于十哲之次，称朱子。又尝自号曰紫阳、晦庵、晦翁、沧洲病叟，一生著述极多，尤以解注群经，几为六百年来唯一的圭臬之作。其词集名《晦庵词》，有江氏《灵鹣阁汇刻名家词》本。

晦庵先生为中国最大哲学家之一，他在南宋集濂溪、二程等几大唯心派哲学——所谓理学——的大成。他是一个最勤慎醇正的大儒，但其词则颇清畅淡远，不类一位道学家严肃的口吻。

江水浸云影，鸿雁欲南飞。携壶结客何处，空翠渺烟霏。尘世难逢一笑，况有紫萸黄菊，堪插满头归。风景今朝是，身世昔人非。　酬佳节，须酩酊，莫相违。人生如寄，何事辛苦怨斜晖。不尽今来古往，多少春花秋月，更那有危机。与问牛山客，何必泪沾衣。（《水调歌头·檃括杜牧之九日齐州诗》）

史　浩

浩字直翁，鄞人。累官丞相枢密，为南宋佞臣之一。其词集有《彊村丛书》本《鄮峰真隐大曲》及《词曲》各一卷。

他的《大曲》部分，如《采莲舞》，则表演采莲，《太清舞》则表演武陵源事，《渔父舞》则表演渔家生活，《柘枝舞》《花舞》《剑舞》亦各表演其意态。凡各舞之中，有乐语，有歌词，有吹，有演，次序姿势，纤悉皆备，即为后世戏剧之唱、念、科、白、砌末的雏形了。（见近人王易

《词曲史》）

他的《词曲》部分，录其《江城子》，用为代表作：

片帆初落甬勾东，碧湖空，满汀风。回首一川银浪飐孤蓬。且驾两桡烟雨里，凭曲槛，浥空濛。　　闲移拄杖上晴峰，莫匆匆，伴冥鸿。笑指家山蘋叶藕花中。脚力倦时呼小艇，归棹隐，月朦胧。

此外尚有几个方外的作家，亦可归纳在此派作家之数的：

张继先，为世袭天师，其词集有《彊村丛书》本《虚靖真君词》。他的《雪夜渔舟》下阕："万尘声影绝，莹虚空无外，水天相接。一叶身轻，三花顶聚，永夜不愁寒冽。愧怜薄劣，但只解趋炎趋热。停桡失笑，知心都付，野梅江月，"亦清旷超逸，足以见其胸怀。

夏元鼎亦为南宋羽流之一。他的词名《蓬莱鼓吹》，有《彊村丛书》本。其《满江红》："沙碛畔，兼葭茂，烟波际，盟鸥友。喜清风明月，多情相守。……舍浮云富贵乐天真，酹江酒。"即可略见他作风的一斑。

葛长庚，亦羽流之一，其词集名《海谲词》，又名《玉蟾先生诗余》，有《彊村丛书》本。他的《水龙吟》下阕："回首暝烟无际，但纷纷落花如泪。多情易老，青鸾何处，书成难寄。欲问双蛾，翠蝉金凤，向谁娇媚？想分香旧恨，刘郎去后，一溪流水。"亦为道家醒世的本色语。

第二章　愤世的诗人

第一节　稼轩以前及并时的此派作家

——赵鼎——岳飞——张元干——张孝祥——洪皓——叶梦得——黄公度——胡铨——韩元吉——陆游——陈亮——袁去华——杨炎正——高登——吕本中——刘子翚——刘仙伦——

赵鼎（公元一〇八五——一一四七）

鼎字元镇，号得全居士，解州闻喜人。生于宋神宗元丰八年。（公元一〇八五年）。徽宗崇宁五年进士。绍兴初累官签书枢密院事，拜尚书右仆射，同中书门下平章事，安置潮州，移吉阳军薨，时为绍兴十七年，（公元一一四七年）享寿六十三岁。孝宗朝赐谥忠简，赠太傅，配享高宗庙廷。有《忠正德文集》。其词集有《四印斋所刻词》本《得全居士词》一卷。

元镇为南宋名臣，南渡后，与李纲、张浚先后居相位，共图兴复，以御金人。因与主和派秦桧等议不合，贬岭南，忧愤国事，不食而卒。病危时白书铭旌云“身骑箕尾归天上，气作山河壮本朝，”其气节人品，于此可见。他的词多河山故主之思，音节虽婉柔，而意绪则甚凄楚也。如：

客路那知岁序移，忽惊春到小桃枝。天涯海角悲凉地，记得当年全盛时。　　花弄影，月流辉，水精宫殿五云飞。分明一觉华胥梦，回首东风泪满衣！（《鹧鸪天·建康上元作》）

香冷金猊，梦回鸳帐余香嫩；更无人问，一枕江南恨！消瘦休文，顿觉春衫衬。清明近，杏花吹尽。薄暮东风紧。（《点绛唇》）

岳飞（公元一一〇三——一一四一）

飞字鹏举，相州汤阴人。生于宋徽宗崇宁二年（公元一一〇三年）。宣和间应征起行伍，累立战功，后隶宗泽部下，与金人战，所向皆捷。高宗刺“精忠岳飞”四字于旗以赐之。破刘豫，平杨么，累官至太尉，加少保，为河南北招讨使。复大破金兵，至朱仙镇。时秦桧力主和议，尽弃淮北地，召飞还。旋诬以罪，死于大理寺狱，时为高宗绍兴十一年。（公元一一四一年）年仅三十九岁，孝宗时追封鄂王。谥武穆，后改谥忠武。有集。今杭州西湖有岳王坟。

武穆为中国最壮烈的民族英雄之一。他一生战功之炫赫，诬陷之惨痛，遂使后人留下了一个深刻的纪念。他的《满江红》词，忠义慷慨，气贯日月，为千古绝唱。其词云：

怒发冲冠，凭栏处，萧萧雨歇。抬望眼仰天长啸，壮怀激烈。三十功名尘与土，八千里路云和月，莫等闲白了少年头，空悲切！　　靖康耻，犹未雪，臣子恨，何时灭。驾长车踏破贺兰山缺！壮志饥餐胡虏肉，笑谈渴饮匈奴血。待从头收拾旧山河，朝天阙！

张元干

元干字仲宗，长乐人，向伯恭之甥。有《芦川归来集》。其词集名《芦川词》，有《宋六十家词》本，凡一卷，有《双照楼景刊宋元明本词》本，凡二卷。

芦川颇豪爽有气节，读其词，可以想见其为人。他与苕溪渔隐胡仔同时，在钱塘从游甚久。（见《胡氏丛话》）他因送胡邦衡（铨）及寄李伯纪（纲）词，触秦桧之怒，追付大理削籍。李、胡均南渡后名臣，主战最力者，故芦川送二君词亦极慷慨愤激，忠义之气，溢于言表。

梦绕神州路，怅愁风连营画角，故宫离黍。底事昆仑倾砥柱？九地黄流乱注，聚万落千村狐兔！天意从来高难问，况人情易老悲难诉。更南浦，送君去。　　凉生岸柳摧残暑，耿斜河疏星淡月，断云微度。万里江山知何处？回首对床夜语，雁不到，书成谁与？目尽青天怀今古，肯儿曹恩怨相尔汝。举大白，听金缕！（《贺新郎·送胡邦衡待制赴新州》）

曳杖危楼去，斗垂天，沧波万顷，月流烟渚。扫尽浮云风不定，未放扁舟夜渡，宿雁落寒芦深处。怅望关河空吊影，正人间，鼻息鸣鼍鼓。谁伴我，醉中舞！　　十年一梦扬州路。倚高寒，愁生故国，气吞边部。要斩楼兰三尺剑，遗恨琵琶旧语。谩暗拭铜华尘土。唤取谪仙平章看，过苕溪尚许垂纶否？风浩荡，欲飞举。（又《寄李伯纪丞相》）

两词极悲壮，将当日河山之痛，赠别之怀，及牢骚抑郁之情，均直贯纸背，已开辛词先河。使稼轩为之，亦不是过。又如他的《踏莎行》：

芳草平沙，斜阳远树。无情桃叶江头渡。醉来扶上木兰舟，将愁不去将人去。　　薄劣东风，夭斜飞絮。明朝重觅吹笙路。碧云香雨小楼空，春光已到消魂处。

以明畅之笔，写凄婉之思，其风神又宛似永叔、少游矣。

张孝祥

孝祥字安国，蜀简州人，后卜居历阳，遂误为历阳人。（见毛晋《于湖词跋》）绍兴二十四年廷试第一。孝宗朝，累官中书舍人，直学士，领建康留守。其词集名《于湖词》，有《宋六十家词》本，凡二卷；又名《于湖居士乐府》，有《双照楼景刊宋元明本词》本，凡四卷；又名《于湖先生长短句》，有《涉园景宋金元明本词续刊》本，凡五卷，拾遗一卷。

安国性豪爽，精于翰墨。（见《癸辛杂识》及《四朝闻见录》）其平日为词，未尝著藁，笔酣兴健，顷刻即成。（汤衡语）作风极似东坡，兹录数阕如后：

洞庭青草，近中秋，更无一点风色。玉界琼田三万顷，著我扁舟一叶。素月分辉，明河共影，表里俱澄澈。悠然心会，妙处难与君说。　　应念岭表经年，孤光自照，肝胆皆冰雪。短鬓萧疏襟袖冷，稳泛沧溟空阔。尽吸西江，细斟北斗，万象为宾客。叩舷独啸，不知今夕何夕。（《念奴娇·过洞庭》）

问讯河边柳色，重来又是三年。春风吹我过湖船，杨柳丝丝拂面。　　世路如今已惯，此心到处悠然。寒光亭下水连天，飞起沙鸥一片。（《西江月·丹阳湖》）

清疏的音节，与潇洒的情怀，神似东坡中秋及重九诸作，又如他的：

斗帐高眠，寒窗静，潇潇雨意。南楼近，更移三鼓，漏传一水。点点不离杨柳外，声声只在芭蕉里。也不管滴破故乡心，愁人耳。　　无似有，游丝细；聚复散，珍珠碎。天应分付与别离滋味，破我一床蝴蝶梦，输他双枕鸳鸯睡。向此际，别有好思量，人千里。（《满江红·听雨》）

清幽流畅。一气呵成，则又极似稼轩《满江红》“满眼不堪三月暮，举头已觉千山绿。但试把一纸寄来书，从头读”，以及《木兰花慢》滁州送范倅，《念奴娇》书东流村壁诸作矣。他有时“兴酣笔健”，发为慷慨壮烈之音，且有更甚于苏、辛者，如他的《六州歌头》，即系一例：

长淮望断，关塞莽然平。征尘暗，霜风劲，悄边声，暗销凝，追想当年事，殆天数，非人力，洙泗上，弦歌地，亦膻腥。隔水毡乡，落日牛羊下，区脱纵横。看名王宵猎，骑火一川明，笳鼓悲鸣，遣人惊。　　念腰间箭，匣中剑，空埃蠹，竟何成！时易失，心徒壮，岁将零。渺神京干羽，方怀远，静烽燧，且休兵。冠盖使，纷驰骛，若为情。闻道中原遗老，常南望翠葆霓旌，使行人到此，忠愤气填膺，有泪如倾！

纵笔直书，如鹰隼临空，盘旋夭矫而下，词中极少此种境界。

洪　皓

皓字光弼，鄱阳人，政和五年进士。建炎三年，假礼部尚书使金，不屈，被留十五年始还。除徽猷阁直学士。寻谪英州，徙袁州。卒复官，谥忠宣，有《鄱阳词》一卷，刊于《彊村丛书》中。兹录其使金怀归之作《临江仙》于后：

冷落天涯今一纪，谁怜万里无家。三闾憔悴赋《怀沙》。思亲增怅望，吊影觉欹斜。　　兀坐书堂真可怪，销忧殢酒难赊。因人成事耻矜夸，何时还使节，踏雪看梅花？

叶梦得（公元一〇七七——一一四四）

梦得字少蕴，吴县人。绍圣四年进士，累官龙图阁直学士，帅杭州。高宗朝，除尚书右丞，江东安抚使，移知福州，提举洞霄宫。居吴兴弁山，自号石林居士。其词集名《石林词》，有《宋六十家词》本。

少蕴较赵鼎、岳飞、二张都为前辈，本可列入北宋末期作家之内的，因为他的作品，“晚岁落其华而实之，能于简淡时出雄杰”。（关子东语）晚年作品为多，故将列人此期中。他的词全学东坡，颇幽畅而有气魄。毛子晋称他“不作柔语殢人，为词家逸品”。兹录其《贺新郎》词于后：

睡起流莺语，掩苍苔，房栊向晚，乱红无数。吹尽残花无人问，惟有垂杨自舞。渐暖霭初回轻暑。宝扇重寻明月影，暗尘侵，上有乘鸾女。惊旧恨，遽如许！　　江南梦断蘅皋渚，浪黏天，葡萄涨绿半空烟雨。无限楼前沧波意，谁折蘋花寄取？但怅望兰舟容与。万里云帆何时到，送孤鸿目断千山阻。谁为我，唱《金缕》！

黄公度

公度字师宪，世居莆田，代多文人。绍兴八年进士第一，时年已四十八。为赵忠简（鼎）所器重，致触秦桧之嫉。其《青玉案》一词即召赴行在后作也。词云：

邻鸡不管离怀苦，又还是催人去。回首高城音信阻，霜桥月馆，水村烟市，总是思君处。　　裛残别袖燕支雨，谩留得愁千缕。欲倩归鸿分付与，飞鸿不住，倚兰无语，独立长天暮。

他有两个女侍，一曰倩倩，一曰盼盼。在五羊时尝命出以侑觞。故晚年曾作《菩萨蛮》一阙：

眉端早识愁滋味，娇羞未解论心事。试问忆人不？无言但点头。　　唤人归不早，故把金杯恼。醉看舞时腰，还如旧日娇。

其婉丽处颇近永叔、少游矣。他的词集名《知稼翁词》，有毛晋《宋六十家词》本。

胡　铨

铨字邦衡，庐陵人。建炎二年进士，绍兴五年以贤良方正荐。除枢密院编修官，抗疏诋和议，谪吉阳军。孝宗时官至资政殿学士。卒谥忠简。有《澹庵长短句》一卷，见《四印斋刊宋四名臣词》本。他的《好事近》有“欲驾巾车归去，有豺狼当辙”句，秦桧以为讥己，因怒谪吉阳军。（见《挥尘后录》）

富贵本无心，何事故乡轻别，空使猿惊鹤怨，误薜萝秋月。

囊锥刚要出头来，不道甚时节。欲驾巾车归去，有豺狼当辙。（《好事近》）

百年强半，高秋犹在天南畔。幽怀已被黄花乱。更恨银蟾，故向愁人满。（《醉落魄》上阕）

其愤世之意，于两词内已可略见。

韩元吉

元吉字无咎，号南硐，许昌人。维四世孙。寓居信州。隆兴间，官吏部尚书。词集名《南硐诗余》一卷，有《彊村丛书》本。

据《金史·交聘表》云：“大定十三年（宋孝宗乾道九年）三月癸巳朔，宋遣试礼部尚书韩元吉……等贺万春节，”其汴京赐宴之作，（《好事近》）当于此时。（见《绝妙好词笺》）词意颇寓故宫黍离之思。

凝碧旧池头，一听管弦凄切。多少梨园声在，总不堪华发。

杏花无处避春愁，也傍野花发，惟有御沟声断，似知人呜咽。（《好事近》）

又如他的《水龙吟》：（书英华事）

回首暝烟千里，但纷纷落红如洗。多情已老，青鸾何许，诗成谁寄？斗转参横，半帘花影，一溪寒水。怅飞凫路杳，行云梦远，有三峰翠。（后阕）

写得也还清幽。他当年与放翁、稼轩均有酬赠之作，故风调亦略与辛词为近。如：

南风五月江波，使君莫袖平戎手。燕然未勒，渡泸声在，宸衷怀旧。卧占湖山，楼横百尺，诗成千首……凉夜光躔牛斗，梦初回，长庚如昼。明年看取，蜂旗南下，六骡西走。功画凌烟，万钉宝带，百壶清酒。便留公剩馥，蟠桃分我，作归来寿。（《水龙吟·寿辛侍郎》）

陆　游（公元一一二五—一二一〇）

游字务观，越州山阴人，生于宋徽宗宣和七年。（公元一一二五年）范成大帅蜀，游为参议官。因爱蜀中风土，故题其生平所为诗曰《剑南诗稿》。官至宝谟阁待制，为人不拘礼，人讥其放，故自号放翁。卒于宁宗嘉定三年。（公元一二一〇年）享寿八十六岁。有《放翁词》一卷，有《宋六十家词》本。又名《渭南词》二卷，有《双照楼景刊宋元明本词》本。

放翁为中国最大诗人之一，在两宋无出其右者。其词亦兼具雄快、圆活、清逸数长，然终为其诗所掩。其在词坛上之地位，远不如其在诗坛上足以睥睨两宋一切作家也。据《癸辛杂识》载，他曾娶唐氏，以不得母氏欢，遂致离异。放翁惓惓不忘旧雨，因作《钗头凤》一词：

红酥手，黄藤酒，满城春色宫墙柳。东风恶，欢情薄，一怀愁绪，几年离索。错，错，错！　　春如旧，人空瘦，泪痕红浥鲛绡透。桃花落，闲池阁，山盟虽在，锦书难托。莫，莫，莫！

他的《鹊桥仙·夜闻杜鹃》：

茅檐人静，蓬窗灯暗，春晚连江风雨。林莺巢燕总无声，但月夜常啼杜宇。　　催成清泪，惊残孤梦，又拣深枝飞去。故山犹自不堪听，况半世飘然羁旅？

颇寓离乡去国之感。他的悲郁的作品，如：

当年万里觅封侯，匹马戍梁州。关河梦断何处，尘暗旧貂裘。　　胡未灭，鬓先秋。泪空流！此生谁料，心在天山，身老沧洲？（《诉衷情》）

华发星星，惊壮志成虚，此身如寄。萧条病骥，向暗里消尽当年豪气，梦断故国山川，隔重重烟水。身万里，旧社凋零，青门俊游谁记？　　尽道锦里繁华，叹官闲昼永，柴荆添睡，清愁自醉，念此际付与，何人心事。纵有楚柁吴樯，知何时东逝？空怅望，鲙美菰香，秋风又起。（《双头莲·呈范致能待制》）

此虽为慨时之作，然较稼轩、于湖、芦川诸人之壮烈，亦少异其趣了。他虽悲愤，然颇近于颓废一流。他的小令，如：

金鸭余香尚暖，绿窗斜日偏明，兰膏香染云鬟腻，钗坠滑无声。　　冷落秋千伴侣，阑珊打马心情。绣屏惊断潇湘梦，花外一声莺。（《乌夜啼》）

纨扇婵娟素月，纱巾缥缈轻烟。高槐叶长阴初合，清润雨余天。　　弄笔斜行小字，帘钩浅醉闲眠，更无一点尘埃到，枕上

听新蝉。（又）

才是他的《剑南诗集》的本色语了。其造句之圆融清逸而富诗意，只有范石湖足与比并，而尚未能如此圆细。

陈 亮

亮字同甫，婺州永康人。淳熙中诣阙上书。光宗绍熙四年，策进士，擢第一。授签书建康府判官厅公事，未至而卒。端平初谥文毅。其《龙川词》有《宋六十家词》本，有《四印斋所刻词》本。

同甫才气超迈，喜谈兵，愤于宋室之不振，尝上书痛陈时事。所著《龙川文集》自言为“堂堂之阵，正正之旗，推倒一世之智勇，开拓万古之心胸。”他与辛稼轩同时，往来至密。他的词“读至卷终，不作一妖语、媚语”。（毛子晋跋语）但他的《水龙吟》《虞美人》等词则又婉秀疏宕，不以豪壮著称矣。

闹红深处层楼，画帘半卷东风软，春归翠陌，平沙茸嫩，垂杨金浅。迟日催花，淡云阁雨，轻寒轻暖。恨芳菲世界，游人未赏，都付与莺和燕。　寂寞凭高念远，向南楼一声归雁。金钗斗草，青丝勒马，风流云散。罗绶分香，翠绡封泪，几多幽怨。又是疏烟淡月，子规声断。（《水龙吟》）

东风荡飏轻云缕，时送潇潇雨。水边台榭燕新归，一点香泥，湿带落花飞。　海棠糁径铺香绣，依旧成春瘦。黄昏庭院柳啼鸦，记得那人，和月折梨花。（《虞美人》）

袁去华

去华字宣卿，江西奉新人。绍兴乙丑进士。知石首县卒。其《宣卿词》一卷有《四印斋刊宋元三十一家词》本。他的词极豪爽幽畅，为稼轩并时一位高手。例如：

雄跨洞庭野，楚望古湘州。何王台殿，危基百尺自西刘。尚想霓旌千骑，依约入云歌吹，屈指几经秋！叹息繁华地，兴废两悠悠。　　登临处，乔木老，大江流。书生报国无地，空白九分头。一夜寒生关塞，万里云埋陵阙，耿耿恨难休！徙倚霜风里，落日伴人愁。（《定王台》）

写得极壮阔。所谓“书生报国无地，空白九分头，”足以见其一腔血泪。又如：

今老矣，待何如！拂衣归去，谁道张翰为莼鲈？且就竹深荷静，坐看山高月小，剧饮与谁俱？长啸动林木，意气欲凌虚！（《水调歌头》后阕）

佳树，翠阴初转午。重帘未卷，乍睡起，寂寞看风絮。偷弹清泪寄烟波，见江头故人，为言憔悴如许，彩笺无数。去却寒暄，到了浑无定据。断肠落日千山暮。（《剑器近》后阕）

后来改之、后村虽先后均以辛派词人见称，然多失之嚣杂，有心规模稼轩，不如袁宣卿之作远甚。盖袁词均由肺腑中自然流露，至性至语，更觉真切动人也。

杨炎正

炎正，（《宋六十家词》本作炎，兹从杨万里《诚斋诗话》及厉鹗《宋诗纪事》改正。）号止济翁，庐陵人。其词集名《西樵语业》，有《宋六十家词本》。他曾与辛稼轩为友，故词境亦相近似。如：

典尽春衣，也应是京华倦客。都不记麹尘香雾，西湖南陌。儿女别时和泪拜，牵衣曾问归时节。待归来稚子已成阴，空头白。　　功名事，云霄隔，英雄伴，东南坼。对鸡豚社酒，依然乡国。三径不成陶令隐，一区未有扬雄宅，问渔樵学作老生涯，从今日。（《满江红》）

离恨做成春夜雨，添得春江，划地东流去。弱柳系船都不住，为君愁绝听鸣艣。君到南徐芳草渡，相得寻春，依旧当年路。后夜独怜回首处，乱山遮莫无从数。（《蝶恋花·别范南伯》）

幽畅婉曲，颇得辛词风趣。

高　登

登字彦先漳浦人，以忤秦桧被谪。有《东溪词》一卷，见《四印斋刊宋元三十一家词》本。其《好事近》下阕：

西风特地飒秋声，楼外触残叶。匹马翩然归去，向征鞍敲月。词风极冷隽而寓迁谪之感。

吕本中

本中字居仁，绍兴赐进士，累迁中书舍人，兼直学士院，提举太平观，卒谥文靖，有《东莱集》，他的《南歌子》。

驿路侵月斜，溪桥渡晓霜。短篱残菊一枝黄，正是乱山深处过重阳。　　旅枕原无梦，寒更每自长。只言江左好风光，不道中原归思转凄凉。

清畅中颇寓愁思。他的词近人赵万里始为汇辑为一卷，名曰《紫微词》，刊于《校辑宋金元人词》中，凡二十六首。

刘子翚

子翚字彦冲，崇安人，授承务郎，通判兴化军。后辞归武夷山。称屏山先生。有《屏山词》一卷，见《彊村丛书》，仅存四首而已。他的《蓦山溪》：

浮烟冷雨，今日还重九。秋去又秋来，但黄花年年如旧。平台戏马，无处问英雄。茅舍底，竹篱东，伫立时搔首。　　客来何有？草草三杯酒。一醉万缘空，莫贪伊金印如斗。病翁老矣，谁共赋归来？芟陇麦，网溪鱼，未落他人后。

颇清幽自然，无香泽粉饰气。

刘仙伦

仙伦字叔拟，自号招山，庐陵人。有诗集行于世，乐章尤为人所脍炙。（见《花庵词选》）近人海宁赵万里先生始将其词辑为一卷，名之曰《招山乐章》，都二十七首，附录一首。他的词以清畅自然胜，亦时有慨时感事的作品。如《念奴娇》：（《送张明之赴京西幕》。）

勿谓平日无事也，便以言兵为諱。眼底山河，楼头鼓角，都是英雄泪。功名机会，要须闲暇先备。

又同调《感怀呈洪守》云：

吴山青处，怅长安路断，黄尘如雾。荆楚西来行堑远，北过淮堧严扈。九塞貔貅，三关虎豹，空作陪京固。天高难叫，若为得诉忠语。　　追念江左英雄，中兴事业，枉被奸臣误。不见翠华移跸处，枉负吾皇神武。击楫凭谁，问筹无计，何日宽忧顾？

倚筇长叹，满怀清泪如雨！

二词皆悲愤溢于言表，尤见忠爱至诚。

第二节 天才横溢的辛弃疾

弃疾字幼安，号稼轩，历城人，生于宋高宗绍兴十年（公元一一四〇年）时淮以北地均沦于异族之手，故稼轩童年，即值乱离，生长兵间。耿京聚兵山东，节制忠义军马，留掌书记。绍兴三十二年，始南归宋，时年仅二十三岁。高宗召见，授承务郎。宁宗朝，累官浙东安抚使，治军有声。卒年约在宁宗开禧三年（公元一二〇七年）以后，盖是年为六十八岁，尚于病中作《洞仙歌》词也。卒后追谥忠敏。墓在铅山县（今属江西）北，乡人并于县南立祠祀之。为人豪爽尚气节，识拔英后，所交多海内知名士。词集名《稼轩词》，有《宋六十家词》本，凡四卷，共五百七十首，又《彊村丛书》本，有《补遗》一卷，凡三十余首。又有《四印斋所刻词》本，凡十二卷。又名《稼轩长短句》，有《涉园景宋金元明本词续刊》本，凡十二卷。生平所作之宏富，为任何词家所无。

稼轩是中国最大词人之一。他一生经历高、孝、光、宁四朝，幼年身陷虏庭，饱尝乱离，南归以后，又愤于庸主佞臣之一意主和，摧残爱国志士，取媚异族；以致已经收复的淮北失地，重又沦于金人之手。他是一个最有血性的少年军人，又富有极高的文学天才，所以词学到了辛稼轩，风格和意境两方面，都大为解放。他以圆熟流走的笔锋，写出悲壮淋漓的歌声。他在中国词坛上，留下一个永久的纪念。他的河山之恸，故国之思，权奸当路之愤，（当时如秦桧、韩侂胄、贾似道等均连续操持政柄，以至终宋之世。）以及豪爽负气的个性，都从他那种呜咽沉着，悲壮淋漓的歌声里一一发泻出来，如长江赴海，顿开千古壮观，读了令人生无限的感慨。

他的词常藉历史上的陈迹，或当前的景物，来抒写他内在的情绪。他能驱使许多很散乱平常的材料，组织到他的词中，一变而为极生动，极带感情，并且很完整的作品，并不觉其机械平直。所以他虽用古典写词，而吾人并不觉得他是一个古典派的作家。他虽在用散文入句，而仍有极浓醇的诗意。这是他特具的一种风格，别人是学不来的，——所以当时学他的作法的，不是失之叫嚣，凌杂，就是太觉平板了。——他的《青玉案》《贺新郎》《摸鱼儿》《满江红》《念奴娇》《水龙吟》《永遇乐》《祝英台近》等词，或道燕酣之乐，或述别离之苦，或抒回文题叶之思，或写岘山西州之泪，都是用这种方法做的。

他的词具东坡之豪放，而沉郁婉媚过之，得耆卿、希真之幽畅，（一气呵成）而壮烈雄伟，且向多方面发展。（因柳词只赋羁愁别恨，朱词仅写放达乐天之怀，均感太单调。）又非柳、朱所能企及。

他的词最能表现出他的喜怒悲欢的情绪，如在《摸鱼儿》内，头一句便是"更能消几番风雨，匆匆春又归去"！不独音韵沉着有力，且将抑郁不快的口吻传出。末句：

君莫舞，君不见玉环、飞燕皆尘土，闲愁最苦。休去倚危阑，斜阳正在烟柳断肠处！

和《祝英台近》：

怕上层楼，十日九风雨。断肠点点飞红，都无人管，更谁劝流莺声住！

都能充分写出他那种抑郁的神气。又如他的《贺新郎》：

我见青山多妩媚，料青山见我应如是。情与貌，略相似。

则系写他的高情逸兴。他的《破阵子》：

> 醉里挑灯看剑，梦回吹角连营。八百里分麾下炙，五十弦翻塞外声，沙场秋点兵。（上阕）

则又写他的壮怀了。他的：

> 绿树听啼鴂，更那堪杜鹃声住，鹧鸪声切！啼到春归无啼处，苦恨芳菲都歇，——算未抵人间离别：马上琵琶关塞黑；更长门翠辇辞金阙；看燕燕，送归妾。　　将军百战声名裂，向河梁回头，万里故人长绝；易水萧萧西风冷，满座衣冠似雪，正壮士悲歌未彻。——啼鸟还知如许恨，料不啼清泪长啼血。谁伴我，醉明月！（《贺新郎·别茂嘉十二弟》）

一阕之内，虽用许多关于赋别的事迹，来作本文的烘衬，但我们只感到一种壮烈的美，并不觉其古典与修琢。他由当前的景物，——正于送别时听着许多哀凄动人的鸟声，——说起，触动时事，因而联想到过去许多可歌可泣的陈迹，用来作一种愤痛的发泻。最后复归入正文，仍由啼鸟说到当前的牢骚作结。通体绝无割裂支离之痕。又如同调赋琵琶：

> 凤尾龙香拨，自开元《霓裳》曲罢，几番风月；最苦浔阳江头客，画舸亭亭待发；记出塞黄云堆雪，马上离愁三万里，望昭阳宫殿孤鸿没，弦解语，恨难说。辽阳驿使音尘绝，琐窗寒，轻拢慢撚，泪珠盈睫。推手含情还却手，一抹《凉州》哀彻。千古事，云飞烟灭！贺老定场无消息。想沈香亭北繁华歇，弹到此，为呜咽。

这一阕也是用往迹来泻胸中怨愤的。他写的是琴琶，因而想到由此琵琶所引起的往古哀怨史迹。由第一句开元《霓裳》之舞说起，如白香山为商女而赋漂零，王昭君赴绝国而怀幽怨，都是与琵琶有密切关系的事迹后阕才写到现实的，——来弹此琵琶，然已觉吊古凭今，不胜“云飞烟灭”，“繁华歇止”的感慨了。这样一写，当然就不觉得是一种机械的咏物作品了。又如《永遇乐》的后阕：

元嘉草草，封狼居胥，赢得苍黄北顾。四十三年，望中犹记烽火扬州路。可堪回首佛狸祠下，一片神鸦社鼓！凭谁问：廉颇老矣，尚能饭否！

藉往迹来写祖国之恸，与当日情形正处处吻合，所以不独不觉其用典，而且觉得他处处都是说现在的国情朝政，并不是叙说往迹了。这种驱使一切做词的材料，随意运用的天才，真可谓之空前绝后了！这种委婉而又沉着的风调，在他的词中，是随时都可找出的。

他写景叙事的作品，也极流走自如，真切活现。如：

东风夜放花千树，更吹落星如雨。宝马雕车香满路。凤箫声动，玉壶光转，一夜鱼龙舞。　　蛾儿雪柳黄金缕，笑语盈盈暗香去。众里寻她千百度。蓦然回首，那人正在灯火阑珊处。（《青玉案·元夕》）

写景如此，方为不隔。

敲碎离愁，纱窗外，风摇翠竹。人去后，吹箫声断，倚楼人独。满眼不堪三月暮，举头已觉千山绿，但试把一纸寄来书，从头读。　　相思字，空盈幅，相思意，何时足？滴罗襟点点泪珠盈掬。芳草不迷行客路，垂杨只碍离人目。最苦是，立尽月黄昏，阑干曲。（《满江红》）

老来情味减，对别酒，怯流年，况屈指中秋，十分好月，不照人圆。无情水，都不管，共西风只管送归船。秋晚莼鲈江上，

夜深儿女灯前。(《木兰花慢·滁州送范倅》上阕)

闻道绮陌东头，行人曾见帘低纤纤月。旧恨春江流不断，新恨云山千叠。料得明朝尊前重见，镜里花难折。……(《念奴娇·书东流村壁》下阕)

抒情如此，方为不隔。

莫折荼蘼，且留取一分春色；还待得青梅如豆，共伊同折。少日对花浑醉梦，而今醒眼看风月，恨牡丹笑我倚东风，头如雪。(《满江红》上阕)

两峡崭岩，向谁占清风旧筑。满眼里云来鸟去，涧红山绿。世上无人供笑傲，门前有客休迎肃。怕凄凉无物伴君时，多栽竹。(又《游清风峡和赵晋臣敷文韵》上阕)

叙事如此，方为不隔。总之：他无论是写景、抒情、叙事，都作得极流走圆熟，语气极自然，绝无倚声填词限字限句的束缚与痕迹。

他的作品，不独以豪放沉郁见长，妩媚清幽处亦远过别人。如：

宝钗分，桃叶渡，烟柳暗南浦。怕上层楼，十日九风雨。断肠点点飞红，都无人管，更谁劝流莺声住！　　鬓边觑，试把花卜归期，才簪又重数。罗帐灯昏，哽咽梦中语：是他春带愁来？春归何处，却不解带将愁去？(《祝英台近》)

郁孤台下清江水，中间多少行人泪。西北望长安，可怜无数山。　　青山遮不住，毕竟东流去，江晚正愁予，山深闻鹧鸪！(《菩萨蛮·书江西造口壁》)

所以刘潜夫说他：

大声镗铬，小声铿鍧，横绝六合，扫空万古。其秾丽绵密者，亦不在小晏、秦郎之下。

沈东江也说他：

以激扬奋厉为工，至“宝钗分，桃叶渡……”一曲，昵狎温柔，魂消意尽，才人伎俩，真不可测！

他有时用通俗的字句入词，写来亦清逸有自然之趣。如：

茅檐低小，溪上青青草。醉里吴音相媚好，白发谁家翁媪？

大儿锄豆溪东，中儿正织鸡笼；最喜小儿无赖，溪头卧剥莲蓬。（《清平乐·博山道中即事》）

明月别枝惊鹊，清风半夜鸣蝉，稻花香里说丰年，听取蛙声一片。　　七八个星天外，两三点雨山前。旧时茅店社林边，路转溪桥忽见。（《西江月·夜行黄沙道中》）

关于稼轩词的批评，除上刘沈两家外，楼俨谓其：

驱使庄、骚、经、史无一点斧凿痕。

《四库全书提要》谓其：

慷慨纵横，有不可一世之概，于倚声家为变调；而异军特起，能于翦红刻翠之外，屹然别立一宗，迄今不废。

然认识最精透，批评最忠实者，无过于近人王简庵（易）先生，他不独深透稼轩的作风，尤深识其人品。所以他说，稼轩词备四时之气，固为大家，而其人实不仅为词人。观其斩僧义端，擒张安国，剿赖文政，设飞虎营，武绩烂然，固英雄也；恤吴交如，济刘改之，哭朱文公，笃于友谊，则义侠也；晚年营带湖，师陶令，溪山作债，书史成淫，又隐逸之俦也。故其为词激昂排宕，不可一世；而潇洒隽选，旖旎风光，亦各极其能事。东坡有其胸襟无其才气；清真有其情韵，无其风骨。效之者或得其粗豪，而遗其精密；步其挥洒，而忘其胎息焉。后人或讥之为“词论”，或讥之为“掉书袋”，要皆未观其大。特其天才学问蓄积之所就，非浅薄室陋者所易学步耳。集中胜作极多，格调约分四派：豪壮，绵丽，隽逸，沉郁，皆各造其极，信中兴之杰也！（《词曲史》）

第三章 柳永期的余波

——陈克——周紫芝——程垓——汪藻——徐俯——朱翌——康与之——李弥逊——颜博文——葛立方——张镃——曾觌——张抡——吴琚——赵彦端——赵师侠——石孝友——洪适——洪迈——王千秋——侯寘——韩玉——丘宻——王嵎——谢懋——蔡枏——俞国宝——陆淞——曹冠——几首无名之作——略去的作家——

陈克

克字子高，临海人。绍兴中为勅令所删定官，自号赤城居士，侨居金陵。有《天台集》。其词集名《赤城词》，有《彊村丛书》本。他的词极工丽，完全学仿《花间集》，颇能得其神韵。如：

绿芜墙绕青苔院，中庭日淡芭蕉卷。蝴蝶上阶飞，风帘自在垂。　　玉钩双语燕，宝甃杨花转。几处簸钱声，绿窗春梦轻。（《菩萨蛮》）

虽列在《花间》及《珠玉》集中，亦为最上之作，其学古之精醇，可称独步。又如他的：

柳丝碧，柳下人家寒食。莺语匆匆花寂寂，玉阶春藓湿。

闲凭熏笼无力，心事有谁知得？檀炷绕窗灯背壁，画帘残雨滴。（《谒金门》）

翠袖玉笙凄断，脉脉两娥愁浅。消息不知郎近远，一春长梦见。（又下阕）

均系模仿《花间》，毫未变体之作。他正值北宋末期与南渡以后。慢词风靡一世的时候，而其作品似乎未曾染受丝毫的时代色彩，这真是一个例外作家了。

周紫芝

紫芝字少隐，宣城人。成名甚晚，绍兴中始登进士。少时曾二次赴礼部，不第。家贫，并日而炊，同里多笑之。后与张文潜、吕本中等游，乃得腾达。（见毛子晋《竹坡词跋语》）其词上学晏、欧，下法柳、秦，造语极聪俊自然，为南渡前后的巨手。曾为枢密院编修，知兴国军，自号竹坡居士，有《太仓稊米集》《竹坡诗话》。其词集名《竹坡词》，凡三卷，有《宋六十家词》本。兹选录数阕如下：

江天云薄，江头雪似杨花落，寒灯不管人离索，照得人来，真个睡不着。　归期已负梅花约，又还春初空漂泊。晓寒谁看伊梳掠，雪满西楼，人在阑干角。（《醉落魄》）

春寒入帷，月淡云来去。院落半晴天，风撼梨花树。人辞掩金铺，闲倚秋千柱，满眼是相思，无说相思处。（《生查子》）

情似游丝，人如飞絮，泪珠阁定空相觑。一溪烟柳万丝垂，无因系得兰舟住。　雁过斜阳，草迷烟渚，如今已是愁无数。明朝且做莫思量，如何过得今宵去？（《踏莎行》）

柳外朱桥，竹边深坞，何时却向君家去？便须倩月与徘徊，

无人留得花常住。（又《谢人寄梅花》下阕）

雨余庭院冷萧萧，帘幙度轻飙。鸟语唤回残梦，春寒勒着花梢。　　无聊睡起，新愁黯黯，归路迢迢。又是夕阳时候，一炉沉水烟消。（《朝中措》）

此等词都极清倩婉秀，实兼晏、欧、少游、清真数家之长，而能暨于化境者。即列诸第一流作家内，亦无愧色。

程　垓

垓字正伯，眉山人，杨升庵《词品》以为与东坡系中表之戚，毛子晋《书舟词跋》则谓系中表兄弟，《四库全书提要》亦沿其误。其实正伯于南宋绍熙间尚健在，其时距东坡之卒几近百年，何能连为中表呢？《东坡诗集》有《送表弟程六之楚州》一首，施元之注云："东坡母成国太夫人程氏，眉山人。其姪：之才字正辅，第二；之元字德孺，第六，即楚州；之邵字懿叔，第七。"正伯与苏氏中表之说，殆即由此附会而来也。其详见近人况周颐《蕙风词话》卷四，及夏承焘《四库全书词曲类提要校议》。他的词集名《书舟词》，有《宋六十家词》本。

正伯词在南宋初期确为一位重要的作家。他的《酷相思》《四代好》《折红英》诸作，盛为杨升庵所称许。兹录二首于后：

月挂霜林寒欲堕，正门外催人起。奈离别如今真个是：欲住也，留无计；欲去也，来无计！　　马上离魂衣上泪，各自个供憔悴。问江路梅花开也未？春到也须频寄，人到也须频寄。（《酷相思》）

语浅情深，极隽永别致。他的长调也极工丽潇洒。如：

掩凄凉黄昏庭院，角声何处呜咽？矮窗屈屋风灯冷，还是苦寒时节。凝伫切。念翠被熏笼，夜夜成虚设，倚窗愁绝，听风竹声中，犀帏影外，簌簌酿寒雪。　　伤心处，却忆当年轻别。梅花满院初发，吹香弄蕊无人见，惟有暮云千叠。情未彻。又谁料而今好梦分吴越？不堪重说！但记得当初，重门深锁，犹有夜深月。（《摸鱼儿》）

汪藻（公元一〇七九——一一五四）

藻字彦章，德兴人。徽宗崇宁中进士，高宗朝累官中书舍人，擢给事中，迁兵部侍郎。后知外郡夺职，居永州卒。有《浮溪集》。当其守泉南，移知宣城时，内不自得，乃赋《点绛唇》一词：

永夜厌厌，画檐低月山衔斗。起来搔首，梅影横窗瘦。好个霜天，闲却传杯手。君知否：晓鸦啼后，归梦浓于酒？

他的《小重山》上阕：

月下潮生红蓼汀，残霞都敛尽，四山青。柳梢风急堕流萤，随波去，点点乱寒星。

写得也很清倩。

徐俯

俯字师川，洪州分宁人，以父禧死事，授通直郎。绍兴初赐进士出身，累官端明殿学士，签书枢密院事，权参知政事。有《东湖集》。

师川为黄山谷外甥，诗词均能名世。人有称其源自山谷者，师川颇不谓然。其自负如此，兹录其《卜算子》词如下：

胸月千种愁，插在斜阳树。绿叶阴阴自得春，草满莺啼处。

> 不见凌波步，空想如簧语，柳外重重叠叠山，遮不断愁来路。

其艳冶新倩，实兼少游、方回二家之长。

朱　翌

翌字新仲，舒州人，号灊山居士，政和间进士。南渡后，寓家桐庐，为中书待制，忤时宰，谪曲江，晚召还，卜居鄞，自号省事老人。有《猗觉寮杂记》，其词集有《彊村丛书》本《灊山诗余》。

翌少有才华，据《耆旧续闻》载，伊于十八岁曾作《点绛唇》一词。（《雪中看西湖梅花作》）为前辈所推重。其词云：

> 流水泠泠，断桥横路梅枝亚。雪花飞下，浑似江南画。白壁青钱，欲买春无价，归来也，风吹平野，一点香随马。

词境极自然清逸，为一首少有的杰作。

康与之

与之字伯可，渡江初，以词受知高宗，后官郎中，有《顺庵乐府》，见赵万里《校辑宋金元人词》本。他系南渡后一个宫庭的词人，一个柳派的重要作家。据《鹤林玉露》载：

> 建炎中，大驾驻维扬伯可上中兴十策，名声甚著。后秦桧当国，乃附会求进，擢为台郎。值慈宁归养，两宫燕乐，伯可专应制为歌词，谀艳粉饰，于是声名扫地。

其一生事迹，略可窥见。他的词作得很清婉工丽，沈伯时以之与柳永并称，而讥其“未免时有俗语”。例如他的：

瑞烟浮禁街，正绛阙春回，新正方半。冰轮桂华满。溢花衢歌市，芙蓉开遍。……风柔夜暖。花影乱，笑声喧。闹蛾儿满路成团打块，簇着冠儿斗转。喜皇都旧日风光，太平再见。（《瑞鹤仙·上元应制》节录）

若耶溪路，别岸花无数。欲敛娇红向谁语，与绿荷相倚。恨回首西风，波淼淼，三十六陂烟雨。（《洞仙歌荷》上阕）

均从耆卿、美成二家蜕变出来的。因为他系宫庭词人，应制之作为多，类皆阿谀粉饰之辞。比较上还以《诉衷情令》一词，尚能表示出身处偏安之国，不胜今昔之痛的真实语来，其词云：

阿房废址汉荒坵，狐兔又群游。豪华尽成春梦，留下古今愁。　君莫上，古原头，泪难收。夕阳西下，塞雁南来，渭水东流！

李弥逊

弥逊字似之，吴县人。大观初登第，南渡后，以争和议忤秦桧，乞归田。有《筠溪词》一卷，有《四印斋汇刻宋元三十一家词》本。他的《菩萨蛮》：

风庭瑟瑟灯明灭，碧梧枝上蝉声歇。枕冷梦魂惊，一阶寒水明。　鸟飞人未起，月露清如洗。无语听残更，愁从两鬓生。

写得颇明净可爱。

颜博文

博文字持约，德州人，靖康初官著作佐郎。金人立伪楚时，充事务官，草《劝进表》。南渡初，窜澶州，移贺州死。他历经变乱，身出宋、金两朝，老于世故。晚年复远窜岭南，死于瘴乡，故其词亦凄冷有饱经世变之感。如他的《西江月》词，即系一种例证。

草草书传锦字，厌厌梦绕梅花。海山无计驻仙槎，肠断芭蕉影下。　缺月旧时庭院，飞云到处人家。而今憔悴鬓先华，说着多情已怕！

葛立方

立方字常之。丹阳人，徙吴兴，胜仲子。绍兴八年进士。隆兴间，官至吏部侍郎。其《归愚词》一卷，有《宋六十家词》本。常之与父鲁卿（葛胜仲）俱以词名，又父子联宦，门第誉望，均与晏氏父子无殊，其词亦追模晏氏，与伊父正同。他的《卜算子》，为集中最杰出之作：

袅袅水芝红，脉脉蒹葭浦，淅淅西风澹澹烟，几点疏疏雨。

草草展杯觞，对此盈盈女；叶叶红衣当酒船，细细流霞举。

周草窗说他："用十八叠字，妙手无痕。本色学道人，胸中乃有如此奇特"！

张　镃

镃字功甫，号约斋，西秦人，居临安。循王诸孙。官奉议郎，直秘阁。其词集名《玉照堂词》，又名《南湖诗余》，有《彊村丛书》本。他是一个"豪侈而有清赏"的词人。（见《紫桃轩杂缀》）据《齐东野语》载：

张约斋能诗，一时名士大夫莫不交游。其园地、声妓、服玩之丽甲天下。尝于南园作驾霄亭于四古松间，以巨铁组悬之半空，而羁之松身。当风月清夜，与客梯登之，飘摇云表，真有挟飞仙溯紫清之意。

他是这样一个人物。所以《野语》又言他尝举行牡丹会，命十姬轮番奏歌侑觞，皆艳妆盛服。杂饰花彩，且每番必悉易其服色妆饰。烛光香雾，歌吹杂作，客皆恍然如游仙境，其生活之豪奢，虽王侯不过此也。他的词亦浮艳如其人。兹录三阕于后：

月洗高梧，露漙幽草，宝钗楼外秋深。土花沿翠，萤火坠墙阴。静听寒声断续，微韵转，凄咽悲沉，争求侣，殷勤劝织，促破晓机心。　　儿时曾记得，呼灯灌穴，敛步随音。任满身花影，犹自追寻。携向画堂试斗，亭台小笼巧装金。今休说，从渠床下，凉夜听孤吟。（《满庭芳·促织》）

下阕写儿时捉蟋蟀之情状，极细腻入神，令人爱赏不置。

绿云影里，把明霞织就，千里文绣。紫腻红娇扶不起，好是未开时候。半怯春寒，半便晴色，养得胭脂透。小亭人静，嫩莺啼破春昼。　　犹记携手芳阴，一枝斜戴，娇艳波双透。小语轻怜花总见，争得似花长久？醉浅休归，夜深同睡，明日还相守，免教春去，断肠空叹诗瘦。（《念奴娇·宜雨亭咏千叶海棠》）

月在碧虚中住，人向乱荷中去；花气杂风凉，满船香。云被歌声摇动，酒被诗情掇送，醉里卧花心，拥红裳。（《昭君怨·园池夜泛》）

以上二词都系描写他的园林中“花团锦簇”的盛况。他即在这样一个豪奢而具有美术化的天国中，过着“醉卧花心，困拥红裳”的娇酣生活。在一切作家中，都无此等富贵而又潇洒的风致。

曾　觌

觌字纯甫，号海野老农，汴人。绍兴中，为建王内知客。孝宗受禅，以潜邸旧人，除知阁门事。淳熙中除开府仪同三司，加少保醴泉观使。有《海野词》一卷。有《宋六十家词》本。他在高孝两朝，与张抡、吴琚辈趋奉宫庭。词多应制之作，又因系东都故老，故其词亦感慨有黍离之思。如：

记神京繁华地，旧游踪，正御沟春水溶溶。平康巷陌，绣鞍金勒跃青骢。解衣沽酒，醉弦管柳绿花红。　到如今，余霜鬓；嗟前事，梦魂中，但寒烟满目飞蓬。雕阑玉砌，空余三十六离宫。寒笳惊起暮天雁，寂寞东风。（《金人捧玉盘·庚寅春奉使过京师感怀作》）

风萧瑟，邯郸古道伤行客。繁华一瞬，不堪思忆！　丛台歌舞无消息，金尊玉管空陈迹。空陈迹，连天草树，暮云凝碧！（《忆秦娥·邯郸道上》）

其风调与康与之颇类近。

张　抡

抡字才甫，为南渡故老。其词集名《莲社词》，有《彊村丛书》本，凡一卷。录《霜天晓角》于下：

晓风摇幕，欹枕闻残角。霜月到窗寒影，金猊冷，翠衾薄。旧恨无处着，新愁还又作。夜夜单于声里。灯花共泪珠落。

吴　据

琚字居父，号云壑，汴人。宪圣太后之侄，太宁郡王益之子。官直学士。庆元间，迁少保，卒谥忠惠。有《云壑集》。他的词以《酹江月·赋钱塘江潮》（应制作）为最骏发：

玉虹摇挂，望青山隐隐，恍如一抹。忽觉天风吹海立，好似春霆初发。白马凌空，琼鳌驾水，日夜朝天阙。飞龙舞凤，郁葱环拱吴越。……好似吴儿飞绿帜，蹴起一江秋雪。黄屋天临，水犀云拥，看击中流楫，晚来波静，海门飞上明月。

赵彦端

彦端字德庄，魏王廷美七世孙，乾道、淳熙间，以直宝文阁，知建宁府，终左司郎官。其词集名《介庵词》，有《宋六十家词》本。又名《介庵琴趣外编》，有《彊村丛书》本。毛子晋跋语谓其“章次颠倒，赝作颇多”。盖其词尝杂见于赵师侠《坦庵词》中。二人宦游多在湘中，及闽山赣水间，编者未能一一抉别，致多参错，然不可均视为赝作而摈弃之也。（用朱彊村语）他的词亦属绮艳一派，兹录二阕于后：

桃根桃叶，一树芳相接。春到江南二三月，迷损东家蝴蝶。殷勤踏取青阳，风前花正低昂。与我同心栀子，报君百结丁香。（《清平乐·席上赠人》）

断蝉高柳斜阳处，池阁丝丝雨。绿檀珍簟卷猩红，屈曲杏花蝴蝶小屏风。　　春山叠叠秋波慢，收拾残针线。又成娇困倚檀郎，无事更抛莲子打鸳鸯。（《虞美人》）

赵师侠

师侠（一作师使）字介之，汴人。举进士。其《坦庵词》有《宋六十家词》本。他的：

沙畔路，记得旧时行处：蔼蔼疏烟迷远树，野航横不渡。

> 竹里疏花梅吐，照眼一川鸥鹭。家在清江江上住，水流愁不去。（《谒金门·驰冈迓陆尉》）

写得很明艳动人。

石孝友

孝友字次仲，南昌人，乾道进士，以词名。其词集名《金谷遗音》，有《宋六十家词》本。他的词亦如耆卿、山谷一样，常以俚语写男女猥冶之情，而流为诨亵。如他的《惜奴娇》：

> 合下相逢，算鬼病须沾惹。闲深里做场话霸，负我看承，枉驼许多时价。冤家，你教我如何割舍？　　苦苦孜孜，独自个空嗟讶。便心肠捉他不下。你试思量，亮从前说风话。冤家，休直待教人呪骂。

所以楼敬思说他：

> 大都迷花殢酒，弄月嘲风之作，不乏谑词、耍词，利于嘌唱者之口，览者往往目倦。

但他的《水调歌头》：

> 高情邈云汉，长揖谢君侯。脱遗轩冕，簸弄泉石下清幽。心契匡庐猿鹤，泪染固陵松柏，一衲且蒙头。风月感平发，魂梦绕神州。　　漾一叶，徉孤管，去来休。琵琶亭畔，正是枫叶荻花秋。点检诗囊酒碗，抬帖舞裀歌扇，收尽两眉愁。回望碧云合，相伴赤松游。

又完全是一种逃世学道人的口吻了。

洪 适

适字景伯，忠宣公皓子，与弟迈、遵皆中博学宏词科，当时“三洪”名满天下。累官尚书右仆射，同中书门下平章事，兼枢密使。谥文惠。其词集名《盘洲乐章》，有《彊村丛书》本，凡一卷。他的词有时写得极清婉有致，如《生查子》歇拍云：

春色似行人，无意花间住。

《渔家傲引》后段云

半夜系船桥北岸，三杯睡着无人唤。睡觉只疑桥不见；风已变，缆绳吹断船头转。

都系一种极清新隽美的歌词。又如他的《渔家傲引》：

子月水寒风又烈，巨鱼漏网成虚设。圉圉从它归丙穴。谋自拙，空归不管旁人说。　昨夜醉眠西浦月，今宵独钓南溪雪。妻子一船衣百结，长欢悦，不知人世多离别。

不独词境清逸，尤见其潇闲的风度，与仁厚的襟怀。此等词虽使东坡为之，亦不能过。

洪 迈

迈字景卢，号野处，又号容斋，鄱阳人。与父皓、兄适俱以词名。绍兴十五年登第。累迁吏礼二部员外郎，寻进焕章阁学士，知绍兴，告归，卒谥文敏。著有《容斋五笔》《夷坚志》《万首唐人绝句》《野处类稿》等行于世。他的《踏莎行》很清空有致，已开玉田、草窗先河，兹录如后：

院落深沉，池塘寂静，帘钩卷上梨花影。宝筝拈得雁难寻，篆香消尽山空冷。　　钗凤斜欹，鬓蝉不整，残红立褪慵看镜。杜鹃啼月一声声，等闲又是三春尽。

王千秋

千秋字锡老，东平人。词集名《审斋词》，有《宋六十家词》本。他的词造语极工丽新颖。如：

惊鸥扑簌，萧萧卧听鸣幽房。窗明怪得鸡啼速。墙角烂斑，一半露松绿。　　歌楼管竹谁翻曲？丹唇冰面喷余馥。遗珠满地无人掬，归著红靴，踏碎一街玉。（《醉落魄》）

已为梦窗作品的先驱了。

侯　寘

寘彦彦周。东武人，绍与中知建康。词集名《孏窟词》，有《宋六十家词》本，凡一卷。录《玉楼春》一阕：

市桥灯火春星碎，街鼓催归人未醉。半嗔还笑眼回波，欲去更留眉敛翠。　　归来短烛余红泪，月淡天高梅影细。北风休遣雁南来，断送不成今夜睡。

韩　玉

玉字温甫，因常家东浦，故其词名《东浦词》，有《宋六十家词》本，录其自度曲《且坐令》一阕：

闲院落，误了清明约。杏花雨过胭脂绰，紧紧千秋索。斗草人归，朱门悄掩，梨花寂寞。　书万纸，恨凭谁托？才封了，又揉却。冤家何处贪欢乐，引得我心儿恶，怎生全不思量着？那人人情薄！

毛子晋对韩词颇致不满之意，于此词冤家句，亦讥其“排笑未免。”其实用“冤家”入词者，何仅东浦一人！

丘　崈

崈字宗卿，江阴人，隆兴元年进士，拜同知枢密院事。卒谥文定。有《文定公同》一卷，见《四印斋宋元三十一家词》本，录一阕于后：

水满平湖香满路，绕重城藕花无数。小艇红妆，疏帘青盖，烟柳画船斜渡。　恣乐追凉忘日暮，箫鼓月明人去。犹有青歌迢递，声在芰荷深处。（《夜行船·越上作》）

王　嵎

嵎字季夷，号贵英，北海人，有《北海集》。他为绍、淳间名士。寓居吴兴，陆务观与之厚善。（见陈直斋《书录解题》）录《夜行船》一阕于后：

曲水溅裙三月二，马如龙钿车如水。风飐游丝，日烘晴昼，人共海棠俱醉。　客里光阴难可意，扫芳尘旧游谁寄？午梦醒来，不觉小窗人静，春在卖花声里。

谢　懋

懋字勉仲，有《静寄居士乐章》二卷。已失，近人赵万里始为辑成一卷，刊于《校辑宋金元人词》中，凡十四首。其词录于周密《绝妙好词》者仅四首，皆“戛玉敲金，蕴藉风流。”（黄叔旸引吴坦序语。）兹录其

《浪淘沙》一阕如下：

> 黄道雨初干，霁霭空蟠，东风杨柳碧毵毵。燕子不归花有恨，小院春寒。　　倦客亦何堪，尘满征衫，明朝野水几重山。归梦已随芳草绿，先到江南。

他的《风入松》"笑舞落花红影，醉眠芳草斜阳，"亦系极明倩的诗句。

蔡　柟

柟字坚老，南城人。生于宣和以前，没于乾道。有《云壑隐居集》及《浩歌集》词一卷。惟原集已失传，赵氏《校辑宋金元人词》亦仅辑得五首而已。据《绝妙好词笺》，他曾于庚寅年与曾公卷、吕居仁辈有唱和之作，他的《鹧鸪天》"风来绿树花含笑，恨入西楼月敛眉，"造句颇清倩动人。

俞国宝

国宝临川人，淳熙太学生，有《醒葊遗珠集》。他的词虽不多见，然其《风入松》一阕，则旖旎婉秀，极有情致。虽使欧、秦等高手为之。亦不能过此。其词云：

> 一春长费买花钱，日日醉湖边。玉骢惯识西湖路，骄嘶过沽酒楼前。红杏香中歌舞，绿杨影里秋千。　　暖风十里丽人天，花压鬓云偏。画船载取春归去，余情付湖水湖烟。明日重扶残醉，来寻陌上花钿。

据《武林旧事》载，此词题于西湖断桥旁小酒肆间，高宗幸此，因将末句"重寻残酒"改为"重扶残醉"，虽仅易两字，然较原意蕴藉美妙多矣，不独变其儒酸已也。

陆 淞

淞字子逸，号云溪，山阴人。晚以疾废，卜居秀野，每对客清谈不倦，尤好语前辈事，或有谓其系放翁之兄者。他的词仅见《瑞鹤仙》一阕，张叔夏谓其为“景中带情，屏去浮艳”之作。

脸霞红印枕，睡觉来冠儿还是不整。屏间麝煤冷，但眉峰压翠，泪珠弹粉。堂深昼永，燕交飞，风帘露井。恨无人说与相思，近日带围宽尽。　　重省残烛朱幌，淡月纱窗，那时风景。阳台路迥，云雨梦，便无准。待归来先指花梢，教看却把心期细问。问因循过了青春，怎生意稳？（《瑞鹤仙》）

曹 冠

冠字宗臣，自号双溪居士，有《燕喜词》一卷，有《四印斋汇刻宋元三十一家词》本。他的《凤栖梧》：“飞絮撩人花照眼，天阔风微，燕外晴丝卷。”况周颐谓其：

状春晴景色绝佳。每值香南研北，展卷微吟，便觉日丽风暄，淑气扑人眉宇。全帙中似此佳句，竟不可再得。（《蕙风词话》卷二）

此外尚有无名之作数阕，以词颇佳，附录如后：

平生太湖上，短棹几经过。如今重到，何事愁与水云多。拟把匣中长剑，换取扁舟一叶，归去老渔蓑。银艾非吾事，丘壑已蹉跎。　　鲙新鲈，斟美酒，起悲歌。太平生长，岂谓今日识干戈？欲泻三江雪浪，净洗边尘千里，不为挽天河。回首望霄汉，双泪堕清波！（《水调歌头·建炎庚戌题吴江》）

此词为当日纪实之作，辞彩亦凄婉真切，与文人矫揉造作者不同。据《中吴纪闻》载："建炎庚戌，两浙被兵祸，有题《水阔歌头》于吴江者，不知姓氏，意极悲壮。"

> 霜风渐紧寒侵袂，听孤雁声嘹唳，一声声送一声悲，云淡碧天如水。披衣告语，雁儿略住，听我些儿事：塔儿南畔城儿里，第三个桥儿外，濒河西岸，小红楼，门外梧桐雕砌。请教且与低声飞过，那里有人人无寐。（《御街行》）

极冗长难以表明的话，却说来有这样委婉，这样细致，这样曲折，而又以极自然的语句传出，毫无一点生涩修琢之处，真是一个最足令人爱赏的诗篇了。

此外尚有《玉楼春》《水调歌头》《念奴娇》《行香子》《南乡子》《望海潮》等调。均无以上二词佳丽，未录。（上凋俱见《词林纪事》卷十八）

本期作家尚有李纲字伯纪，邵武人，为南渡前后名臣。高宗朝居相位，力图恢复，主战最力，在位仅七十余日而罢。卒谥忠定。有《梁溪词》，（《四印斋所刻词》本。）曾慥字端明，故相布后裔，编《乐府雅词》，为宋人集宋词之善本。慥弟惇，字竑父，亦有词集一卷。姚宽字令威，剡川人，为六部监门。有《西溪居士乐府》一卷。邓肃字志宏，延平人，南渡后，官左正言，有《拼榈词》一卷。（《四印斋汇刻宋元三十一家词》本）程大昌字泰之，休宁人，绍兴二十一年进士。孝宗朝官至权吏部尚书，谥文简，有《文简公词》一卷。（《彊村丛书》本）吴儆字益恭，休宁人，绍兴二十七年进士，淳熙初通判邕州，有《竹洲词》一卷。（《粟香室丛书：侯刻名家词》本，及江刻《宋元名家词》本。）李光字泰发，上虞人，崇宁五年进士。官至参知政事。谥庄简，有《李庄简公词》一卷。（四印斋刊《宋四名臣词》本。）李处全字粹伯，淳熙中侍御史，有《晦庵词》一卷。（《四印斋汇刻宋元三十一家词》本。）仲并字弥性，江都人，绍兴中进士，官至朝请大夫，有《浮山词》一卷。（《彊村丛书》本）胡仔字元任，新安人，寓居吴兴，自号苕溪渔隐。宣和间仕建安主簿，著有《笤溪渔隐丛话》前后几百卷，与王灼《碧鸡漫志》同为研究唐宋乐曲及词家轶事必读的要籍。倪偁字文华，吴兴人，绍兴八年进士，官太常主簿，有《绮川词》一卷。（《四印斋汇刻宋元三十一家词》本。）王十朋字龟龄，乐清人，官至龙图阁学士，谥忠文，有《梅溪集》。王以宁字周士，长沙人，有《王周士词》一卷。（《缰村丛书》本）李流谦字无双，德阳人，有《澹斋词》一卷。（《彊村丛书》本）王之望字瞻叔，有《汉滨诗馀》一卷。（《彊村丛书》本）曾协字同李，南丰人，有《云庄词》一卷。（《彊村丛书》本）王质字景文，兴国人，有《雪山词》一卷。（《彊村丛书》本）周必大字子充，庐陵人，官至左丞相，进益国公，有《平园近体乐府》一卷。（《彊村丛书》本，及汲古阁《宋六十家词》本。）陈三聘字梦弼，东吴人。有《和石湖词》一卷。（《疆村丛书》本）吕胜己字季克，建阳人，有《渭川居士词》一卷。（《彊村丛书》本）姚述尧字进道，华亭人，有《箫台公余词》一卷。（《彊村丛书》本及《西冷词萃》本）尤袤，字延之，无锡人，官礼部尚书，谥文简。有《梁溪集》。毛并字平仲，三衢人，有《樵隐乐府》一卷。（宋六十家词本）朱雍有《梅词》一卷，（《四印斋所刻词》本）全系咏梅之作。姜特立字邦杰，丽水人。孝宁两朝佞臣，词集名《梅山词》，（《四印斋所刻词》本）凡一卷。

其他无专集的词人，而散见于各选本及诗话或杂记中者尚多，均略而不论了。

参考书目

元脱克脱：《宋史》

明钱士升：《南宋书》六十八卷　有扫叶山房刊《四朝别史》本。

清张宗橚：《词林纪事》

明毛晋：《宋六十家词》　有汲古阁原刻本，有广州刻本。

清江标：《宋元名家词》　有湖南刻本。

清王鹏运：《四印斋所刻词》及《四印斋汇刻宋元三十一家词》　有自刊本。

清吴昌绶：《双照楼景刊宋元明本词》及《续刊景宋金元本词》　有自刊本，及陶湘续刊本。

清朱祖谋：《彊村丛书》　有自刊本。

近人赵万里：《校辑宋金元人词》。

宋周密：《绝妙好词笺》七卷　清查为仁厉鹗笺，有原刊本。

清朱彝尊：《词综》三十四卷　有坊间通行本。

近代况周颐：《蕙风词》五卷　有《惜阴堂丛书》本。

近人胡适：《词选》　有商务印书馆铅印本。

近人王易：《词曲史》　有中央大学讲义本，此书为一部最完善的词史，并将词曲并为一书研究，尤足见二者的流变。

《四库全书总目》词曲类提要　清乾隆时馆臣奉命撰。

第六编　宋词第五期

——公元一一九〇—一二五〇——

——周邦彦派的抬头或姜夔时期的肇始——

引　言

本期由绍熙以后起，至淳祐间止约六十年，是姜夔时期的开始。在本期的初叶，因稼轩尚健在，苏、辛一派词，正值光辉的集结时期，同时因大词人姜夔的出现，遂使此风靡一世的作风，渐渐变了它的方向。其情形亦正如北宋仁宗朝，一方面有晏、欧等拟古作家，结束了五代以来的旧风调；一方面则因柳永、苏轼先后继起，遂开慢词制作的新风气。苏、辛一派词至稼轩已臻绝境，无能再继。故后此虽有刘过、岳珂、李昂英、方岳、陈经国、文及翁、王埜、刘克庄等人仍在仿效着他的风调，但只是一个末流，一种尾声，不足代表他们的时期了。代表这个时期的，则为姜夔、史达祖、吴文英三个人；而尤以姜夔的地位更为重要。他以清超的诗人笔锋，写出一种“体制高雅”的歌曲。他有极高的音乐天才，他能自制许多新谱，他能改正许多旧调。他继承了周邦彦一条路线，他从南渡后词风过于凌杂叫嚣的时期中，走上了一个风雅派正统派词人的平稳道路。他遂成为南宋词的唯一开山大师；（辛弃疾只能算是一种结束；于后期的影响，远无白石之伟异。）也可以说是元、明、清以来的唯一词林巨擘。因为中国词学自南宋中末期一直到清代的终了，可以说完全是“姜夔的时期”。在此六百余年中，代表最大多数的作家与词风的，无不奉姜夔为唯一典范，以周邦彦为最终的指归。后期如张、周，入元如张翥，至清中叶，如朱彝尊、厉鹗等浙派词人，莫不守此衣钵，俨然造成一个最精密而完整的词学系统，此亦为中国词史上所仅见之例。朱彝尊的一部《词综》，不啻即为此派人说法。所以朱氏于《词综》发凡即著其说曰：

世人言词必称北宋；然至南宋始极其工，至宋季而始极其变。姜尧章（夔字）氏最为杰出。

又于《黑蝶斋词序》云：

词莫善于姜夔。宗之者张辑、卢祖皋、史达祖、吴文英、蒋捷、王沂孙、张炎、周密、陈允平、张翥、杨基等，皆具夔之一体。（《曝书亭集》卷四十）

汪森为《词综》作序亦云：

宣和君臣转相矜尚，曲调既多，流派因之亦别，短长互见。言情者或失之俚，使事者或失之伉。鄱阳姜夔出，句琢字炼，归于醇雅；于是史达祖、高观国羽翼之，张辑、吴文英师之于前，赵以夫、蒋捷、周密、陈允平、王沂孙、张炎、张翥效之于后；譬之于乐，舞箾至于九变，而词之能事毕矣。

此派词人莫不祖述姜夔，至尊之为“白石词仙”；而其崇拜之因，则由于夔之词“句琢字炼”，最称“醇雅”。他们作词、选词以及评词的标准，均以“雅”“俗”二者为断。他们的结集与团体的表现，往往成立一种词社，以相鼓吹唱和；亦如诗中之有江西诗派，而有所谓一祖三宗之说了。所以白石在中国词坛上的影响，亦无异温庭筠与柳永。温庭筠由萌芽原始的时期，造成了真正的词，其精神为创造的；柳永由诗人与贵族的成熟歌曲，又转向民间文学上去，其精神为革命的；至于姜夔，则仅系周邦彦的一转，其精神只是继承的。他将以前雅俗共赏的词变成一个纯粹文人吟唱的词，由诗人自然抒写的词，渐变成一种诗匠雕斫藻绘的词了。所以自此以后，词的领域反而缩小，词的意义也日益偏狭了。

与姜夔同时的，有一个很大的助手作家史达祖。他虽无白石的气魄，但他能以婉妙的诗情，及工丽的术语入词，不啻给白石一个最大的帮助，遂使此派词学，更加生色，而予后人一个模仿的榜样。在此期内，成名的作家，如高观国、卢祖皋、孙惟信、张辑、张榘、刘光祖、江莘、赵以夫、赵汝芜、郑域、冯取洽、卢炳、翁孟寅等，都系姜、史的附庸；一时词人之众，如蜂起林立，遂造成“姜夔时期”最初期的优异史迹。

继姜、史之后，略为晚出的吴文英，又为此派人添了一个异样的色彩。他是姜夔时期一贯下来的一个小小的旁枝，一个奇特的结晶。他的作风亦如姜、史之雅正，而更要来得古典，更要来得温丽。他将姜、史的风调，披上了一层北宋缙绅阶级（晏、欧等）诗歌的神貌。于是由周邦彦派一来的词风，至此乃成一个凝固的躯壳，一个唯一的典型作品了。崇拜他的人，至称之为“前有清真，后有梦窗”，而列为两宋词坛中最大的两个巨头。

所以自从有了姜、史、吴三个大作家互相辉映发明以后，遂替后来此派词人造了一个坚稳牢固的基础，而据有词坛上正统派的宝座了。

第一章　风雅派（或古典派）的三大导师

——姜夔——史达祖——吴文英——

姜　夔（公元一一五五—一二三五）

夔字尧章，鄱阳人。生于宋高宗绍兴二十五年。（公元一一五五年）萧东夫识之于少年客游，妻以兄子，因寓居吴兴之武康，与白石洞天为邻，自号白石道人，以布衣终其身。庆元中，曾上书乞太常雅乐。隐居不仕，啸傲山林，往来湖、湘、淮左。与范成大、杨万里友善。后卒于临安水磨方氏馆，时为宋理宗端平二年。（公元一二三五年）享寿八十一岁，葬西马塍。生平精于音乐文学及古刻，著作甚多，有《白石诗》一卷、《绛帖平续书》《大乐议》《张循王遗事》《集古印谱》等书，词集有毛氏《宋六十家词》本，有四印斋本，有朱刻《彊村丛书》本，以朱刻为最精善，凡六卷，内分琴曲、令、慢、自度曲、自制曲等，并刊有宫谱，仍系宋本之旧。

白石较稼轩晚出十五年，曾有词相赠，为并时二大词宗。他的作风与辛词迥然不同：辛词极壮烈，富感情，姜词则清越冷隽，无热烈语，无尘浊香艳语；他们虽都具有故国河山之恸，但其写法却又两样。他最精于音律，尝著《大乐议》，欲正庙乐。庆元三年诏付奉常有司收掌，令太常寺与议大乐，时官嫉其能，因不获尽其所议。（见《吴兴掌故》）他的集中多有自度新腔及改换旧谱的创作，如《扬州慢》《长亭怨慢》《淡黄柳》《石湖仙》《暗香》《疏影》《惜红衣》《角招》《征招》《秋宵吟》《凄凉犯》《翠楼吟》《湘月》等调，均系自制的曲调。如《满江红》旧调，本用仄韵，白石则将易为平韵，他的理由是：

> 《满江红》旧调用仄韵多不协律，如末句云："无心扑"二字，歌者将心字融入去声，方谐音律。予欲以平韵为之，久不能成。因泛巢湖，……顷刻而成，末句云"闻佩环"则协矣。

像这样精心制曲的作家，实在无人能与之比并。

宋人词如张子野、柳耆卿、周美成等人的乐府，仅注明宫调而已，（即说明用何等管色）白石于自度的新词如：

> 《鬲溪梅令》仙吕宫《杏花天》　《醉吟商小品》　《玉梅令》高平调
>
> 《霓裳中序第一》　《扬州慢》中吕宫　《长亭怨慢》中吕宫《淡黄柳》正平调近
>
> 《石湖仙》越调　《暗香》仙吕宫　《疏影》　《惜红衣》
>
> 《角招》黄钟角　《征招》　《凄凉犯》　《翠楼吟》双调
>
> 《秋宵吟》越调

十七支，不独注明宫调，并于词傍详载乐谱，所以宋词歌法仅此尚可寻其迹兆，余均散佚无存了。

以上均系论他对于音乐上的贡献。其天才之卓异，亦可略略窥见。现在更讨论他的作风。他的作品集古今风雅派词人的大成，不独格调高旷，而且音韵清越，为南宋词坛巨擘。如他的：

> 燕雁无心，太湖西畔随云去。数峰清苦，商略黄昏雨。

（《点绛唇》上阕）

……而今何事，又对西风离别。渚寒烟淡，棹移人远，缥缈行舟如叶。想文君望久，倚竹愁生步罗袜。归来后，翠尊双饮，下了珠帘，玲珑闲看月。（《八归·湘中送胡德华》后阕）

……过春风十里，尽荠麦青青，自胡马窥江去后，废池乔木，犹厌言兵。渐黄昏，清角吹寒，都在空城。……二十四桥仍在，波心荡，冷月无声！……（《扬州慢》节录）

笔锋极劲健清越。其《扬州慢》一词更深寓故国之感。他自记此词道：

淳熙丙子至日，余过维扬，夜雪初霁，荠麦弥望。入其城则四顾萧索，寒水自碧，暮色渐起，戍角悲吟，余怀怆然。感慨今昔，自度此曲，千岩老人以为有黍离之悲也。

我们可以看出当日异族侵陵的惨状，和白石制曲的天才。

他和东坡、稼轩、希真都能摆脱宋人娇艳柔媚的态度，如他的：

闹红一舸，记来时常与鸳鸯为侣。三十六陂人未到，水佩风裳无数。翠叶吹凉，玉容销酒，更洒菰蒲雨。嫣然摇动，冷香飞上诗句。日暮青盖亭亭，情人不见，争忍凌波去。只恐舞衣寒易落，愁入西风南浦。高柳垂阴，老鱼吹浪，留我花间住。田田多少，几回沙际归路。（《念奴娇》）

……春渐远，汀洲自绿，更添了几声啼鴂。十里扬州，三生杜牧，前事休说。又远是宫烛分烟，奈愁里匆匆换时节。把一襟芳思，与空阶榆荚。千万缕阳关细柳，为玉尊起舞回雪。想见西出阳关，故人初别。（《琵琶仙》）

写荷花，赋别情，都极清幽冷艳，绝无别人妞妮的样子。所以陈藏一说他：

气貌若不胜衣，而笔力足以扛百斛之鼎。……襟期洒落，如晋、宋间人。意到语工，不期于高远而自高远。

毛子晋说他：

范石湖评尧章诗云："有裁云缝月之妙手，敲金戛玉之奇声"，予于其词亦云。

黄花庵说他：

词极精妙，不减清真，其高处有美成所不能及。

赵子固也说道：

白石词家之申、韩也。

这些评语，都很正确的。

他的咏物诸作，皆风雅绝尘，如：

……哀音似诉。正思妇无眠，起寻机杼。曲曲屏山，夜凉独自甚情绪。西窗又吹暗雨。为谁频断续，相和砧杵？候馆迎秋，离宫吊月，别有伤心无数。豳诗谩与。笑篱落呼灯，世间儿女。写入琴丝，一声声更苦。（《齐天乐·蟋蟀》）

古城阴，有官梅几许，红萼未宜簪。池面冰胶，墙腰雪老，云意还又沉沉。翠藤共闲穿径竹，渐笑语，惊起卧沙禽。野老林泉，故王台榭，呼唤登临。（《一萼红·官梅》上阕）

江国正寂寂，欢寄与路遥，夜雪初积。翠尊易泣，红萼无言耿相忆。长记曾携手处，千树压，西湖寒碧。又片片吹尽也，几时见得？（《暗香梅》下阕）

皆冷艳幽洁，元一点尘浊气息。惟好用典，总不免有雕斲之痕，不很自然。尤其是《暗香》《疏影》一类词，引用许多梅花故实，不独斧痕全现，而且抒写上亦隔一重纱幕，远不如北宋词之自然了。但二词在词坛上则为极负盛名之作，甚至还有许多人说它都系影射时事，因而妄加臆说的。我想白石有知，亦当为之俯首一笑。他这种流弊，影响于后期及明、清词人者至钜。所以沈伯时说：

白石清劲知音，亦未免有生硬处。

“生硬”二字，便是不自然的表征。周介存说：

白石词如明七子诗，看是高格响调，不耐人细思。（《介存斋论词杂著》）

王静庵也说：

白石写景之作，……虽格韵高绝，然如雾里看花，终隔一层。（《人间词话》）

史达祖（公元一一五五——一二二〇）

达祖字邦乡，汴人。生于宋高宗绍兴二十五年。（公元一一五五年）与姜夔同年生。生平《宋史》无传记，据《四朝见闻录》所载，他曾作过韩侂胄的堂吏，凡奉行文字，拟帖撰旨，皆出其手。他侍从所用的柬札，都用申呈的格式。委身权奸之门，如此下心降志，而己身又无科名，（未登进士）所以他在当日，很遭士林的唾弃。后韩事败，他遂被弹劾，至受黥刑。这是他一生最大的隐痛。昔人所谓“一失足成千古恨，再回首是百年身”，不啻为邦乡咏之。

他的词轻盈绰约，尽态极妍，与白石之刚劲，适得其反。他在南宋诸大词人如白石、梦窗、碧山、叔夏、草窗等作家中，确有一种特殊的风格。他们共同造成了南宋词坛上一个光辉的史迹。他的作品，如：

沉沉江上望极，还被春潮晚急，难寻官渡。隐约遥峰，和泪谢娘眉妩。临断岸新绿生时，是落红带愁流处。记当日门掩梨花，翦灯深夜语。（《绮罗春·春雨》下阕）

……差池欲往，试入旧巢相并；还相雕梁藻井，又软语商量不定；飘然拂花梢，翠尾分开红影。芳径，芹泥雨润；爱贴地争飞，竞夸轻俊。红楼归晚，看足柳昏花暝。应自楼香正稳，便忘了天涯芳信；愁损翠黛双蛾，日日画阑独凭。（《双双燕·春燕》）

不剪春衫愁意态，过收灯有些寒在。小雨空帘，无人深巷，已杏花先卖。白发潘郎宽沈带，怕看山忆她眉黛。

草色拖裙，烟光染鬓，长记故园挑菜。（《夜行船·正月十八日闻卖杏花有感》）

其词境之婉约飘逸，则如淡烟微雨，紫雾明霞；其造语之轻俊妩媚，则如娇花映日，绿杨着雨。他将这三春景色写得极细致而逼真。他不独写尽春天的外表，简直将“春之魂”都收入他的诗句了。在他的词中，有这样明媚的春光，有这样如丝的细雨，有这样轻倩的小燕，在交流着，密濛着，低飞着……一一映入我们的眼底心里。真是一个令人沉醉的春天呵！他是古今一个最大的咏春诗人，他描写春日景色的作品，都极工丽动目。他深深的了解这个春之玄秘与蕴藏了。他的词极为白石所称赏，说他：

奇秀清逸，盖能融情景于一家，会句意于两得者。

张功甫说他的词：

织绡泉底，去尘眼中，妥贴轻圆，辞情俱到。有环奇警迈清新闲婉之长，而无訑荡污淫之失。端可分镳清真，平睨方回。

这些评语都有极精到处。在过去只有秦少游写春日情景最绵丽，颇与梅溪（即史达祖）为近。如少游《满庭芳》上阕：

晚色云开，春随人意，骤雨才过还晴。高台芳榭，飞燕蹴红英。舞困榆钱自落，——秋千外绿水桥平。东风里，朱门映柳，低按小秦筝。

其胜处在能于柔媚中有和平淡雅之趣。梅溪的咏春雨、春燕，（见上词）则于柔媚中具轻俊艳冶之姿。此中深意会心人当自领略得到。

他最擅于修辞，集中如“柳昏花暝”，如“做冷欺花，将烟困柳”，如“草脚愁苏，花心梦醒”等，均系刻意描画，故能工丽如此。又如他的《万年欢》结句：

如今但柳发晞春，夜来和露梳月。

描写到了这种境界，真可谓之“巧夺天工”了！他平生这样的作品极多，兹更录数阕于后：

……最难忘遮灯私语，澹月梨花，借梦来花边廊庑，指春衫泪曾溅处。（《解佩令》下阕）

故人溪上挂愁，无奈烟梢月树。一涓春水点黄昏，便没顿相

思处。（《留春令·咏梅花》上阕）

山月随人，翠蘋分破秋山影。钓船归尽，桥外诗心迥。（《点绛唇》上阕）

所以毛子晋说：

余幼读《双双燕》词，便心醉梅溪；今读其全集，如“醉玉生春”，“柳发梳月”等语，则“柳昏花暝”之句，又不足多矣！（《宋六十家词梅溪词跋》）

惟此风一开，后来作家遂专在辞藻上修饰，而又无梅溪之才，便觉庸滥堆垛，全无质朴自然之美了。

他当年以如此才华，竟未能一登科第，屈身于权相之门，其心绪之懊丧，亦由他的作品中流露出来，如：

好领青衫，全不向诗书中得；也费区区造物，许多心力？未暇买田青颍尾，尚须索米长安陌；有当时黄卷满前头，多惭德。思往事，嗟儿剧；怜牛后，怀鸡肋。奈棱棱虎豹，九重九隔。三径就荒秋自好，一钱不值贫相逼。对黄花常待不吟诗，诗成癖。（《满江红书怀》）

词中所谓“好领青衫，全不向诗书中得……”真是声泪俱下的文字；所谓“尚须索米长安陌，……怜牛后，怀鸡肋。……三径就荒秋自好，一钱不值贫相逼”，其当日身世之潦倒，因贫而仕之无可奈何，真是“慨乎言之”了。末句“对黄花常待不吟诗，诗成癖”，其艺术化的人生，并不因环境心绪之恶劣而废然摧殂，所以在这首词中，我们深深了解他的身世，原谅他当日的失足，而对他那样为艺术而艺术的精神，仍予以十分的钦悯。又如同调《出京怀古》之作：

缓辔西风，对三宿迟迟行客，……双阙远腾龙凤影，九门空锁鸳鸯翼。更无人擫笛傍宫墙，苔花碧。天相汉，民怀国，天厌乱，臣离德。趁建瓴一举，并收鳌极，老子岂无经世术，诗人不预平边策。办一襟风月看升平，吟春色。

及《龙吟曲》上阕：

……歌里眠香，酒酣喝月，壮怀无挠。楚江南，每为神州未复，阑干静，慵登眺。

亦颇寓故国河山之思。所以楼敬思说：

史达祖南渡名士，不得进士出身。以彼文采，岂无论荐，乃甘作权相堂吏，至被弹章，不亦降志辱身之至耶？读其书怀《满江红》词“好领青衫，全不向诗书中得，……三径就荒秋自好，一钱不值贫相逼”，亦自怨自艾者矣。又读其出京《满江红》词“更无人擫傍宫墙，苔花碧。……老子岂无经世术，诗人不预平边策”，亦善于解嘲者矣。然集中又有留别社友《龙吟曲》“楚江南，每为神州未复，阑干静，慵登眺”，新亭之泣，未必不胜于阑亭之集也。乃以词客终其身，史臣亦不屑道其姓氏，科目之困人如此，不禁三叹！

真可谓梅溪的知己了。

他的词集名《梅溪词》，有《宋六十家词》本及《四印斋所刻词》本。

吴文英

文英字君特，号梦窗，四明人。其生年约在宋宁宗庆元、嘉泰间，较白石、梅溪为晚出。姜、史晚年，梦窗仍为童稚，故集中无酬赠之作。他早岁居苏，壮年（三十余岁）以后始居杭。他一生足迹所至之处，以此两地为最多，故其词中所吟胜迹，亦以苏、杭为最。他曾纳苏、杭二妾，一遣，一死，集中如《渡江云・三犯》《莺啼序》《画堂春》《绛都春》等词，均系吟二妾事。他曾作过苏州仓幕，晚年又为荣王府幕客。他当年所往还的人物，除吴履斋等名宦外，多系词人文士，故唱酬之作甚多。或有谓其曾与白石唱和者，盖系姜白帚之误。白帚为另一人，近人梁启超、夏承焘曾为论证实矣。

他的词集有毛刻《宋六十家词》本，分甲乙丙丁稿，（盖系仍旧日传说。）凡三百二十四首；有朱刻《彊村丛书》本，为明旧钞本，不分卷，较《毛》刻少六十八首，附补遗一卷，又增八十四首，另有《梦窗词集小笺》一卷，为彊村先生毕生精力所萃之作，极精审。

梦窗词名极重，其受明清人推许，亦无异于周美成。尹唯晓说：

> 求词于吾宋，前有清真，后有梦窗：此非焕之言，天下之公言也。

其推崇之极，连两宋一切大词家都未列在一个水平线上，但誉之者过甚，而加否认与贬辞者亦甚众。所以沈伯时说他：

> 用事下语太晦处，人不可晓。

张叔夏说他的词：

> 如七宝楼台，眩人眼目；拆碎下来，不成片段。

张皋文《词选》，甚至连他的词都未收录。近人吴瞿庵氏又力为梦窗辩护，说他的词：

以绵丽为尚，运思深远，用笔幽邃，练字练句，迥不犹人；貌视之，雕缋满眼，而宝有灵气行乎其间。细心吟绎，……既不病其晦涩，亦不见其堆垛，此与清真、梅溪、白石并为词学之正宗，一脉真传，特稍变其面目耳。……昔人评骘，……如尹惟晓以梦窗并清真，……誉之未免溢量。至沈伯时谓其太晦，其实梦窗才情超逸，何尝沉晦？梦窗长处，正在超逸之中，见沉郁之思。乌得转以沉郁为晦耶？若叔夏“七宝楼台”之喻，亦所未解；……合观通篇，固多警策，即分摘数语，亦自入妙，何尝不成片段耶？（《词学通论》）

可见梦窗词评，至不一致。现在我们来研究他的作品，对于以上的毁誉，自然就明白它是否有当了。

梦窗特长，在能返南宋人词的“显露”，而为北宋人的“浑化”。如他的：

……箭径酸风射眼，腻水染花腥。……问苍波无语，华发奈山青，水涵空阑干高处，送乱鸦斜日落渔汀。连呼酒上琴台去，秋与云平。（《八声甘州·陪庾幕诸公秋登灵岩》节录）

听风听雨过清明，愁草瘗花铭。楼前绿暗分携路，一丝柳，一寸柔情。料峭春寒中酒，交加晓梦啼莺。西园日日扫林亭，依旧赏新晴。黄蜂频扑秋千索，有当时纤手香凝。惆怅双鸳不到，幽阶一夜苔生。（《风入松》）

一阕写秋日水阁，一阕写春日园林，气象极宽舒和平，浑融圆美，这便是受晏、欧作风的明证。在南宋任何词集中，绝无此种境界：这是他第一个长处。

第二个长处，是：最善修辞，往往很平常的语句，一到他手里，便能柔化得无丝毫的生硬，陶镕得无一点儿渣滓。所以我们一读他的词，便感觉到他那种温厚端丽的作风。例如：

> 翦红情，裁绿意，花信上钗股。残日东风，不放岁华去。有人添烛西窗，不眠侵晓，笑声转，新年莺语。旧樽俎，玉纤曾劈黄柑，柔香系幽素。归梦湖边，还迷镜中路。可怜千点吴霜，寒销不尽，又相对落梅如雨。（《祝英台近·除夜立春》）
>
> 残寒正欺病酒，掩沉香绣户。燕来晚飞入西城，似说春事迟暮。画船载清明过却，晴烟冉冉吴宫树。念羁情游荡，随风化为轻絮。十载西湖，傍柳系马，趁娇尘软雾。溯红渐招入仙谿，锦儿偷寄幽素。倚银屏春宽梦窄，断红湿歌纨金缕。暝隄空轻把斜阳，总还鸥鹭。幽兰旋老，杜若还生，尚水乡寄旅。别后访六桥无信，事往花委，瘗玉埋香，几番风雨。长波妒盼，遥山羞黛，渔灯分影春江宿，记当时短檝桃根渡。青楼仿佛，临分败壁题诗，泪墨惨澹尘土。危亭望极，草色天涯，欢鬓侵半苎。暗点检离痕欢睡，尚染鲛绡，亸凤迷归，破鸾慵舞。殷勤待写，书中长恨，蓝霞辽海沉过雁，漫相思弹入哀筝柱。伤心千里江南，怨曲重招，断魂在否？（《莺啼序》）

此等词正如吴氏所谓“运意深远，用笔幽邃，练字练句，迥不犹人；貌视之，雕缋满眼，而实有灵气行乎其间”了。他的修辞之工细平稳，竟作到如此地步，其学力之深，真令人非常惊异。《四库总目提要》比之为诗中的李商隐，是再真确不过的了。但他的天才并不高旷，故辞华亦不能奔放劲健，他既不能望尘稼轩，亦不能追摹白石；然自学力上讲，则辛、姜均远无其精到。瞿庵先生谓其“才情超逸”，实在是适得其反，不如改为

“学力精邃”四字为确当了。因为他过于工细藻绘，自然要谨束太甚，不能驰骋自如了，自然要有词意晦涩，不相连贯处了。如《声声慢》“檀栾金碧，婀娜蓬莱”的句子，张叔夏谓其“太晦”，其实梦窗集中词意晦涩的例子并不止此。其原因不仅由于“用事下语太晦处，令人不可晓”，实在是因为天才不纵溢，下笔时不能驰骋自如，而又刻意于辞藻上的修饰更加上一层束缚。所以瞿庵教我们读他的词，要“细心吟绎”，不然就觉得是“雕缋满眼”了。这“细心吟绎”四字下得最耐人寻味，其精到处在此，其短处亦在此了。如他的：

宫粉雕痕，仙云堕影，无人野水荒湾。古石霾香，金沙锁骨连环。（1）南楼不恨吹横笛，恨晓风千里关山。半飘零庭下，黄昏月冷阑干。（2）（《高阳台·落梅》上阕）

若分为（1）（2）两段看，则确如瞿庵所谓“仙骨珊珊，洗脱凡艳；幽素处则孤怀耿耿，别缔古欢”，张叔夏所谓如“七宝楼台，眩人眼目”的评语了。但我们再读它的下阕：

寿阳宫里愁鸾镜、问谁调玉髓，暗补香瘢？（1）细雨归鸿，孤山无限寒。（2）离情难倩招清些，梦缟衣，解珮溪边。（3）最愁人啼鸟，清明叶底清圆。（4）

在半阕之中，分出四个片段，用典用事，彼此语意都不相连属，杂凑与斧斵之痕，一望可知。所以张叔夏说他，虽如“七宝楼台，眩人眼目”，但“拆碎下来”，就“不成片段”了！他这些缺点是无庸加以辩护的。不过此等处集中极少，不能用来概括他的全体作品的。

近人王静庵先生最赏识其“隔江人在雨声中，晚风菰叶生秋怨”语，以为确足当周介存的评语：

梦窗词之佳者如水光云影，摇荡绿波；抚玩无极，追寻已远。

我最爱他的《八声甘州》《风入松》《祝英台近》《齐天乐》（《与冯深居登禹陵》）等词，其清灵婉细处，确如“水光云影”，令人爱赏不置。集中名句如《声声慢》“……帘半卷，带黄花人在小楼”，和《八声甘州》“……送乱鸦，斜日落渔汀。连呼酒上琴台去，秋与云平”，以及：

春未来时，酒携不到千岩路；瘦还如许，晚色天寒处。无限新愁，难对风前语。行人去，暗消春素，横笛空山暮。（《点绛唇·越山见梅》）

等词，真有一种极浑融超妙入神的境界。无怪朱彊村谓其能：

……举博丽之典，审音拈韵，习谙古谐；故其为词也，沉邃缜密，脉络井井，缒幽抉潜，开径自行；学者匪造次所能陈其义趣。予治之二十年，一校于己亥，再勘于戊申。……（见《彊村丛书·梦窗词跋》）

朱、吴二先生之说，正复相同。彊村至费二十年功力，校其词凡两易板。去岁朱先生作古沪上，其《彊村遗书》中曾有《定本梦窗词集》一卷，盖至此已三易板刻矣。其于梦窗词之精心校勘研求，可称旷世独步。故吾人读吴词时，虽觉其偶尔失之晦涩，但其全部作品，则均为一生心血之所晶成，其造诣之精邃，诚有如朱、吴二先生所云也。

第二章 一般附庸作家

——卢祖皋——高观国——孙惟信——张辑——周晋——张榘——洪咨夔——杨冠卿——韩淲——洪瑹——王炎——管鉴——刘光祖——严仁——汪莘——刘翰——郑域——赵以夫——杨伯岩——魏了翁——蔡戡——冯取洽——杨缵——翁孟寅——赵汝茪——冯去非——萧泰来——吴礼之——卢炳——李肩吾——黄升——

卢祖皋

祖皋字申之，又字次夔，蒲江永嘉人。庆元五年进士，为军器少监，嘉定十四年权直学士院。词集名《蒲江词》，有毛刻《宋六十家词》本，凡二十五首。佳者颇多，均婉秀淡雅，直追少游，颇能得其神韵。他的小令如：

闲院静，独自行来行去。花片无声帘外雨，峭寒生碧树。做弄清明时序，料理春醒情绪。忆得归时停棹处，画桥看落絮。（《谒金门》）

柳色津头泫绿，桃花渡口啼红；一春又负西湖醉，离恨雨声中。客袂迢迢西塞，余寒翦翦东风。谁家拂水飞来燕，惆怅小楼

空。（《乌夜啼》）

翠楼十二阑干曲，雨痕新染葡萄绿。时节又黄昏，东风深闭门。玉箫吹未彻，窗影梅花月。无语只低眉，闲拈双荔芰。（《菩萨蛮》）

作得均其细致淡雅，乍见虽嫌弱细，但其秀美正于极弱细中现出。他的长调作得也很清幽，例如：

江涵雁影梅花瘦，四无尘雪飞云起，夜窗如昼。万里乾坤清绝处，付与渔翁钓叟。又恰是题诗时候。猛拍阑干呼鸥鹭，道“他年我亦垂纶手，飞过我，共樽酒！”（《贺新郎·吴江三高堂前钓雪亭》下阕）

亦有鱼龙戏舞，艳明川绮罗歌鼓。乡情节意，尊前同是天涯羁旅。涨绿池塘，翠阴庭院，归期无据。问明年此夜，一眉新月，照人何处？（《水龙吟·淮西重午》下阕）

高观国

观国字宾王，山阴人，其词集名《竹屋痴语》，有毛刻《宋六十家词》本。他与史邦乡交谊颇挚，其作风与卢蒲江极相近，张叔夏极加推崇，至谓：

竹屋、白石、梅溪、梦窗，格调不凡，句法挺异，俱能特立清新之意，删削靡曼之词，自成一家。

其实竹屋作品，秀韵处尚不及蒲江，何能与白石、梅溪、梦窗三家相提并论？兹录其集中最婉丽者二阕于下：

浪摇新绿，漫芳洲翠渚，雨痕初足。荡霁色流入横塘，看风

外漪漪，皱纹如縠。藻荇萦回，似留恋鸳飞鸥浴。爱娇云蘸色，媚日接蓝，远迷心目。（《解连环·春水》上阕）

凉云归去，再约着，晚来西楼风雨。水静帘阴，鸥间菰影，秋到露汀烟浦。试省唤回幽恨，尽是愁边新句。倦登眺，动悲凉，还在残蝉吟处。（《喜迁莺》下阕）

比较还以小令为最佳，如《菩萨蛮》下阕：

烟明花似绣，且醉旗亭酒。斜月照花西，归鸦花外啼。

确能“工而入逸，婉而多风。”（《古今词话》）

孙惟信

惟信字季蕃，号花翁，开封人。刘后村《花翁墓志》云：

季蕃贯开封，少受祖泽，调监当不乐弃去。始昏于婺，后去婺游。留苏、杭最久。一榻之外无长物，躬爨而食。书无乞米之帖，文无逐贫之赋，终其身如此。

花翁的生平仅此尚可考征。然其人品境遇，亦足令人钦悯矣。词集已佚，近人赵万里始为汇成一卷，名《花翁词》，刊于《校辑宋金元人词》中，凡十一首。他的词很风雅柔媚，尤以《烛影摇红》与《南乡子》二阕最为杰出：

一朵鞓红，宝钗压髻东风溜。年时也是牡丹时，相见花边酒。初试夹纱半袖，与花枝盈盈斗秀。对花临景，为景牵情，因花感旧。题叶无凭，曲沟流水空回首。梦云不到小山屏，真个欢难偶。别后知他安否？软红街清明还又。絮飞春尽，天远书成，

日长人瘦。（《烛影摇红·牡丹》）

壁月小红楼，听得吹箫忆旧游。霜冷阑干天似水，扬州，薄幸声名总是愁。尘暗鹔鹴裘，裁翦曾劳玉指柔。一梦觉来三十载，风流，空对梅花白了头！（《南乡子》）

二词写得都极婉媚多姿，其听俊自然处，似尚过乎竹屋、蒲江，独惜花翁之名不彰，后世知之者少耳。

张 辑

辑字宗瑞，号东泽，鄱阳人。冯深居目为东仙，有《欸乃集》。词集名《东泽绮语债》，原为二卷，今仅存一卷，有《彊村丛书》本。他的诗词均衣钵白石而能暨其堂奥，同时他又效仿苏、辛之作，故其词既风雅婉丽，又复幽畅清疏。例如他的：

梧桐雨细，渐滴做秋声，被风惊碎。润逼衣篝，线袅蕙炉沉水。悠悠岁月天涯醉，一分秋，一分憔悴。紫箫吹断，素笺恨切，夜寒鸿起。又何苦凄凉客里，负草堂春绿，竹溪空翠。落叶西风，吹老几番尘世。从前谙尽江湖味，听商歌，归兴千里。露侵宿酒，疏帘淡月，照人无寐。（《疏帘淡月》即《桂枝香》）

江头又见新秋，几多愁。塞草连天，何处是神州？英雄恨，古今泪，水东流。惟有渔竿，明月上瓜洲。（《月上瓜洲》）

此词如含蕴着无限的凄凉感时之意，与辛稼轩、张于湖等人之愤慨作品相较，已显示出两时期的背景了。大约这时候，一般忧心国事的人，已知道恢复神州是无望的了。他的风雅之作，极近姜、史一派，如：

花半湿，睡起一窗晴色。千里江南真咫尺，醉中归梦直。前度兰舟送客，双鲤沉沉消息。楼外垂杨如此碧，问春来几日？

（《垂杨碧》即《谒金门》）

即系一例，他好将词牌名更换，以示新奇，所以词品说他："乐府一卷，皆倚旧腔，而别立新名，亦好奇之故。"

周 晋

晋字叔明，号啸斋。他的词录于周密《绝妙好词》者仅三首，皆新逸有自然之趣。其风调与花翁极相近，均系学少游而少变其音吐者。兹录二阕于后：

图书一室，香暖垂帘密。花满翠壶熏砚席，睡觉满窗晴日。手寒不了残棋，篝香细勘唐碑。无酒无诗情绪，欲梅欲雪天时。（《清平乐》）

午梦初回，卷帘尽放春愁去。昼长无伴，自对黄鹂语。絮影蘋香，春在无人处。移舟去，未成新句，一砚梨花雨。（《点绛唇·访弁存叟南漪钓隐》）

张 榘

榘字方叔，润州人。有《芸窗词》一卷，见毛晋《宋六十家词》本。他的词极清丽流转，毛氏极赏重之。至谓其：

如"正挑灯共听夜雨"，（《摸鱼儿》）幽韵不减陆放翁；如"小楼燕子话春寒"，（《浪淘沙》）艳态不减史邦卿；至如"秋在黄花羞涩处"，（《青玉案》）又"苦被流莺蹴翻花影，一阑红露"（《水龙吟》）等语，直可与秦七、黄九相雄长。（见毛氏《芸窗词跋》）"

评语极精当。兹录二阕于后：

西风乱叶溪桥树，秋在黄花羞涩处。满袖尘埃推不去；马蹄霜浓，鸡声淡月，寂历荒村路。身名都被儒冠误，十载重来慢如许。且尽清樽公莫舞；六朝旧事，一江流水，万感天涯暮。（《青玉案·被檄出郊题陈氏山居》）

昼长帘幕低垂，时时风度杨花过。梁间燕子，芹随香嘴，频沾泥污。苦被流莺，蹴翻花影，一阑红露。看残梅飞尽，枝头微认青青子，些儿大。（《水龙吟》上阕）

洪咨夔（公元？—一二三六）

咨夔字舜俞，号平斋，于潜人。嘉定二年进士，累官刑部尚书，翰林学士，加端明殿学士。端平三年卒，谥忠文，有《平斋词》一卷，见毛氏《宋六十家词》本。他有时也仿苏、辛体，颇清畅，但仍以淡雅见长。如：

平沙芳草渡头村，绿遍去年痕。游丝上下，流莺往来，无限销魂。绮窗深静人归晚，金鸭水沉温，海棠影下，子规声里，立尽黄昏。（《眼儿媚》）

又如他的《满江红》“满天涯都是离别愁，无人扫，……最关情鸭鸡一声催，窗纱晓。”等句也还新倩。

杨冠卿

冠卿字梦锡，江陵人。有《客亭类稿》十五卷；词集一卷，名《客亭乐府》，有《彊村丛书》本。录一阕于后：

满院落花春寂，风紧一帘斜日，翠钿晓寒轻，独倚秋千无力。无力无力，蹙破远山愁碧。（《如梦令》）

韩　淲（公元一一五九——一二二四）

淲字仲止，颍川人，元吉之子。淡于功名，从仕不久，即归隐。嘉定中卒。有《涧泉诗余》一卷。见《彊村丛书》。其词颇清畅，录一阕如下：

病起情怀恶，小帘栊杨花坠絮。木阴成幄，试问春光今几许，（甚）都把年华忘却。更多少从前盟约。拟待莺边寻好语，恍残红零乱风回薄。思往事，信如昨。清明寒食须寻乐，算人生何时富贵，自徒萧索。试著春衫从酒伴。乱插繁英嫩萼。信莫被功名担阁。随分溪山共笑傲，这一身闲处谁能缚？琴剑外，尽杯酌。（《贺新郎》）

洪　瑹

瑹字叔玙，自号空同词客，有《空同词》一卷，有毛氏《宋六十家词》本。他的词有时作得颇明倩有致，如“系马短亭西，丹枫明酒旗”，（《菩萨蛮》）“碧天如水印新蟾”，（《南柯子》）以及《月华清》《春夜对月》云，

况是风柔夜暖，正燕子新来，海棠微绽。不似秋光，只照离人肠断。

王　炎（公元一一三八——一二一八）

炎字晦叔，婺源人，有《双溪诗余》一卷，见《四印斋宋元三十一家词》。他当日对于作词的态度，以“不溺于情欲，不荡而无法”，“不贵豪壮语”，“惟婉转妩媚为善。”（具见他的词集自序。）他的词以下面两阕作为代表：

渡口唤扁舟，雨后春绡皱。轻暖相重护病躯，料峭还寒透。（《卜算子》上阕）

怯寒未敢试春衣，踏春时，懒追随。野簌山殽，村醸可从宜。不向花边拼一醉，花不语，人笑痴。（《江城子》）

管　鉴

鉴字明仲，龙泉人，有《养拙堂词》一卷，见《四印斋宋元三十一家词》。录《醉落魄》词以为代表：

春阴漠漠，海棠花底东风恶。人情不似春情薄，守定花枝，不放花零落。绿尊细细共春酌，酒醒无奈愁如昨。殷勤待与东风约；莫苦吹花，何似吹愁却！

刘光祖（公元一一四二—一二二二）

光祖字德修，号后谿，简池人。登进士第，庆元初官侍御史，改司农少卿，终显谟阁学士。有《鹤林词》一卷，原集已佚，近人赵万里始为辑得十一首，汇为一卷，刊于《校辑宋金元人词》中。他的《踏莎行》：

扫径花零，闭门春晚，恨长无奈东风短。……两晚月魂清，夕阳香远。……

以及赋败荷的《洞仙歌》上阕：

晚风收暑，小池塘荷静。独倚胡床，酒初醒。起徘徊，时有香气吹来，云藻乱，叶底游鱼动影。

都很婉媚新倩。他的《祝英台近·感怀》云：

有时低按银筝，高歌《水调》，落花外纷纷人境。

末七字尤为况周颐所爱赏。谓其：

妙处难以言说，但觉芥子须弥，犹涉执象。（《蕙风词话》卷二）

严 仁

仁字次山，号樵溪，邵武人，有《清江欸乃》一卷，今已失传。他与同族严羽、严参，并称“邵武三严”。黄升谓其词“极能道闺闱之趣”。他的《玉楼春》：

春风不在园西畔，荠菜花繁蝴蝶乱。冰池晴绿照还空，香径落红吹已断。意长翻恨游丝短，尽日相思罗带缓。宝奁如月不欺人，明日归来君试看。

写得很明艳工丽，足与浦江、竹屋抗衡。

汪 莘

莘字叔耕，休宁人，嘉定间曾叩阍上疏，不报。后筑室柳溪，号方壶居士。有《方壶存稿》，及《方壶诗余》二卷，有《彊村丛书》本。他的词极潇洒明净，如《好事近》上阕：

夹岸隘桃花，花下苍苔如积。蓦地轻寒一阵，上桃花颜色。

以及：

帘漏滴，却是春归消息。带雨牡丹无气力，黄鹂愁雨湿。

争看洛阳春色，忘却连天草碧，南浦绿波双桨急，沙头人伫立。（《谒金门》）

美人家在江南住，每惆怅江南日暮。白蘋洲畔花无数，还忆潇湘风度。幸自是断肠无处，怎强作莺声燕语。东风占断秦筝柱，也逐落花归去。（《杏花天》）

都是一种极美妙明倩的短歌。

刘　翰

翰字武子，长沙人。吴云壑（琚）之客。有《小山集》一卷。他的词造句很明艳动人，如：

花底一声莺，花上半钩斜月。月落乌啼何处，点飞英如雪。东风吹尽去年愁，解放丁香结；惊动小亭红雨，舞双双金蝶。（《好事近》）

凄凄芳草，怨得王孙老。瘦损腰围罗带小，长是锦书来少。玉箫吹落梅花，晓烟犹透轻纱。惊起半帘幽梦，小窗淡月啼鸦。（《清平乐》）

郑　域

域字中卿，号松窗，三山人。庆元丙辰，随张贵谟使金，有《燕谷剽闻》二卷，记北庭甚详。其词有海宁赵万里氏辑本。名《松窗词》，凡十一首。其《昭君怨》一阕为咏梅中新颖别致之作。

道是花来春未，道是雪来香异；水外一枝斜，野人家。冷落竹篱茅舍，富贵玉堂琼榭：两地不同栽，一般开。

赵以夫（公元一一八九—一二五六）

以夫字用甫，号虚斋，福之长乐人。端平中知漳州，有治绩。嘉熙二年拜同知枢密院事。淳祐初罢。寻加资政殿学士，吏部尚书。与刘克庄同纂修国史。词集名《虚斋乐府》，凡一卷，有《粟香室丛书》侯刻《名家词》本，有江标刻《宋元名家词》本。

虚斋词以慢词见长，写得颇工丽。如：

玉壶冻裂琅玕折，骎骎逼人衣袂，暖絮张空飞失。前山横翠，欲低还起，似妆点满园春意。记忆当时剡中情味，一溪云水。天际绝行人，高吟处，依稀灞桥邻里。更翦翦梅花，落云阶月地。……（《征韶雪》节录）

杨伯岩

伯岩字彦瞻，号泳斋，和王诸孙，居临安。淳祐间，除工部郎，出守衢州。著有《六帖补》二十卷，《九经补韵》一卷。伯岩为钱塘薛尚功的外孙，弁阳周公谨的外舅。（见《绝妙好词笺》）其词亦系风雅一派，如：

梅观初花，蕙庭残叶，当时惯听山阴雪。东风吹梦到清都，今年雪比前年别。重酿宫醪，双钩官帖，伴翁一笑成三绝。夜深何用对青藜，窗前一片蓬莱月。（《踏莎行·雪中疏寮借阁帖更以徽露送之》）

魏了翁（公元一一七八—一二三七）

了翁字华父，号鹤山，蒲江人。庆元五年进士。理宗朝官资政殿学士，福州安抚使。卒谥文靖，有《鹤山长短句》三卷，见《双照楼影刊宋元明本词》。鹤山为南宋理学家，其词亦颇清旷。如《朝中措》：

玳筵绮席绣芙蓉，客意乐融融。吟罢风头摆翠，醉余日脚沉红。简书绊我，赏心无托，笑口难逢。梦草闲眠暮雨，落花独倚春风。

蔡　戡

戡字定夫，仙游人。有《定斋诗余》一卷，见《彊村丛书》本，仅寥寥数首，然颇婉丽。如《点绛唇》：

纤手工夫，采丝五道交相映。同心端正，有双鸳并。皓腕轻缠，结就相思病。凭谁信？玉肌宽尽，却系心儿紧。

冯取洽

取洽字熙之，延平人，自号双溪翁，有《双谿词》一卷，见《典雅词》。其《菩萨蛮》一词极新丽不落恒蹊：

秋到双溪上树，叶叶凉声，未省来何许。尽拓溪楼窗与户，倚栏清夜窥河鼓。那时吟朋同此住，独对秋芳，欲寄花无处。杖履相从曾有语，未来先自愁君去。

杨　缵

缵字继翁，严陵人，居钱塘，宁宗杨后兄次山之孙，号守斋，又号紫霞翁。当时推为知音，能自度曲。举其自度曲《被花恼》上阕如下：

疏疏宿雨酿寒轻，帘幙静垂清晓，宝鸭微温瑞烟少。檐声不动，春禽对语，梦怯频惊觉。欹珀枕，倚银床，半窗花影明东照。

翁孟寅

孟寅字宾旸，号五峰，钱塘人，其词亦系史、高一派之作，如《阮郎归》：

月高楼外柳花明，单衣怯露零。小桥灯影落残星，寒烟蘸水萍。歌袖窄，舞环轻，梨花梦满城。落红啼鸟两无情，春愁添晓醒。

近人赵万里辑其词汇为一卷，名《五峰词》。凡五首，刊于《校辑宋金元人词》中。

赵汝茪

汝茪字参晦，号霞山，商王元份八世孙善官子。（见《宋史·宗室世系表》）他的词极明艳生动，为风雅派中上驷之选。如：

一目清无留处，任屋浮天上，身集空虚。残烧夕阳过雁，点点疏疏。故人老，大好襟怀，消减全无。漫赢得秋声两耳，冷泉亭下骑驴。（《汉宫春》下阕）

小研红绫笺纸，一字一行春泪。封了更亲题，题了又还折起。归未，归未？好个瘦人天气。（《如梦令》）

他的词录于赵氏《校辑宋金元人词》者凡九首，名《退斋词》。

冯去非

去非字可迁，号深居，南康都昌人，淳祐元年进士，干办淮东转运司，宝祐四年召为宗学谕。深居与翁孟寅等均与吴文英同时，有唱酬之作。他的《喜迁莺》词极与梦窗为近，不过不如吴词的珊秀灵婉罢了。

凉生遥渚，正绿芰櫱霜，黄花招雨。雁外渔灯，蛩边蟹舍，绛叶表秋来路。世事不离双鬓，远梦偏欺孤旅。送望眼但凭舷微笑，书空无语。慵看镜里，十载征尘，长抱朱颜污。借着清油，挥毫紫塞，旧事不堪重举！间阔故山猿鹤，吟落同盟鸥鹭。倦游也，便樯云拖月，浩歌归去。（《喜迁莺》）

这正是梦窗派词人唯一的色采，也可以说是一个古典派的模型。这派词人的流弊，不免失之庸晦，无空灵自然的意境与雄畅的笔风。

萧泰来

泰来字则阳，号小山，临江人，绍定二年进士，有《小山集》。其咏梅词《霜天晓角》颇幽倩别致。

千霜万雪，受尽寒磨折；赖是生来瘦硬，浑不怕角吹彻。清绝影也别，知心惟有月。元没春风性情，如何共海棠说？

吴礼之

礼之字子和，钱塘人，有《顿受老人词》一卷。原本已失，近人赵万里辑得十七首，附录二首，汇为一卷，刊于《校辑宋金元人词》中。录《霜天晓角》一阕：

西风又急，细雨黄花湿。楼枕一篙烟水，兰舟漾，画桥侧。念昔空泪滴，故人何处觅，魂断菱歌凄怨，疏帘外，暮山碧。

卢　炳

炳字叔阳，有《烘堂词》一卷，见毛氏《宋六十家词》。录《谒金门》一阕：

春寂寂，节物又催寒食。楼上卷帘双燕入，断魂愁似织。门外雨余风急，满地落英红湿。好梦惊回无处觅，天涯芳草碧。

李肩吾

肩吾字子我，号蠙洲，眉州人，为魏鹤山之客，而行辈较晚，治六书之学，尝著《字通》。他的《清平乐》一阕为其杰出婉媚之作。

美人娇小，镜里容颜好。秀色侵入春帐晓，郎去几时重到？叮咛记取儿家：碧云隐映红霞；直下小桥流水，门前一树桃花。

其词刊于赵氏《校辑宋金元人词》，名《蠙洲词》一卷，凡十首。

黄　升

升（《绝妙好词》作易）字叔旸，号玉林，是一位潇洒的名士，有《散花庵词》一卷，有《宋六十家词》本。他曾编《花庵词选》。凡二十卷。上部曰《唐宋诸贤绝妙词选》，十卷，所录皆北宋以前人词；下部曰中兴以来绝妙词选，亦为十卷，纯为南宋作家，与周密《绝妙好词》同为研究南宋词必读之书。他因淡于功名，故其词亦萧疏有田野之趣，如《西江月》：

玉林何有？有一弯莲沼，数间茅宇。断堑疏篱聊补葺，那得粉墙朱户。禾黍西风，鸡豚晓日，活脱田家趣。客来茶罢，自挑野菜同煮。多少甲第连云，十眉环座，入醉黄金坞。回首邯郸春梦破，寒落珠歌翠舞。得似衰翁，萧然陋巷，长作溪山主？紫芝可采，更寻岩谷深处。

他的宫词《清平乐》亦轻柔明秀，而有含蕴：

珠帘寂寂，愁背银釭泣。记得少年初选入，三十六宫第一。当时掌上承恩，而今冷落长门。又是羊车过也，月明花落黄昏。

第三章　辛派词人

——刘过——程珌——黄机——岳珂——方岳——陈经国——文及翁——王埜——李昂英——李好古——李泳——刘克庄——吴潜——附录：本期几个女作家——略去的作家

刘　过

过字改之，号龙洲道人，吉州太和人（一云襄阳人），尝伏阙上书，光宗时复以书抵时宰，陈恢复方略，不报。放浪湖海间。词集名《龙洲词》，有《宋六十家词》本。

改之为稼轩幕客，其词亦力模稼轩，然粗率平直，且多谰语，其《沁园春》咏美人足，美人指甲，虽工丽，然纤巧亵琐，亦落下乘。兹录其学辛词之少清醇者一阕于后：

……衣袂京尘曾染处，空有香红尚软。……一枕新凉眠客舍，听梧桐疏雨秋风颤。灯晕冷，记初见。楼低不放珠帘卷。晚妆残，翠娥狼籍，泪痕盈脸。……莫鼓琵琶江上曲，怕荻花枫叶俱凄怨。云万叠，寸心远。（《贺新郎》节录）

比较还以小令最为擅长，兹录其《醉太平》如下：

情高意真，眉长发青；小楼明月调筝，写春风数声。思君忆君，魂牵梦萦；翠绡香暖云屏，更那堪酒醒！

又如《小桃红》：（在襄州作）

芦叶满汀洲，寒沙带浅流，二十年重过南楼。柳下系船犹未稳，能几日，又中秋。黄鹤断矾头，故人曾到不？旧江山浑是新愁。欲买桂花同载酒，终不似，少年游。

此等词皆写得清畅隽逸，当日性情口吻，如现纸上，允为出色当行之作。

程珌（公元一一六四—一二四二）

珌字怀古，休宁人，绍熙四年进士，知福州，兼福建安抚使，封新安郡侯。有《洺水词》一卷，见《宋六十家词》。他的作风与苏、辛为近，但亦时有秀韵的诗句，如《念奴娇》“燕子春寒未到，谁说江南消息？……这回归去，松风深处横笛。”

黄　机

机字几仲，一作几叔，东阳人，有《竹斋诗余》一卷，见毛氏《宋六十家词》。他的词学稼轩而不失其清幽风雅之趣者。录二阕于后：

西风猎猎，又是登高时节。一片情怀无处说，秋满江头红叶。谁怜鬓影凄凉，新来更点吴霜。孤负萸囊菊盏，年年客里重阳。（《清平乐》）

日薄风柔，池面欲平还皱。纹楸玉子，磔磔敲春昼。绣衾半卷，花气浓熏香兽。小团初试鏕铲甃。（《传言玉女》上阕）

岳　珂

珂字肃之，号亦斋，又号倦翁，相台人，岳飞之孙。知嘉兴，历官户部侍郎，淮东总领。有《玉楮集》《媿剡录》《读史备忘》《东陲事略》《程史》《吁天辨诬录》《金陀粹编》行世。他的词亦壮烈有祖风，如《祝英台近》咏北固亭：

澹烟横，层雾敛，胜概分雄占。月下鸣榔，风急怒涛飐。关河无限清愁，不堪重鉴。正霜鬓秋风尘染。谩登览，极目万里沙场，事业频看剑。古往今来，南北限天堑。倚楼休弄新声，重城门掩，历历数西州更点。

又如他的《满江红》：

小院深深悄，镇日阴晴无据。春未足，闺愁难寄，琴心谁与？曲径穿花寻蛱蝶，虚阑傍日教鹦鹉。笑十三杨柳女儿腰，春风舞。云外月，风前絮。情与恨，长如许。想绮窗今夜与谁凝伫？洛浦梦回留珮客，秦楼声断吹箫侣。正黄昏时候杏花寒，帘纤雨。

则又以明畅雅洁见长了。

方岳（公元一一九九——二六二）

岳字巨山祁门人，理宗朝两为文学掌故，官中秘书，出守袁州。有《秋崖先生小稿》四卷，有四印斋刊本，及《涉园景宋金元明本词》《续刊》本。他当宋室末造，其词颇有叔世之感，录一阕于后。

秋雨一何碧，山色倚晴空。江南江北，愁思分付螺红。芦叶蓬舟千里，菰菜莼羹一梦，无语寄归鸿。醉眼渺河洛，遗恨夕阳中。蘋洲外，山欲暝，敛眉峰。人间俯仰陈迹，叹息两仙翁。不见当时杨柳，只是从前烟雨，磨灭几英雄。天地一孤啸，匹马又西风。（《水调歌头·平山堂用东坡韵》）

又同调末句："莫倚阑干北，天际是神州"，亦深寓忠爱祖国之思者。

陈经国

经国字伯大，潮州海阳县人，宝祐四年进士。有《龟峰词》，有四印斋刊本。他的《沁园春·丁酉岁感事》：

谁思神州，百年陆沉，青氈未还。怅晨星残月，北州豪杰，西风斜日，东帝江山。刘表坐谈，深源轻进，机会失之弹指间。伤心事，是年年冰合，在在风寒。说和说战都难算，未必江沱堪宴安。叹封侯心在，鳣鲸失水，平戎策就，虎豹当关。渠自无谋，事犹可做。更剔残灯抽剑看。麒麟阁，岂中兴人物，不尽儒冠？

一种愤世之意自负之情，均以壮烈质素的歌声写出。所谓"封侯心在，剔灯看剑"，尤能写出屈居末位不能一展健儿身手的心情；视张孝祥、辛稼轩等人仅以牢骚愤慨语出之者，尤为更进一层了。我尝恨两宋民族性太脆弱，于词中所表现者多女儿缠绵语，消极轻世语，或牢骚语，求能如此篇之雄心勃发的作品，除武穆《满江红》外简直找不出第二篇了。

文及翁

及翁字时学，号本心，绵州人。历官参知政事。他的词亦如张元干、张孝祥、辛弃疾、陈经国等人的豪壮悲愤。如：

一勺西湖水，渡江来，百年歌舞，百年酣醉。回首洛阳花石，尽烟渺黍离之地！更不复新亭堕泪。簇乐红妆摇画舫，问中流击楫何人是！千古恨，几时洗？余生自负澄清志，更有谁磻溪未遇，傅岩未起？国事如今谁倚仗，衣带一江而已！便都道：江神堪恃。借问孤山林处士，但掉头笑指梅花蕊。天下事，可知矣！（《贺新凉·游西湖有感》）

身处这样一个偏安的危局，而一般醉生梦死的民众，尚且“摇着画舫，簇乐红妆”，过着享乐的生活，那里有什么“中流击楫”的烈士呢？这时仅仅仗着“衣带一江”，便怡然自得，以为“江神堪恃”；而一般文士，也都逍遥物外，于国事毫不关心，所谓“林处士”之流，“但掉头笑指梅花蕊”而已，真是“天下事可知矣”了！这篇词不独语意悲壮，且将当年社会的苟安心理与堕落的行为，忠实的写出，不加一点雕琢语。

王　埜（一作王彧）

埜字子文，号潜斋，金华人。宝祐初拜端明殿学士，佥书枢密院事，封吴郡侯。录《西河》一阕：

天下事，问天怎忍如此！陵图谁把献君王，结愁未已。少豪气概总成尘，空余白骨黄苇！千古恨，吾老矣！东游曾吊淮水。绣春台上，一回登，一回揾泪。醉归抚剑倚西风，江涛犹壮人意。只今袖手野色里，望长淮犹二千里。纵有雄心谁寄！近新来又报锋烟起，绝域张骞归来未？

此篇与陈经国的《沁园春》，文及翁的《贺新凉》同为愤时寄慨之作，虽造语未能十分工稳，然较一般吟风弄月之作，毫无所谓者，自要高出一等了。

李昂英

昂英字俊明，（一云名昂英，字公昂）番禺人，一云资州人。宝庆进士，淳祐初官吏部郎，累擢龙图阁待制，吏部侍郎。归隐文溪，卒谥忠简。有《文溪词》一卷，见毛氏《宋六十家词》。他与刘过、岳珂、吴潜等均受辛词影响，故喜作豪壮语。兹录其得名之作《摸鱼儿》（见毛氏《文溪词跋》）一词于后：

怪朝来片红初瘦，半分春事风雨。丹山碧水含离恨，有脚阳春，难驻芳草波。似叫住东君，满树黄鹂语。无端杜宇，报采石矶头，惊涛屋大，寒色要春护。阳关唱画鹢，徘徊东渚，相逢知又何处？摩挲老剑雄心在，对酒评今古。君此去，几万里东南双手槃天柱。长生寿母。更稳坐安舆，三槐堂上，好看彩衣舞。（《摸鱼儿·送王子文知太平州》）

李好古

好古里居不详。有《碎锦词》一卷，见《四印斋刊宋元三十一家词》。陆心源皕宋楼藏《碎锦词》两部，一题“乡贡免解进士，”当时或有两个李好古也未可知。他的词多慷慨之音，如《江城子》：

平沙浅草接天长，路茫茫，几兴亡！昨夜波声，洗岸骨如霜。千古英雄成底事，徒感慨，谩悲凉。少年有意伏中行，馘名王，扫沙场；击楫中流，曾记泪沾裳。欲上治安双阙远；空帐望，过维扬！

李　泳

泳字子永，庐陵人，与兄洪、漳，及弟泳、淛，五人皆能词，合著《李氏花萼集》五卷，原本已失，近人赵万里辑得李氏兄弟之作凡十三首，附录二首，汇为一卷，刊于《校辑宋金元人词》中。兹录李泳的《题甘将军庙水调歌头》下阕如后：

夜将阑，人欲静，月初圆。素蛾弄影，光射空际渺婵娟。不用濯缨垂钓，唤取龙宫仙驾，耕此万琼田。横笛望中起，吾意已超然。

刘克庄（公元一一八七—一二六九）

克庄字潜夫，号后村。莆田人，淳熙中赐同进士出身，官龙图阁直学士，卒谥文定，有《后村别调》一卷，见毛氏《宋六十家词》，又名《后村长短句》，见《彊村丛书》。

后村为一享大龄之诗人，生于孝宗末年，死于度宗初年，中历光、宁、理三朝，于南宋主要词人，先后多曾亲见。故于各词人掌故，知之亦较亲切。他的词纯学稼轩，为辛派重要作家。其《玉楼春》下阕：

易挑锦妇机中字，难得玉人心下事。男儿西北有神州，莫洒水西桥畔泪。

杨升庵谓其壮语足以立懦，如此词者，诚足以当之无愧了。兹选录其集中最杰出者二阕如下：

赤日黄埃，梦不到清溪翠麓，空健羡，君家别墅，几株幽独；骨冷肌清偏要月，天寒日暮犹宜竹。想主人杖履绕千回，山南北。宁委涧，嫌金屋；宁映水，羞银烛。叹出群风韵，背时装束。竞爱东邻姬传纷，谁怜空谷人如玉，笑林逋何逊漫为诗，无人读。（《满江红》）

此词与稼轩《满江红》诸阕相较，其模仿之迹，不难立辨。一切音吐辞彩与稼轩尤极神似。

宫腰束素，只怕能轻举。好筑避风台护取。莫遣惊鸿飞去。一团香玉温柔，笑颦俱有风流。贪与萧郎眉语，不知舞错伊州。（《清平乐》））

此词末二语写得亦极隽美，为不轻人道者。

吴 潜

潜字毅夫，宁国人，嘉定十年进士第一。淳祐中观文殿大学士，封庆国公，改许国公，以沈炎论劾谪化州团练使，循州安置。卒赠少师，有《履斋先生诗余》一卷，见《彊村丛书》。履斋词学稼轩，颇能得其是处。当他为贾似道所陷，南迁岭表时，曾作了一首《满江红》词，有“报国无门空白怨，济时有策从谁吐”句，以自道其哀情。（见《词品》）兹录其学辛之作二阕于后：

柳带榆钱，又还过清明寒食。天一笑，满园罗绮，满城箫笛。花树得晴红欲染，远山过雨青如滴。问江南池馆有谁来，江南客。乌衣巷，今犹昔，乌衣事，今难觅。但年年燕子，晚烟斜日。抖擞一春尘土债，悲凉万古英雄迹。且芳尊随分趁芳时，休虚掷。（《满江红·金陵乌衣园》）

扁舟乍泊，危亭孤啸，目断闲云千里。前山急雨过溪来，尽洗却人间暑气。暮鸦木末，落凫天际，都是一番秋意。　痴儿騃女贺新凉，也不道西风又起。（《鹊桥仙》）

此词写初秋雨过情形，极潇洒森秀，其境界似未曾为人道过者。

他与姜白石曾相从游，姜死西湖，他曾为助殡。故其词亦颇受白石的影响。兹举例如下：

闲想罗浮旧恨，有人正睡里，姝翠蛾绿。梦断魂惊，几许凄凉，却是千林海屋。鸡声野渡溪桥滑，又角引戍楼悲曲。怎得知清足亭边，自在杖藜巾幅？（《疏影咏梅和姜免章韵》下阕）原注：余别墅有梅亭，匾曰“清足。”

在本期内，尚有几个女作家，兹为述之如下。

吴淑姬

淑姬生平不详，据《诚斋杂记》，则谓嫁与士子杨子治，又据《青泥莲花记》引《夷坚志》，则谓系湖州吴秀才女，慧而能诗词，貌美家贫，为富家子所据，以事陷狱，释出，周某之子买以为妾，名曰淑姬，两书所述迥异，疑为两人；但《祝英台近》一阕，则两书俱载，不知是否为一人？黄升云：“淑姬女流中黠慧者，有词五卷，佳处不减李易安。”据此则知她在当年，实在是一位很重要的女作家了。她的词集虽有五卷之多，但流传至今者，仅《长相思》《祝英台近》《小重山》数阕了。兹录其《小重山》如下：

谢了荼蘼春事休，无多花片子，缀枝头。庭槐影碎被风揉，莺虽老，声尚带娇羞。　　独自倚妆楼，一川烟草浪，衬云浮。不如归去下帘钩；心儿小，难着许多愁。

此真如花庵所谓“佳处不减李易安”了。

孙道绚

道绚为黄铢之母，早寡。其《滴滴金》《如梦令》《忆少年》《秦楼月》《南乡子》《清平乐》等词，最为选家所采录。兹举其《滴滴金》如下：

月光飞入林前屋，风策策，度庭竹，夜半江城击柝声，动寒梢凄宿。　　等闲老去年华促，只有江梅伴幽独。梦绕夷门旧家山，恨惊回难续。

近人赵万里辑其词得九首，附录三首，名曰《冲虚词》，刊于《校辑宋金元人词》中。

孙　氏

氏郑文妻，有《忆秦娥》《烛影摇红》等词。据《古杭杂记》载，谓郑文为秀州人。游太学时，其妻孙氏寄《忆秦娥》词；一时传播，酒楼伎馆皆歌之。兹录其词如下：

花深深，一钩罗袜行花阴，行花阴，闲将柳带，试结同心。　日边消息空沉沉，画眉楼上愁登临。愁登临，海棠开后，望到如今。

此词写得极婉媚韵致，表现出女性文学的优美来。

陆游妾

据《随隐漫录》载，放翁曾纳驿卒女为妾，为夫人逐去，妾赋《生查子》而别。其词云：

只知眉上愁，不识愁来路，窗外有芭蕉，阵阵黄昏语。晓起理残妆，整顿教愁去。不合画春山，依旧约愁住。

朱淑真

淑真号幽栖居士，钱塘人，世居桃村。工诗，嫁为市井民妻，不得志殁。宛陵魏仲恭辑其诗。名曰《断肠集》。其词集一卷，有汲古阁刊《诗词杂俎》本，有《四印斋所刻词》本。又据《四朝诗集》载：淑真海宁人，朱熹侄女。未知确否。

她的词意境极凄厉，最能写出她的“不得志”的心情与身世。如“多谢月相怜，今宵不忍圆”，如“愁病相仍，剔尽寒灯梦不成”，如“把酒送春春不语，黄昏却下潇潇雨”，其凄厉的情怀，则较少游迁谪诸作还要悲凉。这是中国旧礼教之下，婚姻不能自由，被牺牲死去的一位可怜的女诗人。她的作品，有易安的婉柔，而意境则与易安适得其反，试读两人的词集，则二人的身世不难略略窥见了。兹录数阕如后：

山亭水榭秋方半，凤帏寂寞无人伴。愁闷一番新，双娥只旧颦。　　起来临绣户，时有疏萤度。多谢月相怜，今宵不忍圆。（《菩萨蛮》）

独行独坐，独倡独酬还独卧。伫立伤神，无奈轻寒著摸人。

此情谁见？泪洗残妆无一半。愁病相仍，剔尽寒灯梦不成。（《减字木兰花》）

楼外垂杨千万缕，欲系青春，少住春还去。犹自风前飘柳絮，随春且看归何处。　　绿满山川闻杜宇，便做无情，莫也愁人意。把酒送春春不语，黄昏却下潇潇雨。（《蝶恋花》）

她的《生查子》一词，以见于欧阳修《六一词》中，故后世多有为之辩诬，谓非淑真作者。

严　蕊

蕊字幼芳，天台营妓。据周密《癸辛杂识》：“幼芳善琴弈、歌舞、丝竹、书画，色艺冠一时，间作诗词。有新语，颇通古今，善逢迎。四方闻其名，有不远千里而登门者。……蕊声价愈腾，至彻阜陵之听。……略不搆思，即口《卜算子》云云，即日判命从良。继而宗室近属纳为小妇，以终身焉。”她的生平于此可见。其词录于《词林纪事》者凡三首，（《如梦令》《鹊桥仙》《卜算子》）皆极自然，脱尽一切文人做作雕饰的术语。兹录二阕于后：

道是梨花不是，道是杏花不是，白白与红红，别是东风情味。曾记曾记，人在武陵微醉。（《如梦令·红白桃花》）

不是爱风尘，似被前缘误。花落花开自有时，总赖东君主。

去也终须去，住也如何住。若得山花插满头，莫问奴归处。（《卜算子》）

此外还有许多略去的作家，因数量太多，无从一一遍举，兹就其中较重要者，简单的介绍如下：

戴复古字式之，天台诗人，陆放翁门下士，有《石屏词》一卷。（毛刻《宋六十家词》本）汪晫字处微，绩溪人，有《康范诗余》一卷。（《彊村丛书》本）赵善括字应斋，隆兴人，有《应斋词》一卷。（《彊村丛书》本）郭应祥字承禧，临江人，有《笑笑词》一卷。（《彊村丛书》本）吴泳字叔永，潼川人，有《鹤林词》一卷。（《彊村丛书》本）徐鹿卿字德夫，丰城人，有《徐清正公词》一卷。（《彊村丛书》本）游九言字诚之，建阳人，有《默斋词》一卷。（《彊村丛书》本）王迈字实之，仙游人，有《臞轩诗余》一卷。（有《彊村丛书》本，及赵氏《校辑宋金元人词》本）徐经孙字仲立，丰城人，有《矩山词》一卷。（《彊村丛书》本）陈耆卿字寿老，临海人，有《赏窗词》一卷。（《彊村丛书》本）吴渊字道文，宁国人，有《退庵词》一卷。（《彊村丛书》本）刘镇字叔安，有《随如百咏》一卷。（赵氏《校辑宋金元人词》本）马子严字庄父，有《古洲词》一卷。（赵氏校辑本）李廷忠字居厚，有《橘山乐府》一卷。（赵氏校辑本）宋自逊字谦父，有《渔樵笛谱》一卷。（赵氏校辑本）刘子寰字圻父，有《篁嵲词》一卷。（赵氏校辑本）韩謬字子耕，有《萧闲词》一卷。（赵氏校辑本）

参考书目

明钱士升：《南宋书》
清张宗橚：《词林纪事》
清朱彝尊：《词综》
宋周密：《绝妙好词》
清周济：《介存斋论词杂著》
近人吴梅：《词学通论》
词学季刊　上海开明书店发行
明毛晋：《宋六十家词》
清江标：《宋元名家词》
清王鹏运：《四印斋所刻词》及《四印斋汇刻宋元三十一家词》
清吴昌绶：《双照楼景刊宋元明本词》
清朱祖谋：《彊村丛书》
近人赵万里：《校辑宋金元人词》

第七编　宋词第六期

——公元一二五〇—一三〇〇——

——姜夔时期的稳定与抬高——

引言　本期词风的特征

本期为南宋末期，约自理宗宝祐初起，至宋亡入元成宗大德间止，约五十年，是“姜夔时期”的稳定与抬高时期。这时候大作家如王沂孙、张炎、周密等人都是姜夔的继承人。他们对于白石，也异常崇拜，他们认为“其高处有美成所不能及”，认为他“如野云孤飞，去留无迹”。他们奉之为唯一典范。所以在此时期中，只是姜夔作风的扩大与其地位的抬高。他们除谨守上一期的余绪外，更于遣辞造语和音律上益求其工协雅正；并于吴文英的过于凝固而失之“晦涩”的词风，更易以“清空”之说，以相标榜。于是填词上所受的音律及体制上的桎梏，更要较前此加甚了；所为的歌词更离开一般社会所能了解的范围了。

这时候蒙古势力已笼罩了东亚大陆，他们坐视着故国的沦亡，身受着异样的待遇；（当时汉人、南人的地位还在诸种色目人之下。）他们久处积威之下，已失却了民族的反抗性。他们往往于歌词中露出一点遗民的叹息，因而造成一个“残蝉尾声”的异样作品。他们唱着：

病翼惊秋，枯形阅世，消得斜阳几度！余音更苦。甚独抱清商，顿成凄楚；漫想薰风，柳丝千万缕！（王沂孙《齐天乐·咏蝉》）

他们唱着：

重认取流水荒沟，怕犹有寄情芳语。但凄凉秋苑斜阳，冷枝留醉舞！（王沂孙《绮罗香·咏红叶》）

他们唱着：

暗教愁损兰成，可怜夜夜闲情。只有一枝梧叶，不知多少秋声！（张炎《清平乐》下阕）

他们唱着：

寂寞古豪华，乌衣日又斜，说兴亡燕入谁家？只有南来无数雁，和明月，宿芦花！（邓剡《南楼令》下阕）

这真是噤若寒蝉的亡国人的哀吟了！

第一章　南宋末期三大作家

——王沂羽——张炎——周密——

王沂孙（公元？—约至一二九○）

沂孙字圣与，号碧山，又号中仙，会稽人。宋亡，落拓以终，死年约在元世祖至元二十七年（公元一二九○年）以后。延祐《四明志》谓其于至元中，曾官庆元路学正，但据《乐府补题》，则又与宋遗民之说不合。张炎悼以《洞仙歌》词，有“门自掩，柳发离离如此”句，似生平未尝出仕也。其词集名《花外集》，（又名《碧山乐府》）全本不传，刻本乃《花外集》的下卷，有《四印斋所刻词》本。

碧山生当叔世，故国之思甚深。他的作品，往往于吟风弄月中，带出一种亡国人的情绪。如：

千古盈亏休问！叹谩磨玉斧，难补金镜。太液池犹在，凄凉处何人重赋清景，——故山夜永！试待他窥户端正，看云外山河，还老桂花旧影。（《眉妩·新月》下阕）

千林摇落渐少，何事西风老色，争妍如许！二月残花空误，小车山路，重认取流水荒沟，怕犹有寄情芳语。但凄凉秋苑斜阳，冷枝留醉舞！（《绮罗香·红叶》下阕）

葡萄过雨新痕，正拍拍轻鸥，翩翩小燕。帘影蘸楼阴，芳

流去，应有泪珠千点。沧浪一舸，断魂重唱蘋花怨。……（《南浦·春水》下阕）

……饮露身轻，吟风翅薄，半翦冰笺谁寄？凄凉倦耳，谩重拂琴丝，怕寻冠珥。短梦春宫，向人犹自诉憔悴。……病翼难留，纤柯易老，空忆料斜阳身世！窗明月碎，甚已绝余音，尚遗枯蜕；鬓影参差，断魂清镜里。（《齐天乐·蝉》节录）

一襟余恨宫魂断，年年翠阴庭树。乍咽凉柯，还移暗叶，重把离愁深诉。……病翼惊秋，枯形阅世，消得斜阳几度！

余音更苦。甚独抱清商，顿成凄楚；谩想薰风，柳丝千万缕！（又节录）

国香到此谁辨，烟冷沙昏，顿成愁绝。……试招仙魂，怕今夜瑶簪冻折。携盘独出，空怨咸阳，故宫落月！（《庆春宫·水仙》下阕）

把故国之恸，和身世之感，以轻描淡写出之，如在清风明月的夜里，远远送来一阵悠扬的箫声，凄凉怨慕，令人为之起舞徘徊！这种作风，感人最为深刻，比悲歌慷慨的作品更富弹性，因为悲歌之后，感情可以尽量发泻，哀怨隐忍处，则往往终身不能忘怀。碧山胸襟恬淡，于此等作品，写得最能不动声色，却自然哀婉绝伦。这是他唯一的特长处，为一切词家所无的境界。他与永叔、少游很不相同：欧、秦都生在北宋承平的时代，纵有哀怨的作品，也只是伤春恨月，一种幽情愁绪罢了；碧山生当异族势力完全统御着中国的时代，敢怒不敢言，往往对风月虫花，偶然发出几声遗民的叹息，与稼轩、白石相较，只是一种“尾声”了。因此，他和南唐后主能直接抒写自己的亡国恨又不相同。——盖久处积威之下，与后主乍失南面之尊，易于奋激不同也。这正是“文学时代背景”的充分表现处，一切有价值的艺术及文学的作品，多少总要带出一点时代的背景的。在过去认识他的作风最深透者，莫如清人周介存了。周氏《宋四家词选》。即将他列为有宋一代最大的四个作家之一的。

他的咏物作品，能将人物和情感融成一片，一意连贯下去，毫无痕缝可寻。例如：

古婵娟，苍发素靥，盈盈瞰流水，断魂十里。叹绀缕飘零，难系离思，故山岁晚谁堪寄？琅玕聊自倚。漫记我绿蓑冲雪，孤舟寒浪里。……（《花犯·苔梅》上阕）

渐新痕悬柳，淡彩穿花，依约破初暝。便有团圆意，深深拜，相逢谁在香径？画眉未稳，料素娥犹带离恨。最堪爱：一曲银钩小，宝奁挂秋冷。……（《眉妩·新月》上阕）

柳下碧粼粼，认麹尘乍生，色嫩如染。清溜满银塘，东风细，参差縠纹初遍。别君南浦，翠眉曾照波纹浅。再来涨绿迷旧处，添却残红几片。……（《南浦·春水》上阕）

都能写得平淡闲雅。如一幅图画，毫无生涩杂凑的痕迹。

他与张叔夏曾同游乐，死后叔夏为作《琐窗寒》词悼之：

……想如今醉魂未醒，夜台梦语秋声碎。自中仙去后，词笺赋笔，便无清致。……料应也孤吟《山鬼》。……但柳枝门掩枯阴，候蛩愁暗苇！（节录）

其推崇痛悼之情。溢于言表矣！

张炎（公元一二四八—约一三二〇）

炎字叔夏，号玉田，又号乐笑翁，循王俊六世孙。故虽世居临安，仍自称为西秦人。炎之先，代多词人。如从王父镃字功甫，有《玉照堂词》；（《彊村丛书》本名《南湖诗余》）从父桂，字惟月，有《惭稿》；父枢，字斗南，有《寄闲集》，（二集皆散佚，枢词附见于《彊村丛书》张镃词后。）于以见其家学渊源。炎生于理宗淳祐八年，（公元一二四八年）宋亡时，年已过三十，犹及见临安全盛之日。故其词多苍凉激楚，不胜盛衰兴亡之感。死年约在元仁宗延祐七年。（公元一三二〇年）时已七十有三岁了。他因系一贵族遗胄，虽生值祖国沦亡之际，总未脱去承平公子的故态。如他的《庆春宫》：

临水湔裙，冶态飘云，醉妆扶玉，未应闲了芳情。孤怀无限，忍不住，低低问春：梨花落尽，一点新愁，曾到西泠？（下阕）

最足表现他的人品。

他一生最好浪游，曾远上燕、苏，往来于浙东西，尤留恋心醉于西子湖畔，所以郑所南说：

玉田先辈仰扳姜尧章、史邦卿、卢蒲江、吴梦窗诸名胜，互相鼓吹春声于繁华世界，能令三十年西湖锦绣山水，犹生清响！

我们可以想见他那种清歌漫游的风趣，和受后人追慕的殷切！

他的词极空灵清丽，集中绝无拙滞语。如：

接叶巢莺，平波卷絮，断桥斜日归船。能几番游，看花又是明年！东风且伴蔷薇住，——到蔷薇春已堪怜。更凄然万绿西冷，一抹寒烟。当年燕子何处，但苔深苇曲，草暗斜川，见说新愁，如今也到鸥边。无心再续笙歌梦，掩重门，浅醉闲眠。莫开帘，怕见飞花，怕听啼鹃！（《高阳台·西湖春日有感》）

记玉关踏雪事清游，寒气脆貂裘；傍枯林古道，长河饮马，此意悠悠。短梦依然江表，老泪洒西州。一字无题处，落叶都愁。载取白云归去，问：谁留楚珮，弄影中洲？折芦花赠远，零落一身秋。向寻常野桥流水，待招来，不是旧沙鸥。空怀感，有斜阳处，最怕登楼。（《甘州·别沈尧道》）

都极清幽流畅，如天际浮云，随风舒卷，确能自成一格。他自称为“山中白云词，”名实最为相副。

他一生最推崇白石，故其词风亦极相近。他虽无白石的劲健清越，而幽畅自然过之。后人学之不成，则易流于空疏油滑；盖无其旷逸潇洒之襟怀，强为效颦，终无是处也。他虽以清畅见长，但其感时抚事之作，亦极悽恻冷隽，与碧山之哀怨缠绵，虽风调不同，而其意趣则一。如：

> 堪叹敲雪门荒，争棋墅冷，苦竹鸣山鬼。纵使如今犹有晋，无复清游如此。落日黄沙，远天云淡，弄影芦花外。几时归去，翦取一半烟水。（《湘月》下阕）
>
> 候蛩凄断，人语西风岸。月落平沙江似练，望尽芦花无雁。暗教愁损兰成，可怜夜夜关情。只有一枝梧叶，不知多少秋声！（《清平乐》）
>
> 薛涛笺上相思字，重开又还重折。载酒船空，眠波柳老，一缕离恨难折。虚沙动月。叹千里悲歌，唾壶敲缺；却说巴山，此时怀抱那时节。寒香深处话别。病来浑瘦损，懒赋情切。太白闲云，新丰旧雨，多少英游消歇。回潮似咽，送一点秋心，故人天末；江影沉沉，露凉鸥梦阔！（《台城路·寄姚江太白山人陈文卿》或作又新）

都悽恻冷越，笔带秋声，其家国身世之感，均充分表出。又如他的：

> 万里飞霜，千林落木，寒艳不招春妒。枫冷吴江，独客又吟愁句。正船舣流水孤村，似花绕斜阳归路；甚荒沟一片凄清，载情不去载愁去。长安谁问倦旅？羞见衰颜，借酒漂零如许。谩倚新妆，不入洛阳花谱，为回风起舞尊前，尽化了断霞千缕。记阴阴绿遍江南，夜窗听暗雨。（《绮罗香·红叶》）

山空天入海，倚楼望极，风急暮潮初。一帘鸠外雨，几处闲田，隔水动春锄。新烟禁柳，想如今绿到西湖，犹记得当年深隐，门掩两三株。（《渡江云·山阴久客，一再逢春，回忆西杭，渺然愁思》。上阕）

……深更静，待散发吹箫，跨鹤天风冷，凭高露饮。正碧落尘空，光摇半壁，月在万松顶。（《摸鱼儿·高爱山隐居》）

写来不独清超，而且沉郁。其《摸鱼儿》写高山夜静景象，极为逼真动目。

他的咏物作品，亦极工丽。如：

波暖绿粼粼，燕飞来，好是苏隄才晓。鱼没浪痕圆，流红去，翻唤东风难扫。荒桥断浦，柳阴撑出片舟小。回首池塘春欲遍，绝似梦中芳草。和云流出空山，甚年年净洗，花香不了。新绿乍生时，孤村路，犹忆那回曾到。余情渺渺，茂林觞咏如今悄。前度刘郎归去，溪上碧桃多少？（《南浦·春水》）

词中如“鱼没浪痕圆……，”“荒桥断浦，柳阴撑出片舟小，”“和云流出空山甚年年净洗，花香不了，”以及《水龙吟》赋白莲，《绮罗香》写红叶“正船舣流水孤村，似花绕斜阳归路，甚荒沟一片凄清，载情不去载愁去”等句，其工丽妍细处，与梅溪咏春诸作，可谓工力悉敌，梅溪不得专美了。

他平生最精于音律，所著《词源》一书，于《宋词》中的宫调、音谱、曲拍等事，论之极为精审。他的词集名《山中白云词》，有四印斋刊本，有《彊村丛书》本，凡八卷，共二百四十八首。

周密（公元一二三二——一三〇八）

密字公谨，号草窗，济南人。流寓吴兴，居弁山，自号弁阳啸翁，又号萧斋，又号四水潜夫。生于理宗绍定五年，（公元一二三二年）宝祐间为义乌县令。宋亡，与王沂孙、王易简、李彭老、张炎、仇远等结为词社，其唱和之作，略见于《乐府补题》中。卒年为元武宗至大元年，（公元一三〇八年）享寿七十有七。其生卒时间，约早张炎十余年。生平著述甚多，有《蜡屐集》《齐东野语》《癸辛杂识》《志雅堂杂钞》《浩然斋雅谈》《弁阳客谈》《武林旧事》《澄怀录》《云烟过眼录》等书，多记宋末元初间事，由诗词旁及书画，遗闻轶事，多他本所无者；于词学的史料上，亦多所贡献。其《绝妙好词》七卷，尤为选本中的最精审者，与黄升《中兴以来绝妙词选》允称选录南宋词的双璧。（惟所选录者均系风雅派的作品，不免少有偏见，然其精审处亦在此。）词集名《蘋洲渔笛谱》，（又名《草窗词》）有《彊村丛书》本，凡二卷，及集外词一卷，共一百五十余首。

他与碧山、玉田同为亡宋遗诗人，终身隐居，吟啸自乐。他们时相从游，其足迹多在东南江、浙一带。他的词几乎完全与玉田是一样的风格，这在文学史上，是一种最少见的例子。因为凡一个成名的作家，与别人多少总有点异样处。但草窗与玉田二人，不能不算是一种例外了。比如他的：

步深幽，正云黄天淡，雪意未全休。鉴曲寒沙，茂林烟草，俯仰今古悠悠。岁华晚，漂零渐远，谁念我同载五湖舟。磴古松斜，厓阴苔老，一片清愁。回首天涯归梦，几魂飞西浦，泪洒东州。故国山川，故园心眼，还似王粲登楼。最负他秦鬟妆镜，好江山何事此时游？为唤狂吟老监，共赋消忧。（《一萼红·登蓬莱阁有感》）

老来欢意少，锦鲸仙去，紫箫声杳。怕展金奁，依旧故人怀抱。犹想乌深醉墨，惊醉语香红围绕。闲自笑，与君同是承平年少。雨窗短梦难凭，是几调宫商，几番吟啸？泪眼东风，回首四桥烟草。载酒倦游何处，已换却花间啼鸟。春恨悄，天涯暮云残照。（《玉漏迟·题吴梦窗霜花腴词集》）

松雪飘寒，岭云吹冻，红破数椒春浅。衬舞台荒，浣妆池冷，凄凉市朝轻换。叹花与人调谢，依依岁华晚。共凄黯，问东风几番吹梦，应惯识当年，翠屏金辇。一片古今愁，但废绿平烟空远。无语销魂，对斜阳衰草泪满。又西风残笛，低吹数声春怨。（《法曲献仙音·吊香雪亭梅》）

此等词几与《山中白云词》如同出一人手笔；唯就两家全集比较言之，则玉田似更空灵，出蓝之喻，当之无愧；其次则虽同系寄慨之作，而草窗则更兼碧山凄婉之长，与玉田仅以清超或冷越出之者，又复少异其容貌矣。总之：二家作风极相类似，欲加以断然的辨析，实至感困难。昔人每以草窗比梦窗"二窗"并称，几成定论；然试一相质证，则草窗词风，实与梦窗异趣；其神似玉田处亦迄无人道及，可知鉴赏抉别之难！他的咏物诸作，如：

……擎露盘深，忆君清夜，暗倾铅水。想鸳鸯正结梨云好梦，西风冷，还惊起。……轻妆国白，明珰照影，红衣羞避。

霁月三更，粉云千点，静香十里。听湘弦奏彻，冰绡偷翦，聚相思泪。（《水龙吟·白莲》）

槐阴忽送清商怨，依稀正闻还歇。故苑秋声，危弦调苦，前梦蜕痕枯叶。伤情惜别，是几度斜阳，几回残月？转眼西风，一襟幽恨向谁说！轻鬓犹记动影，翠娥应妒我，双发如雪。枝冷频移，叶疏犹抱，肯负好秋时节。凄凄切切，渐迤逦黄昏，砌蛩相接；露洗余悲，暮烟声更咽！（《齐天乐·蝉》）

……雨带风襟零落，步云冷，鹅管吹春。相逢旧京洛，素靥尘缁，仙掌霜凝。……水空天远，应念矾弟梅兄。渺渺鱼波望极，五十弦愁满湘云。凄凉耿无语，梦入东风，雪尽江清。（《国香慢·赋赵子固凌波图》）

写白莲、秋蝉、水仙，均哀艳雅洁，足与白石、碧山齐美，同为古今绝唱。

第二章　一般附庸作家

——蒋捷——施岳——陈允平——罗椅——赵闻礼——薛梦桂——黄孝迈——赵孟坚——李彭老——李莱老——黄公绍——何梦桂——谭宣子——利登——奚淢——陈逢辰——柴望——莫崙——杨恢——王易简——吴大有——赵与仁——赵淇——

蒋捷（公元一二三五—一三〇〇）

捷字胜欲，义兴人。南宋最末（德祐）进士，自号竹山，人元遁迹不仕。其《竹山词》有《宋六十家词》本，有《双照楼景刊宋元明本词》本。他的词造句极纤巧妍倩，而有时失之琐碎。其学辛之作，则多叫嚣直率，如："据我看来何所似，一似韩家五鬼，又一似杨家风子，""结算平生，风流债负，请一笔勾。盖攻性之兵，花团锦阵，毒身之鸩，笑齿歌喉"等类的句子，皆落下乘，毫无意味。兹录其本色之作数阕如下：

梨边风紧雪难晴，千点照溪明。吹絮窗低，唾茸窗小，人隔翠阴行。而今白鸟横飞处，烟树渺乡城。两袖春寒，一襟春恨，斜日淡无情。（《少年游》）

黄花深巷，红纸低窗，凄凉一片秋声。豆雨声来，中间夹带风声。疏疏二十五点，洒谯门不锁更声。故人远，问谁摇玉佩，帘底铃声。彩角声随月堕，渐连营马动，四起笳声。闪烁邻灯，灯前尚有砧声。知他诉愁到晓，碎哝哝多少蛩声。诉未了，把一半分与雁声。（《声声慢·秋声》）

此等词皆清醇幽畅，为集中出色之作。他有时练字练句，亦颇能尖新动人。如《永遇乐》“梅檐滴溜，风来吹断，放得斜阳一缕，”《高阳台》“燕卷晴丝，蜂黏落絮，天教绾住闲愁”等类的句子，集中极多。

施　岳

岳字仲山，号梅川，吴人，精于律吕。卒葬西湖，杨守斋为树梅作亭，薛梯飚为志其墓。他的词颇淡雅有致。例如：

水遥花暝，隔岸炊烟冷。十里垂杨摇懒影，宿酒和愁都醒。（《清平乐》）

顷刻千山暮碧。向沽酒楼前，犹系金勒。乘月归来，正梨花夜缟，海棠烟幕，院宇明寒食。醉乍醒一庭春寂，任满身露湿东风，欲眠未得。（《曲游春·清明湖上》下阕）

他的《水龙吟》写得更为壮阔：

翠鳌涌出沧溟，影横栈壁迷烟墅。楼台对起，栏杆重凭，山川自古梁苑平芜。汴隄疏柳，几番晴雨，看天低四远，江空万里，登临处，分吴楚。两岸花飞絮舞，度春风满城箫鼓。英雄暗老，昏潮晓汐，归帆过橹。淮水东流，塞云北渡，夕阳西去。正凄凉望极中原路，杳月来南浦。

陈允平

允平字君衡一字衡仲，四明人，号西麓。词集名《日湖渔唱》，凡一卷，补遗一卷，续补遗一卷，及《西麓继周集》一卷，并见《彊村丛书》本。他最崇拜周美成，其《继周集》全和周韵之作。多至百二十一首。（全集共百二十三首）其倾倒之诚，可与方千里、杨泽民并传。其词亦清婉有致，学古而不泥于古者。兹举数阕如下：

赤栏桥畔斜阳外，临江暮山凝紫。戏鼓才停，渔榔乍歇，一片芙蓉秋水。余霞散绮。正银钥停关，画桡催舣。鱼板敲残数声初入万松里。（《齐天乐》上阕）

斋空虹雨，傍啼蟹沙草，宿鹭汀洲。隔岸人家砧杵急，微寒先到帘钩。……红叶有情，黄花有恨，孤负十分秋。归心如醉，梦魂飞趁东流。（《西江月》节录）

罗　椅（公元一二一四—？）

椅字子远，号磵谷，庐陵人，宝祐四年进士，时年已四十三。（登科录）原为富家子，壮年捐金结客，曾以荐登贾似道之门，宰信丰。度宗升遐，失于入临，论罢。他的词仅见《柳梢青》《八声甘州》二阕，颇韵秀婉柔。兹录《柳梢青》如下：

萼绿华身，小桃花扇，安石榴裙。子野闻歌。周郎顾曲，曾恼夫君。悠悠羁旅愁人，似零落青天断云。何处销魂？［初三夜月，第四桥春。］

赵闻礼

闻礼字正之，号钓月。所编《阳春白雪》八卷，外集一卷，皆录南北宋人词。（惟孟昶、蔡松年、吴激三人为五代及金源作家）多为他本所罕见的作家，赖此书以传。他的词亦婉和淡雅，佳者不减玉田、草窗。兹录其《贺新郎·咏萤》如下：

池馆收新雨，耿幽丛流光几点，半侵疏户。入夜凉风吹不灭，冷焰微茫暗度。碎影落仙盘秋露。漏断长门空照眼，袖纱寒映竹无心顾。孤枕掩，残灯炷。练囊不照诗人苦。夜沉沉拍手相亲，騃儿痴女。栏外扑来罗扇小，谁在风廊笑语？竞戏踏金钗双股，故苑荒凉悲旧赏，怅寒芜衰草隋宫路。同磷火，遍秋圃！

古今咏萤之词，当以此篇为最工婉矣。其幽索柔细之笔，何殊碧山咏蝉赋红叶诸作！其词录于赵万里《校辑宋金元人词》者凡十五首，名《钓月词》。除此词外，他作亦多有佳丽之句。

薛梦桂

梦桂字叔载，号梯飚，永嘉人。宝祐癸丑姚勉榜进士。尝知福清县，仕至平江卒。其词录于《绝妙好词》者凡四阕。皆淡雅柔媚，极有情思。兹录二阕如下：

碧筒新展绿蕉芽，黄露洒榴花；蘸烟染就，和云卷起，秋水人家。只因一朵芙蓉月，生怕黛帘遮；燕衔不去，雁飞不到，愁满天涯。（《眼儿媚·绿笺》）

柳映疏帘花映林，春光一半几销魂；新诗未了枕先温。燕子说将千万恨，海棠开到二三分；小窗银烛又黄昏。（《浣溪沙》）

黄孝迈

孝迈字德夫，号雪舟，有《雪舟长短句》一卷。刘克庄暮年曾为作序，极赏其赋梨花、水仙及暮春等作，以为“叔原、方回不能加其绵密。”其赋梨花云：

一春花下，幽恨重重，又愁晴，又愁雨，又愁风。

潇洒而又俊倩，与刻意修琢者不同。兹更录其《水龙吟》咏暮春词如下：

闲情小院沉吟，草深柳密帘空翠。风檐夜响，残灯慵剔，寒轻怯睡。店舍无烟，关山有月，梨花满地。二十年好梦不曾圆合，而今老都休矣！（上阕）

赵孟坚（公元一一九九—一二九五）

孟坚字子固，嘉兴人。宋宗室。享寿九十有七。入元不仕以终。有《彝斋诗余》一卷，见《彊村丛书》。书画亦精，与从弟子昂并传，于高节过之。（子昂降元）录《好事近》一阕：

春早峭寒天，客里倦怀尤恶。待起冷清清地，又孤眠不着。重温卯酒整瓶花，总待自霍索。忽听海棠初卖，买一枝添却。

李彭老

彭老字商隐，号筼房。淳祐中曾为沿江制置司属官。与弟莱老有《龟溪二隐词》，有《彊村丛书》本。彭老、莱老同为宋遗民词社中重要的作家。其词佳者亦极工秀。录数阕于后：

杏花初，梅花过，时节又春半。帘影飞梭，轻阴小庭院。旧时月底秋千，吟香醉玉，曾细听歌珠一串。忍重见描金小字，题情生绡合欢扇。老了刘郎，天远玉箫伴。几番莺外斜阳，栏杆倚遍，恨杨花遮愁不断。（《祝英台近》）

兰汤晚凉，鸾钗半妆。红巾腻雪吹香，擘莲房睹双。罗纨素珰，冰壶露床。月移花影西厢，数流萤过墙。（《四字令》）

李莱老

莱老字周隐，号秋崖，咸淳六年曾为严州知州。他的词较彭老词更为凄婉。如《扬州慢》赋琼花结句：

九曲迷楼依旧，沉沉夜想觅行云。但荒烟幽翠，东风吹作秋声！

以及《浪淘沙》《小重山》等作，皆于婉柔中寓凄怨之情，颇与少游为近。

宝押绣帘斜，惊燕谁家？银筝初试合琵琶。柳色春罗裁袖小，双戴桃花。芳草满天涯；流水韶华。晚风杨柳绿交加。闲倚栏杆无藉在，数尽归鸦！（《浪淘沙》）

画檐簪柳碧如城；一帘风雨里，过清明。吹箫门巷冷无声。梨花月，今夜负中庭。远岫敛修颦；春愁吟入谱，付莺莺。红尘没马翠埋轮，西泠曲，叹梦絮飘零。（《小重山》）

黄公绍

公绍字直翁，邵武人，咸淳元年进士，隐居樵溪，有《在轩词》，有《彊村丛书》本。其《青玉案词》言浅意深，极自然而有含蕴，不似南宋末期人手笔。兹录如下：

年年社日停针线，争忍见双飞燕？今日江城春已半，一身犹在，乱山深处，寂寞溪桥畔。征衫著破谁针线？点点行行泪痕满。落日解鞍芳草岸，花无人戴，酒无人劝，醉也无人管！

此词风调，俨然为北宋元丰、元祐间之作，虽使秦、黄为此，亦无以过。

何梦桂

梦桂字岩叟，淳安人。有《潜斋词》一卷，见《四印斋所刻词》，录《喜迁莺》一阕：

留春不住，又早是清明，杨花飞絮。杜宇声声，黄昏庭院。那更半帘风雨。劝春且休归去，芳草天涯无路。悄无语，待阑干立尽，落红无数。（上阕）

谭宣子

宣子字明之，号在庵。其词有赵万里辑本，名《在庵词》一卷，共十三首。附录一首。他的词颇善练字。如："津馆贮轻寒，脉脉离情如水。东风不管，垂杨无力，总两颦烟腻。阑干外，怕春燕掠天，疏鼓叠，春声碎，"以及：

叠鼓收声帆影乱，燕飞又起东风软。目力谩长心力短，消息断，青山一点和烟远。（《渔家傲》下阕）

人病酒，生怕日高催绣。昨夜新番花样瘦，旋描双蝶凑。闲凭绣床呵手，却说春愁还又。门外东风吹绽柳，海棠花厮勾。（《谒金门》）

都能以平常的字句，练成新警的辞采。

利　登

登字履道，号碧涧，金川人。著有《骳稿》一卷，已佚。近人赵万里辑其词汇为一卷，名《碧涧词》。刊于《校辑宋金元人词》中，凡十首。其《风入松》词，于清畅中颇寓叔世之感，其词云：

断芜幽树际烟平，山外更山青。天南海北知何极？年年是匹马孤征。看尽好花结子，暗惊新笋成林。岁华情专苦相寻，弱雪鬓毛侵。十年斗酒悠悠醉，斜河界白月云心。孤鹤尽边天阔，清猿啼处山深。

奚 淢

淢字卓然，号秋崖。其词录于赵万里《校辑宋金元人词》者凡十首，汇为一卷。名《秋崖词》。

笑湖山纷纷歌舞，花边如梦如熏。响音惊落日，长桥芳草外，客愁醒。天风吹送远，向两山唤醒痴云。犹自有迷林去乌，不信黄昏。销凝。钿车归后，一眉新月，独印湖心。蕊宫相答处，正岩虚谷应，猿语香林。笑酣红紫梦，便市朝有耳谁听？怪玉兔金乌不换，只换愁人。（《芳草·南屏晚钟》）

此词写得极婉柔韵致，既具欧、秦之神韵，复擅姜、张之辞华，尤为难能可贵。

陈逢辰

逢辰字振祖，号存熙。其词录于周密《绝妙好词》者凡二首，皆清婉得欧、秦神髓，为南宋末期杰出之作，因并录于后：

月痕未到朱扉，送郎时，暗里一汪儿泪没人知。揾不住，收不聚，被风吹；吹作一天愁雨损花枝。（《乌夜啼》）

杨柳雪融，滞雨酴醾，玉软欺风。飞英簌簌叩雕栊，残蝶归来粉重。罨画扇，题尘掩；绣花纱，带寒笼。送春先自费啼红，更结疏云秋梦。（《西江月》）

柴望

望字仲山，号秋堂，衢之江山人。有《秋堂诗余》一卷，见《彊村丛书》。其词描写颇工丽生动，兹举一阕作例：

门外满地香风，残梅零落，玉糁苍苔碎。乍暖乍寒浑莫拟，欲试罗衣犹未。斗草雕栏，买花深院，做踏青天气。晴鸠鸣处，一池昨夜春水。（《念奴娇》下阕）

他于理宗嘉熙、淳祐间，曾以直言忤时宰。宋亡，自号宋逋臣。其人品气节，有足多者。

莫崙

崙字子山，号两山，江都人，寓家丹徒。度宗咸淳四年进士。其小令佳者，亦能如谭宣子、陈逢辰等人之清婉。兹举二首作例：

三两信凉风，七八分圆月；愁绪到今年，又与前年别。衾单容易寒，烛暗相将灭；欲识此时情，听取鸣蛩脱。（《生查子》

红底过丝明，绿外飞棉小。不道东风上海棠，白地春归了。月笛曲栏留，露舄芳池绕。争得闲情似旧时，偏索檐花笑。（《卜算子》）

杨恢

恢字充之，号西村，眉山人。其词录于周密《绝妙好词》者凡六首，多淡雅明秀之作。有姜、张之风调，更以明净自然出之，允称南宋末期高手。词中佳句极多，如《游浯溪》词云：（此词载《浯溪集》）

碧崖倒影，浸一片寒江如练。正岸岸梅花，村村修竹，唤醒春风笔砚。溯水舟轻轻如叶，只消得溪风一箭。

《满江红》结句“天空海阔春无极；又一林新月照黄昏，梨花白，”又《祝英台近》赋中秋“此翁对此良宵，别无可恨，恨只恨，古人头白”等作，皆新隽可爱，不落陈腐。录三阕于下：

小院无人，正梅粉一阶狼籍。疏雨过，溶溶天气，早如寒食。啼鸟惊回芳草梦，峭风吹浅桃花色。漫玉炉沈水熨春衫，花痕碧。绿縠，水红香陌，紫桂櫂，黄金勒，帐前欢如梦，后游何日？酒醒香消人自瘦，天空海阔春无极；又一林新月照黄昏，梨花白。（《满江红》）

月如冰，天似水，冷浸画栏湿。桂树风前，醲香半狼籍。此翁对此良宵，别无可恨；恨只恨，古人头白。（《祝英台近》上阕）

琐窗睡起，闲伫立海棠花影。记翠檝银塘，红牙金缕，杯泛梨花冷。燕子衔来相思字，道玉瘦不禁春病。应蝶粉半销，鸦云斜坠，暗尘侵镜。还省香痕碧唾，春衫都凝。悄一似荼蘼玉肌翠帔，悄得东风唤醒。青杏单衣，杨花小扇，闲却晚春风景。最苦是蝴蝶盈盈，弄晚一帘风静。（《二郎神·用徐干臣韵》）

王易简

易简字理得，号可竹，山阴人。登进士，除瑞安簿，不赴，隐居城南，有《山中观史吟》。他与王沂孙、张炎等曾结社唱吟，故词风亦极相近，所作多凄婉遗民之叹。如：

已是摇落堪悲，飘零多感，那更长安道！衰草寒芜吟未尽，无那平烟残照！千古闲愁，百年往事，不了黄花笑。渔樵深处，满庭红叶休扫！（《酹江月》下阕）

庭草春迟，汀蘋香老，数声珮悄苍玉。年晚江空，天寒日莫，壮怀聊寄幽独。倦游多感，更西北高楼送目。佳人不见，慷慨悲歌，夕阳乔木！（《庆宫春》上阕）

从这些歌声里，已深透露出亡宋遗民的叹息了。一种幽索凄怨之情，直临纸背；何殊碧山咏物诸作？其《齐天乐·长安客赋》下阕：

东风为谁媚妩？岁华频感，慨双鬓如许！前度刘郎，三生杜牧，赢得征衫尘土！心期暗数，总寂寞当年酒筹花谱；付与春愁，小楼今夜雨。

自道身世，亦复百感交集。

吴大有

大有字有大，号松壑，嵊人。宝祐间游太学，率诸生上书，言贾似道奸状。退处林泉，与林昉、仇远、白挺等七人，以诗酒相娱。元初，辟为国子检阅，不赴。有《松下偶抄》《雪后清音》《归来幽庄》等集。其词录于《绝妙好词》者，仅《点绛唇·送李琴泉》一阕，然极冷隽淡雅，为当年杰出之作。其词云：

江上旗亭，送君还是逢君处。酒阑呼渡，云压沙鸥暮。漠漠萧萧，香冻梨花雨。添愁绪；断肠柔橹，相逐寒潮去！

赵与仁

与仁字元父，号学舟。燕王德昭十世孙，希挺长子。（《宋史·宗室世系表》）入元为辰州教授。其词以明俊自然胜。录二阕如后：

柳丝摇露，不管兰舟住。人宿溪桥知那处？一夜风声十树。

晓楼望断天涯，过鸿影落寒沙。可惜些儿秋意，等闲过了黄花。（《清平乐》）

夜半河痕依约，雨余天气溟濛。起行微月遍池东；水影浮花，花影动帘栊。量灭难追醉白，恨长莫尽题红。雁声能到画楼中，也要玉人，知道有秋风。（《西江月》）

赵 淇

淇字元建，潭州人，忠靖公葵次子，与长兄溍俱能词。宋末官至刑部侍郎。元至元间，行省承制，署广东宣抚使。入见世祖，拜湖南道宣慰使。卒谥文惠。其《谒金门》一词，写得颇明倩动人：

吟望直，春在栏杆咫尺。山插玉壶花倒立，雪明天混碧。晓露纷纷琼滴，虚揭一帘云湿。犹有残梅黄半壁，香随流水急。

第三章　哀时的诗人

——刘辰翁——李演——文天祥——邓剡——徐一初——陈德武——汪元量——汪梦斗——附录略去的作家——

刘辰翁（公元一二三四——一二九七）

辰翁字会孟，庐陵人。少登陆象山之门。补太学生。景定廷试对策，忤贾似道，置丙第。以亲老请濂溪书院山长，荐居史馆，又除太学博士，皆固辞。宋亡，隐居。有《须溪集》，附词。（有《彊村丛书》本《须溪词》一卷，补遗一卷。）辰翁为宋末一大作家。其词清灵豪健，兼苏、辛之长，而无造作矫揉之失，其清灵之作，如：《浣溪沙·感别》云："点点疏林欲雪天，竹篱斜闭自清妍，为伊憔悴得人怜；"又前调《春日即事》云："睡起有情和画卷，燕归无语傍人斜，晚风吹落小瓶花；"以及《山花子》后段云："早宿半程芳草路，犹寒欲雨暮春天，小小桃花三两树，得人怜，"皆轻灵婉丽，不亚小晏、秦郎。其豪健本色之作，多叔世悱恻感慨之音，尤为擅长。兹录二词于后：

红妆春骑，踏月呼影，千旗穿市。望不见璃楼歌舞，习习香尘莲步底。箫声断，约彩鸾归去。未怕金吾呵醉，甚辇路喧阗且止，听得念奴歌起。父老犹记宣和事，抱铜仙，清泪如水。还转盼，沙河多丽。滉漾明光连邸第。帘影动，散红光成绮。月浸蒲桃十里。看往来神仙才子，肯把菱花扑碎。肠断竹马儿童，空见说三千乐指。等多时春不归来，到春时欲睡。又说向灯前拥髻，暗滴鲛珠坠。便当日亲见《霓裳》，天上人间梦里。（《宝鼎现·丁酉元夕》）

丁酉为元成宗大德元年，则此词之作，已在宋亡（崖山陷后）后十七年矣。词中均系追念盛世之乐，寓无限凄凉之意。然尚不及其《兰陵王·送春》之沉痛：

送春去，春去人间无路。秋千外，芳草连天，谁遣风沙暗南浦？依依甚意绪，漫忆海门飞絮，乱鸦过，斗转城荒，不见来时试灯处。春去；最谁苦。但箭雁沉边，梁燕无主；杜鹃声里长门暮。想玉树凋霜，泪盘如露。咸阳送客屡回顾，斜日未能渡。春去；尚来否？正江令恨别，庾信愁赋，苏隄尽日风和雨。叹神游故国，花记前度。人生流落，顾孺子，共夜语。

沉郁中含无限痛思，允称佳作。

李　演

演字广翁，号秋堂，有《盟鸥集》。其词颇工巧妍丽，如《摸鱼儿》赋太湖云：

又西风四桥疏柳，惊蝉相对秋语。琼荷万笠花云重，袅袅红衣如舞。……泊月冷吟魂婉冉空江暮。明灯暗浦。更短笛衔风，长云弄晚，天际画秋句。（节录）

又《声声慢》“徘徊旧情易冷，但溶溶翠波如縠。愁望远，甚云销月老，暮山自绿，”皆系全词中佳句。他有时亦有悲凉感世之作，如其《贺新凉·咏多景楼成》，即系一例：

笛叫东风起，弄尊前杨花小扇，燕毛初紫。万点淮峰孤角外，惊下斜阳似绮。又婉娩一番春意。歌舞相缪愁自猛，卷长波一洗人间世。空热我，醉时耳。绿芜冷叶瓜州市。最怜予洞箫声尽，阑干独倚。落落东南墙一角，谁护山河万里！问人在玉关归未？老矣青山灯火客，抚佳期漫洒新亭泪。歌哽咽，事如水！

文天祥（公元一二三六——一二八二）

天祥字宋瑞，号文山，吉水人。理宗时进士，官至江西安抚使。元兵入寇，天祥应诏勤王，受命使兀军，被执，遁人真州。时端宗立于福州，拜天祥右相，封信国公。募兵转战，力图恢复。兵败被执不屈，作《正气歌》以见志，遂就死柴市。（北平街名）享年仅四十有七。有《文山集》。词集名《文山乐府》一卷，有江标《灵鹣阁汇刻名家词》本。

文山为南宋死节重臣，其一生孤忠志事，照耀千古，与明末史可法同一壮烈。他的词亦冷越刚劲，集中如《大江东去》等作，歌声无殊易水，为词中绝无之境界，读其词可以想见其为人。

水空天阔，恨东风，不惜世间英物。蜀鸟吴花残照里，忍见荒城颓壁？铜雀春情，金人秋泪，此恨凭谁雪？堂堂剑气，斗牛空认奇杰！那信江海余生，南行万里，送扁舟齐发。正为鸥盟留醉眼，细看涛生云灭。睨柱吞嬴，回旗走懿，千古冲冠发。伴人无寐，秦淮应是孤月！（《大江东去·驿中言别友人》）

侠情壮志，直凌云汉，最能表现末季孤臣口吻，和志士心素，与《正气歌》同一种手笔。

邓 剡

剡字光荐，号中斋，庐陵人。祥兴时历官礼部侍郎。丞相文信国幕客。厓山兵溃，为张宏范所得，教其次子，得放还。有《中斋词》一卷，见赵氏《校辑宋金元人词》，共十二首。其词极带亡国凄苦之音。如“谁念客身轻似叶，千里飘零，”“懊恨西风催世换，更随我落天涯。”正足代表此期文学上自然的音调，若移在上面任何时期中，都不贴适。录二词于后：

疏雨洗天清，枕簟凉生。井桐一叶做秋声；谁念客身轻似叶，千里飘零！梦断古台城；月淡潮平，便须携酒访新亭。不知当时王谢宅，烟草青青。（《浪淘沙》）

雨过水明霞，潮回岸带沙。叶声寒，飞透窗纱。懊恨西风催世换，更随我落天涯！寂寞古豪华，乌衣日又斜。说兴亡燕入谁家。只有南来无数雁，和明月，宿芦花。（《南楼令》）

此词极凄冷，或本谓文山北行被执，行次信安，题于壁上之作。时剡方为文山幕客，或系代为捉刀者，因有此误传耳。

徐一初

一初生平里居不详。其《摸鱼儿》一词极悲壮沉郁，为当时少有的杰作。其词云：

对茱萸一年一度，龙山今在何处？参军莫道无勋业，消得从容樽俎。君看取，便破帽飘零，也得传千古。当年幕府，知多少时流，等闲收拾，有个客如许。追往事，满目山河晋土，征鸿又过边羽。登临莫上高层望，怕见故宫禾黍。绿醑浇万斛牢愁，泪阁新亭雨。黄花无语，毕竟是西风披拂，犹识旧时主。

陈德武

德武三山人，有《白雪遗音》一卷，见《彊村丛书》。其词极悲壮，愤慨处不减稼轩诸作。兹节录其《望海潮》词如下：

乐极西湖，愁多南渡，他都是梦魂空。感古恨无穷：——叹表忠无观，古墓谁封！棹舣钱塘，浊醪和泪洒秋风！

悲怀痛语，全从肺胸中流出；不图于残蝉尾声中，乃有此异样作品！

汪元量

兀量字大有，号水云，钱塘人。以善琴事谢后及王昭仪，（名清蕙）元兵陷临安，随谢后等北走燕京，求为黄冠。后放还南归，尝往来于匡、庐、彭蠡间，若飘风行雨，人以为仙，画其像祀之。（见《金台集》）有《水云集》《湖山类稿》其《水云词》一卷，有《彊村丛书》本。他身历承平宫闱，复经亡国惨祸，亦如唐之李龟年；惟龟年仅以琴师名，而水云则更擅于诗词，为宋末名士。他因饱经世变，目睹两朝兴亡，故其词亦凄恻哀怨，如孤鸿之号夜月，为亡宋一位最富诗意的人物。兹录其数阕如下：

西园春暮，乱草迷行路。风卷残花堕红雨。念旧巢燕子，飞傍谁家；斜阳外，长笛一声今古。繁华流水去，舞歇歌沉，忍见遗权种香土。渐橘树方生，桑枝才长，都付与沙门为主。便关防不放贵游来，又突兀梯空梵王宫宇。（《洞仙歌·毗陵赵府，兵后，僧多占作佛屋。》）

人去后，书应绝；肠断处，心难说。更那堪杜宇满山啼血！事去空留东汴水，愁来不见西湖月。有谁知海上泣婵娟，菱花缺！（《满江红·和王昭仪韵》下阕）

金陵故都最好，有朱楼迢递。嗟倦客又此凭高，槛外已少佳致。更落尽梨花，飞尽杨花，春也成憔悴。问青山：三国英雄，六朝奇伟？麦甸葵邱，荒台败垒，鹿豕衔枯荠。正潮打孤城，寂寞斜阳影里。听楼头，哀笳怨角，未把酒愁心先醉。渐夜深月满秦淮，烟笼寒水。凄凄惨惨，冷冷清清，灯火渡头市。慨商女不知兴废，隔江犹唱庭花，余音亹亹。伤心千古，泪痕如洗！乌衣巷口青芜路，认依稀王谢旧邻里。临春结绮，可怜红粉成灰，萧索白杨风起！因思畴昔，铁索千寻，漫沉江底。挥羽扇，障西尘，便好角巾私第。清谈到底成何事？回首新亭，风景今如此！楚囚对泣何时已，叹人间今古真儿戏。东风岁岁还来，吹入钟山，几重苍翠。（《莺啼序·重过金陵》）

历诉金陵兴亡之迹，笔带秋声，百感交错。若与文山《正气歌》对照，则一则流浪天涯，一则从容就死，其惨厉之情，真令人不堪卒读！这与一般文人正在写那吟风弄月的诗词者，真觉有两样肝肠了！

汪梦斗

梦斗字以南，绩溪人。咸淳初为史馆编校，以劾贾似道罢归。元世祖召见燕京，不屈而回。其《北游集》（附词）即作于此时。词集有《彊村丛书》本，凡一卷。多兴亡之感，录《南乡子》一阕于后：

西北有神州，曾倚斜阳江上楼。目断淮南山一抹；何由，载泪东风洒汴流。何事却狂游？直驾驴车度白沟。自古幽、燕为绝塞；休愁，未是穷荒天尽头。

此外本期尚有许多作家，均未曾遍举；兹就较重要的略述如后：

廖莹中字群玉，号药斋，贾似道门客。贾败，服毒自尽。袁易字通甫，有《静春词》一卷。（赵氏校辑本，凡三十首）张矩字成子，号梅渊，有《梅渊词》一卷。（赵氏校辑本，凡十二首）姚勉号雪坡，宝祐元年进士第一，有《雪坡词》。（《江标灵鹣阁汇刻名家词》本）陈著字子微，鄞县人。宝祐四年进士。有《本堂词》一卷。（《彊村丛书》本）卫宗武字淇父，江南华亭人，淳祐间官尚书郎，有《秋声诗余》一卷。（《彊村丛书》本）牟巘字献甫，吴兴人。官大理少卿。（公元一二二七——一三一一）有《陵阳词》一卷。（《彊村丛书》本）王鼎翁字炎平，安福人，有《梅边集》。赵必瑑字玉渊，东莞人。（公元一二四五——一二九四）有《覆瓿词》一卷。（《四印斋刊宋元三十一家词本》）熊禾字去非，号勿轩，建阳人，有《勿轩长短句》一卷。（《彊村丛书》本）陈深字子微，吴郡人，有《宁极斋乐府》一卷。家铉翁字则堂，眉山人，有《则堂诗余》一卷。蒲寿宬泉州人，有《心泉诗余》一卷。张玉字若琼，松阳人，有《兰雪词》一卷。（以上四家词集，并见《彊村丛书》）毛珝字元白，号吾竹，柯山人，有《吾竹小稿》一卷。

其他虽无词集，而作品亦多佳丽者。如：刘烇字养源，号江村，天台人。尝为道士还俗，丙子年卒。李珏字元晖，号鹤田，吉水人。年八十九卒，为宋末遗诗人。应法孙字尧成，号芝室。余桂英字子发，号野云。朱藻号野逸，曹良史字之才，号梅南，钱塘人，以及吕同老、陈恕可、唐艺孙、唐珏、王茂孙、冯应瑞等几个词社中作家，亦间有佳制。

本期女作家中，无甚伟异的作家，除王清蕙、徐君宝妻已见上面《总论》篇中外，其他多不关重要，不再叙述了。

参考书目

王鹏运：《四印斋所刻词》及《四印斋汇刻宋元三十一家词》　有自刊本。

江标：《宋元名家词》　有湖南刻本。

朱祖谋：《彊村丛书》　有自刊本。

赵万里：《校辑宋金元人词》　有中央研究院刊本。

黄升：《中兴以来绝妙词选》十卷　有汲古阁刊《词苑英华》本，有商务印书馆景印明刊本。

赵闻礼：《阳春白雪》八卷外集一卷　有《粤雅堂丛书》本，有清吟阁刊本。

周密：《绝妙好词》七卷　清查为仁厉鹗笺，有原刊本。

陈耀文：《花草粹编》　有南京盋山精舍景印明刊本，共两函十二册。

朱彝尊：《词综》三十八卷（附王昶补遗）　有坊间通行本。

张宗橚：《词林纪事》二十二卷　有扫叶山房影印本。

周济：《宋四家词选》　有坊间通行本。

胡适：《词选》一册　有商务印书馆铅印本。

郑振铎：《中国文学史》中世卷第三篇上一册　有商务印书馆铅印本。

钱士升：《南宋书》六十八卷　有扫叶山房刊《四朝别史》本。